Der Zorn

Elena wird niemals Frieden finden. Denn sie hat vom Blut der Vampire getrunken und ist nun dazu verdammt, auf ewig durch die Finsternis zu wandeln – der Preis für ihre Liebe zu Stefan. Doch auch in der Schattenwelt spürt sie die Gefahr, die über ihrem Heimatort Fell's Church schwebt, das Unheil, das fremde Mächte all jenen bringen werden, die Elena einst nahe waren. Jetzt hat sie die Kraft, gemeinsam mit Stefan und Damon den Kampf gegen das Grauen, das noch viel stärker als die Macht der Vampire ist, aufzunehmen. Als nach dem Gottesdienst für die vermeintlich tote Elena wilde Hunde die Trauergäste anfallen, erkennt sie entsetzt, wie wenig Zeit ihr noch bleibt ...

L. J. Smith

Der Zorn

Roman

Aus dem Amerikanischen von
Ingrid Gross

Silhouette®

SILHOUETTE™ TASCHENBUCH
Band 15003
1. Auflage: September 2002

SILHOUETTE™ TASCHENBÜCHER
erscheinen in der Cora Verlag GmbH & Co. KG,
Axel-Springer-Platz 1, 20350 Hamburg
Deutsche Taschenbucherstausgabe

Titel der nordamerikanischen Originalausgabe:
The Fury – The Vampire Diaries 3

erschienen bei: Harper Paperbacks, New York
Published by arrangement with
17th Street Productions, Inc., at Alloy, Inc.

Dieses Werk wurde vermittelt durch die
Literarische Agentur Thomas Schlück GmbH, 30827 Garbsen

Redaktion/Lektorat: Ilse Bröhl
Konzeption/Reihengestaltung: fredeboldpartner.network, Köln
Umschlaggestaltung: pecher und soiron, Köln
Titelabbildung: © by The Image Bank, Hamburg
und PhotoDisc, München
Satz: Berger Grafikpartner, Köln
Druck und Bindearbeiten: Elsnerdruck, Berlin
Printed in Germany
ISBN 3-89941-030-0

1. KAPITEL

Elena trat auf die Lichtung.

Unter ihren Füßen froren der Schlamm und die matschigen Blätter des abgefallenen Herbstlaubs zu Eis. Die Dämmerung war angebrochen. Obwohl der Sturm sich langsam legte, wurde es im Wald immer kälter. Elena spürte den eisigen Frost nicht.

Auch die Dunkelheit machte ihr nichts aus. Ihre Pupillen waren weit geöffnet und fingen noch kleinste Spuren von Licht ein, die für das menschliche Auge schon nicht mehr wahrnehmbar waren. Sie konnte die beiden kämpfenden Männer unter der großen Eiche klar erkennen.

Einer von ihnen hatte dickes, schwarzes Haar, das der Wind zu wilden Locken aufwühlte. Er war ein wenig größer als der andere. Obwohl Elena sein Gesicht nicht sehen konnte, wusste sie, dass seine Augen grün waren.

Das Haar des anderen war ebenfalls schwarz, aber fein und glatt wie der Pelz eines Tieres. Sein geschmeidiger Körper verharrte in einer kauernden Haltung, wie ein Raubtier bereit zum Angriff. Seine Augen waren schwarz.

Elena beobachtete beide einige Minuten bewegungslos. Sie hatte vergessen, warum sie gekommen war, warum sie das Echo des Kampflärms hergelockt hatte. Wieder vernahm sie in ihrem Kopf fast ohrenbetäubend die lautlosen Schreie von Wut, Hass und Schmerz, die von den Gegnern ausgingen. Kein Zweifel, es tobte ein Kampf auf Leben und Tod.

Wer wird wohl gewinnen? dachte sie. Beide waren verwundet und bluteten. Der linke Arm des Größeren hing in einem unnatürlichen Winkel hinunter. Trotzdem hatte er seinen Gegner gerade gegen den knorrigen Stamm der Eiche geworfen. Sein Zorn war so stark, dass Elena ihn nicht nur hören, sondern auch fühlen und schmecken konnte. Sie wusste, dass die Wut ihm diese ungeheuere Kraft verlieh.

Und jetzt fiel ihr wieder ein, warum sie gekommen war. Wie hatte sie es vergessen können? Er war verletzt. Sein Wille hatte sie herbefohlen und sie mit Schockwellen von Wut und Schmerz überflutet. Sie war gekommen, um ihm zu helfen, weil sie zu ihm gehörte.

Die beiden Gestalten lagen jetzt auf dem eisigen Boden und bekämpften sich wie Wölfe. Schnell und leise trat Elena zu ihnen. Der mit dem lockigen Haar und den grünen Augen, „Stefan", flüsterte eine innere Stimme ihr zu, war oben. Seine Finger krallten sich in die Kehle des anderen. Zorn übermannte Elena. Ohne auch nur eine Sekunde lang zu zögern griff sie zwischen die beiden, um die würgende Hand zu packen und die Finger zu lösen.

Es kam ihr gar nicht in den Sinn, dass sie zu schwach dazu sein könnte. Sie war stark genug, so einfach war es. Sie setzte ihr ganzes Gewicht ein und riss ihren Feind von seinem Gegner fort. Um sicher zu gehen, schlug sie hart auf seinen verwundeten Arm und warf ihn flach mit dem Gesicht nach unten in das matschige, eisige Laub. Dann begann sie ihn von hinten zu würgen.

Ihr Überfall hatte ihn überrascht, aber er gab sich noch lange nicht geschlagen. Er schlug zurück, seine gesunde Hand suchte nach ihrer Kehle, und sein Daumen bohrte sich in ihren Hals.

Elena schnappte unwillkürlich mit den Zähnen nach der Hand. Ihr Verstand konnte es nicht begreifen, aber ihr Körper wusste, was zu tun war. Ihre Zähne waren eine Waffe. Sie durchbohrten das Fleisch und brachten es zum Bluten.

Aber er war stärker als sie. Mit einer raschen Bewegung befreite er sich aus ihrem Griff und warf sie zu Boden. Dann war er über ihr. Sein Gesicht war wutverzerrt. Sie fauchte ihn an und stach mit den Fingernägeln nach seinen Augen. Er schlug ihre Hand einfach weg.

Er würde sie töten. Sogar verwundet war er der Stärkere. Aus seinem Mund ragten scharfe Zähnen hervor, die bereits rot befleckt waren. Wie eine Kobra war er bereit, zuzustoßen.

Dann hielt er plötzlich inne, und sein Gesicht veränderte sich.

Elena sah, wie die grünen Augen sich weiteten. Die Pupillen, die zu kleinen Löchern zusammengezogen gewesen waren, sprangen auf. Er starrte sie an, als würde er sie zum ersten Mal richtig sehen.

Warum dieser Blick? Warum brachte er es nicht einfach zu Ende? Aber jetzt löste sich der eiserne Griff von ihrer Schulter. Die wutverzerrte Maske verschwand und wandelte sich in Verwirrung und ungläubiges Staunen. Er setzte sich zurück, half ihr, sich aufzurichten, und sah dabei die ganze Zeit in ihr Gesicht.

„Elena", flüsterte er. Seine Stimme klang gebrochen. „Elena, du bist es."

Ist das mein Name? dachte sie. Elena?

Es war im Grunde egal. Sie warf einen Blick auf die alte Eiche. Er war immer noch dort. Stand keuchend zwischen den aufgeworfenen Wurzeln und stützte sich mit einer Hand am Stamm ab. Er blickte sie mit seinen unergründlichen schwarzen Augen ernst an.

Mach dir keine Sorgen, dachte sie. Ich werde mit dem hier schon fertig. Der ist dumm. Sie warf sich fauchend auf den grünäugigen Fremden.

„Elena!" schrie er, als sie ihn erneut zu Boden werfen wollte. Seine gesunde Hand griff nach ihr, wollte sie aufhalten. „Ich bin's, Stefan! Elena, sieh mich an!"

Das tat sie. Doch alles, was sie interessierte, war der entblößte Fleck an seinem Hals. Sie fauchte wieder, zog die Unterlippe zurück und zeigte ihm ihre Zähne.

Er erstarrte.

Sie fühlte, wie das Entsetzen durch seinen Körper fuhr, sah, wie sein Blick sich wandelte. Sein Gesicht wurde weiß, als hätte ihn jemand in den Magen geboxt. Er schüttelte leicht den Kopf und senkte ihn.

„Nein", flüsterte er. „Nein."

Er schien es zu sich selbst zu sagen, als ob er nicht erwarten würde, dass sie ihn hörte. Sanft streckte er eine Hand nach ihrer Wange aus, und sie biss danach.

„Oh, Elena", flüsterte er wieder.

Die letzten Spuren von Wut, von wilder Gier nach Blut waren aus seinem Gesicht verschwunden. Sein Blick war wie betäubt, leidend und voller Trauer.

Und damit wurde er verwundbar. Elena nutzte die Gunst des Augenblicks und stürzte sich auf die freie Stelle seines Halses. Er hob den Arm, um sie abzuwehren, ließ ihn jedoch wieder sinken.

Er sah sie einen Moment lang an, der Schmerz in seinem Blick wurde unsagbar groß. Dann gab er einfach auf. Er hörte völlig auf zu kämpfen.

Sie fühlte, wie es passierte. Wie jeder Widerstand seinen

Körper verließ. Er legte sich auf den gefrorenen Boden und blickte an ihr vorbei in den schwarzen, wolkenverhangenen Himmel.

Mach ein Ende, hörte sie seine müde Stimme in ihrem Kopf.

Elena zögerte kurz. Etwas in seinen Augen rief Erinnerungen in ihr wach. Sie standen gemeinsam im Mondlicht ... saßen in einer Dachkammer ... Aber die Fetzen waren zu schwach. Sie konnte sie nicht festhalten, und die Anstrengung ließ sie schwindlig werden.

Der hier musste sterben. Dieser grünäugige Fremde mit dem Namen Stefan. Denn er hatte ihn verletzt, den anderen, der von Elenas Geburt an als ihr Partner bestimmt war. Niemand durfte ihm etwas antun und überleben.

Sie schlug ihre Zähne in Stefans Hals und biss tief zu.

Sofort fiel ihr auf, dass sie es nicht richtig machte. Sie hatte weder eine Arterie noch eine Vene getroffen und wurde wütend über ihre eigene Unfähigkeit. Es fühlte sich gut an, zu beißen. Doch es wollte kein Blut kommen. Frustriert hob sie den Kopf und versuchte es erneut. Sie spürte, wie sein Körper vor Schmerz zusammenzuckte.

Viel besser. Diesmal hatte sie eine Vene gefunden, aber sie hatte nicht tief genug gebissen. Ein kleiner Kratzer, nein, das genügte ihr nicht.

Elena fühlte, wie ihr Feind erschauderte, als sie ihr Werk fortsetzte. Bohrend und reißend trieb sie ihre Zähne in seinen Hals und merkte, wie das Fleisch nachgab, als sie plötzlich von hinten gepackt und hochgehoben wurde.

Elena fauchte, ohne sich von Stefans Hals zu lösen. Doch der Griff war fest und bestimmend. Ein Arm wand sich um ihre Taille, Finger packten ihr Haar. Sie wehrte sich und klammerte sich mit Zähnen und Fingernägeln an ihr Opfer.

Lass ihn los! Lass ihn! Die Stimme war scharf und befehlend wie ein eisiger Windstoß. Elena erkannte sie und hörte auf, gegen die Hände anzukämpfen, die sie wegziehen wollten. Während der andere sie auf den Boden legte und sie zum ihm aufblickte, fiel ihr ein Name ein. Damon. Sein Name war Damon. Sie sah ihn mürrisch an, war böse auf ihn, weil er sie am Töten gehindert hatte, aber dennoch gehorsam.

Stefan setzte sich auf. Sein Hals war rot von Blut, das über sein Hemd lief. Elena leckte sich die Lippen. Sie spürte plötzlich einen entsetzlichen Hunger. Das Schwindelgefühl kam zurück und wurde immer größer.

„Hattest du nicht behauptet, sie sei tot?“ fragte Damon laut. Er sah Stefan an, der noch bleicher war als zuvor, soweit das überhaupt möglich war. Sein weißes Gesicht war von entsetzlicher Hoffnungslosigkeit erfüllt.

„Schau sie dir an“, war alles, was er erwiderte.

Eine Hand legte sich unter Elenas Kinn und hob ihr Gesicht. Sie blickte offen in Damons verengte, dunkle Augen. Seine langen, geschmeidigen Finger berührten ihre Lippen, tasteten zwischen ihnen. Instinktiv versuchte Elena zu beißen, aber nicht sehr fest. Damon fand die scharfe Krümmung eines Eckzahns, und Elena knabberte sanft wie ein Kätzchen an seiner Fingerspitze.

Damons Gesicht war völlig ausdruckslos, sein Blick hart.

„Weißt du, wo wir sind?“ fragte er sie.

Elena blickte sich um. Bäume. „Im Wald?“ erwiderte sie vorsichtig und sah wieder zu ihm.

„Und wer ist das?“

Ihre Augen folgten seinem ausgestreckten Finger. „Stefan", antwortete sie ohne jedes Gefühl. „Dein Bruder."

„Und wer bin ich? Weißt du, wer ich bin?"

Sie lächelte ihn an und zeigte ihre spitzen Zähne. „Natürlich. Du bist Damon, und ich liebe dich."

2. KAPITEL

Stefans Stimme war beherrscht, aber voller Wut. „Das wolltest du doch, nicht wahr, Damon? Und jetzt hast du es erreicht. Du hast sie in eine von uns verwandelt. Es war dir nicht genug, sie nur zu töten."

Damon blickte nicht zu ihm hin. Er musterte Elena, immer noch neben ihr kniend und ihr Kinn haltend. „Das ist das dritte Mal, dass du das behauptest, und ich bin es allmählich leid", sagte er leise. Obwohl seine Kleidung zerrauft war und er von der Anstrengung des Kampfes leicht nach Atem rang, hatte er die Situation und sich selbst unter Kontrolle. „Elena, habe ich dich getötet?"

„Natürlich nicht", erwiderte sie und schlang ihre Finger um seine freie Hand. Sie wurde ungeduldig. Wovon redeten sie? Niemand war getötet worden.

„Ich hätte dich niemals für einen Lügner gehalten." Die Bitterkeit in Stefans Stimme war unverändert. „Alles andere, ja. Aber das nicht. Ich habe nie erlebt, dass du dich hinter Ausflüchten versteckst."

„Noch eine Minute, und ich verliere die Beherrschung", drohte Damon.

„Was könntest du mir denn wohl noch antun?" entgegnete

Stefan. „Mich töten? Sei barmherzig. Los mach's. Es wäre eine Erlösung für mich."

„Barmherzigkeit? Dieses Wort kenne ich schon seit einem Jahrhundert nicht mehr", spottete Damon. Er ließ endlich Elenas Kinn los. „Denk an den heutigen Tag. Woran erinnerst du dich?" fragte er sie.

Elenas Stimme klang müde wie die eines Kindes, das eine verhasste Lektion aufsagt. „Heute waren die Festlichkeiten zum Gründungstag." Sie schmiegte ihre Finger fester um seine Hand. So weit kam sie allein, doch es war nicht genug. Frustriert versuchte sie, sich mehr ins Gedächtnis zurückzurufen.

„Da war jemand in der Cafeteria ... Caroline." Erfreut, dass sie etwas gefunden hatte, bot sie ihm den Namen an. „Sie wollte vor allen aus meinem Tagebuch vorlesen, und das war schlimm, weil ..." Elena verlor den Faden. „Ich weiß nicht mehr, warum. Aber wir haben sie überlistet." Sie lächelte Damon warm und verschwörerisch an.

„Oh, ‚wir'. Das haben wir tatsächlich?"

„Ja. Du hast es ihr gestohlen. Du hast es für mich getan." Die Finger ihrer freien Hand krochen unter seine Jacke und suchten nach dem kleinen Buch. „Weil du mich liebst." Sie fand es und fuhr leicht kratzend mit den Nägeln darüber. „Das stimmt doch, oder?"

Ein leises, klagendes Geräusch kam von der Mitte der Lichtung. Elena sah hin. Stefan hatte den Kopf abgewandt.

„Was ist dann geschehen, Elena?" drang Damon weiter in sie.

„Was dann geschehen ist ... Tante Judith und ich haben gestritten." Elena dachte einen Moment darüber nach und zuckte mit den Achseln. „Über ... irgendwas. Ich wurde wütend. Sie ist nicht meine Mutter. Sie kann mir nicht vorschreiben, was ich tun soll.“

„Ich glaube nicht, dass das in Zukunft noch ein Problem sein wird“, erwiderte Damon trocken. „Weiter.“

Elena seufzte schwer. „Dann habe ich mir Matts Auto geliehen. Matt.“ Sie wiederholte den Namen nachdenklich und fuhr sich mit der Zunge über die scharfen Zähne. Vor ihrem geistigen Auge tauchte ein gut aussehender Junge mit blondem Haar und breiten Schultern auf. „Matt?“

„Und wo bist du mit Matts Auto hingefahren?“

„Zur Wickery-Brücke“, antwortete Stefan für sie und drehte sich zu ihnen um. Sein Blick war verzweifelt.

„Nein, zur Pension“, verbesserte Elena ihn gereizt. „Ich wollte warten auf ... Mm, ich hab’s vergessen. Jedenfalls war ich dort. Dann ... dann hat das Unwetter angefangen. Wind, Regen, all das. Mir gefiel das nicht. Ich bin wieder eingestiegen. Aber etwas hat mich verfolgt.“

„Jemand hat dich verfolgt.“ Stefan sah Damon scharf an.

„Etwas“, beharrte Elena. Sie hatte genug von seinen Unterbrechungen. „Gehen wir irgendwohin, wo wir allein sein können“, sagte sie zu Damon, richtete sich auf die Knie auf und lehnte sich nach vorn, bis ihr Gesicht ganz nah an seinem war.

„Gleich. Was für ein ‚Ding‘ hat dich verfolgt?“

Sie setzte sich aufgebracht zurück. „Weiß ich doch nicht! So etwas habe ich noch nie gesehen. Es war nicht wie du oder Stefan. Es war ...“ Bilder tauchten vor ihr auf. Nebel, der über dem Boden wirbelte. Der heulende Wind. Eine riesige Gestalt, die aussah wie aus weißen Dunstschleiern geschaffen. Die sie verfolgte, wie eine vom Sturm gepeitschte Wolke.

„Vielleicht gehörte das alles zu dem Unwetter“, überlegte sie. „Aber ich hatte das Gefühl, es wollte mich verletzen. Ich konnte jedoch fliehen.“ Sie spielte mit dem Reißverschluss von Damons Lederjacke, lächelte ihn an und schenkte ihm einen verführerischen Blick durch ihre langen Wimpern.

Zum ersten Mal zeigte sich eine Regung auf Damons Gesicht. Seine Lippen verzerrten sich. „Du konntest also fliehen?“

„Ja. Daran erinnere ich mich ... jemand ... hatte mir etwas von fließendem Wasser erzählt. Böse Dinge können es nicht überqueren. Deshalb bin ich in Richtung Drowning Creek zur Brücke gefahren. Und dann ...“ Sie zögerte und versuchte, sich in der erneut aufsteigenden Verwirrung an etwas Konkretes zu erinnern.

Wasser. Ja, da war Wasser gewesen. Und jemand hatte geschrien. Aber sonst war alles leer. „Und ich habe es überquert“, schloss sie schließlich lebhaft. „Muss ja sein, denn ich bin hier. Das war alles. Können wir jetzt gehen?“

Damon schwieg.

„Das Auto liegt noch unten im Fluss“, sagte Stefan. Die beiden Brüder sahen sich an wie zwei Erwachsene, die sich über den Kopf eines kleinen Kindes hinweg unterhalten. Ihre Feindschaft war im Augenblick vergessen.

Elena wurde sauer. Sie öffnete den Mund, aber Stefan fuhr fort: „Bonnie, Meredith und ich haben sie gefunden. Ich bin getaucht und habe sie hochgeholt, doch da war sie schon ...“

War ich was? Elena runzelte die Stirn.

Damon verzog spöttisch die Lippen. „Und du hast sie einfach aufgegeben? Ausgerechnet du hättest doch vermuten müssen, was geschehen könnte. Oder war dir diese Vorstellung so sehr zuwider, dass du sie nicht einmal ins Auge fassen wolltest? Wäre es dir lieber gewesen, wenn sie tatsächlich gestorben wäre?"

„Sie hatte keinen Puls, hat nicht mehr geatmet!" fuhr Stefan ihn wütend an. „Und sie hatte nicht genug Blut bekommen, um die Umwandlung durchzumachen!" Sein Blick verhärtete sich. „Jedenfalls nicht von mir!"

Elena öffnete wieder den Mund, doch Damon legte ihr zwei Finger auf die Lippen, um sie zum Schweigen zu bringen. „Das ist jetzt das Problem – oder bist du zu blind, um es zu erkennen? Du hast mir geraten, sie anzusehen. Sieh sie dir selbst einmal an! Sie hat einen Schock, ist total von Sinnen. Oh, ja, sogar ich muss das zugeben." Er hielt einen Moment inne und lächelte. „Das ist die normale Verwirrung so kurz nach der Umwandlung. Sie braucht Blut, menschliches Blut, oder ihr Körper wird keine Kraft haben, das Werk zu vollenden. Und sie wird sterben."

Von wegen verwirrt, dachte Elena beleidigt. „Mir geht es gut", sagte sie und leckte an Damons Fingern, die immer noch ihren Mund bedeckten. „Ich bin zwar ein bisschen müde, aber das ist alles. Ich wollte gerade schlafen, als ich euch beide kämpfen hörte, und kam, um dir zu helfen, Damon. Und dann hast du noch nicht einmal zugelassen, dass ich ihn töte", schloss sie angewidert.

„Ja, warum hast du sie daran gehindert?" Stefan starrte Damon eindringlich an. Jede Kameradschaft von seiner Seite aus war wieder verschwunden. „So wäre es doch das Einfachste gewesen."

Damon erwiderte seinen Blick, und mit einem Schlag kam auch seine Feindschaft zurück. Sein Atem ging schnell und leicht. „Vielleicht mag ich die Dinge nicht einfach“, zischte er. Dann schien er sich wieder unter Kontrolle zu haben. Die Lippen spöttisch verzogen, fügte er hinzu: „Wir wollen es einmal so ausdrücken, lieber Bruder. Wenn jemand das Vergnügen haben sollte, dich zu töten, dann werde ich es sein. Und niemand anders. Ich habe vor, diese Aufgabe persönlich zu übernehmen. Und ich werde sie sehr, sehr gut machen, das verspreche ich dir.“

„Dass du das kannst, hast du uns ja bereits bewiesen“, sagte Stefan leise, als würde jedes Wort ihn anwidern.

„Aber unsere Kleine hier“, Damon sah Elena mit blitzenden Augen an, „habe ich nicht getötet. Warum sollte ich auch? Ich hätte sie jederzeit zu meinem Geschöpf machen können.“

„Vielleicht, weil du sie zu verlieren drohtest, weil sie sich gerade mit einem anderen verlobt hatte, den sie heiraten wollte?“

Damon hob Elenas Hand. Ihre Finger waren immer noch um seine geschlungen. Am Ringfinger glitzerte der Goldring mit dem dunkelblauen Stein. Elena betrachtete ihn stirnrunzelnd und erinnerte sich flüchtig, ihn vorher schon einmal gesehen zu haben. Dann zuckte sie mit den Schultern und lehnte sich müde an Damon.

„Nun.“ Damon sah zu ihr hinunter. „Das scheint mir kein Problem mehr darzustellen, nicht wahr?“ Er schenkte Stefan ein böses Lächeln. „Aber das werden wir genau herausfinden, wenn sie wieder sie selbst ist. Wir können sie fragen, wen von uns beiden sie wählen will. Einverstanden?“

Stefan schüttelte den Kopf. „Wie kannst du so etwas auch nur vorschlagen? Nach allem, was passiert ist mit ...“ Seine Stimme verklang.

„Mit Katherine? Gut, ich spreche es laut aus, wenn du es nicht über dich bringst. Katherine hat eine dumme Entscheidung getroffen, und sie hat den Preis dafür gezahlt. Elena ist anders. Sie weiß, was sie will. Es ist völlig egal, ob du meiner Meinung bist oder nicht“, fügte er hinzu und überging Stefans Protest. „Tatsache ist, dass sie im Moment sehr schwach ist und Blut braucht. Ich werde dafür sorgen, dass sie es bekommt, und dann werde ich den finden, der ihr das angetan hat. Du kannst mir dabei helfen oder nicht. Mach, was du willst.“

Er stand auf und zog Elena mit sich. „Gehen wir.“

Elena kam bereitwillig mit. Sie freute sich, ihre Glieder wieder bewegen zu können. Der Wald bei Nacht war so interessant. Vorher war ihr das nie aufgefallen.

Traurig und gespenstisch drangen die Schreie der Eulen durch das Dickicht der Bäume, und raschelnd flohen die Mäuse am Boden vor ihnen. An manchen Stellen war die Luft kälter, da der Frost sich zuerst in den Niederungen und Vertiefungen festsetzte.

Elena bereitete es keine Mühe, lautlos neben Damon über das Laub zu schreiten. Sie musste nur aufpassen, wo sie hintrat. Ob Stefan ihnen folgte, interessierte sie nicht.

Sie erkannte die Stelle, an der sie den Wald verließen, denn sie war heute schon früher am Tag einmal da gewesen. Jetzt herrschte dort ein hektisches Treiben und die Szenerie wirkte gespenstisch. Rote und blaue Lichter flackerten von den Autodächern, und Scheinwerfer beleuchteten die dunklen Gestalten der Menschen.

Elena betrachtete die Gesichter neugierig. Einige kamen ihr bekannt vor. Eine Frau, zum Beispiel, mit dünnen, verhärmten Zügen und angsterfüllten Augen – Tante Judith? Und der große Mann neben ihr – Tante Judiths Verlobter Robert?

Es müsste noch jemand bei ihnen sein, dachte Elena. Ein Kind, dessen Haare so blond waren wie ihre eigenen. Aber so sehr sie sich auch bemühte, der Name fiel ihr nicht ein.

An die beiden Mädchen jedoch, die, die Arme Trost suchend umeinandergeschlungen, in einem Kreis von Polizeibeamten standen, an die erinnerte sie sich. Die Kleine mit dem roten Haar, die weinte, war Bonnie. Und die Größere mit der langen, dunklen Mähne Meredith.

„Aber sie ist nicht im Wasser", sagte Bonnie gerade zu einem Mann in Uniform. Ihre Stimme zitterte. Sie war am Ende ihrer Beherrschung. „Wir haben gesehen, wie Stefan sie herausgeholt hat. Das habe ich Ihnen wieder und wieder erklärt."

„Und Sie haben ihn hier mit ihr allein gelassen?"

„Wir hatten keine andere Wahl. Der Sturm wurde immer schlimmer, und etwas näherte sich ..."

„Das ist jetzt auch egal", unterbrach Meredith. Sie schien nur ein wenig ruhiger als Bonnie. „Stefan sagte, wenn ... wenn er sie allein lassen müsste, würde er sie unter eine Weide legen."

„Und wo ist dieser Stefan jetzt?" fragte ein weiterer Beamter scharf.

„Wir wissen es nicht. Wir sind zurückgelaufen, um Hilfe zu holen. Wahrscheinlich ist er uns gefolgt. Aber was mit ... mit Elena ..." Bonnie wandte sich ab und verbarg ihr Gesicht an Merediths Schulter.

Sie sind traurig meinetwegen, dachte Elena. Wie dumm von

ihnen. Ich kann alles aufklären. Sie wollte auf die Lichter zugehen, doch Damon zog sie zurück. Verletzt sah sie ihn an.

„Nicht so. Such dir die aus, die du willst, und ich hole sie dir“, sagte er.

„Wozu aussuchen?“

„Für deine Nahrung, Elena. Du bist jetzt eine Jägerin. Das ist dein Wild.“

Elena strich mit der Zunge zweifelnd über einen scharfen Eckzahn. Nichts da draußen sah für sie nach Nahrung aus. Aber weil Damon es gesagt hatte, protestierte sie nicht. „Wie du meinst“, erwiderte sie gehorsam.

Damon warf den Kopf zurück und betrachtete die Szene kritisch wie ein Experte, der ein berühmtes Gemälde beurteilt. „Nun, wie wäre es mit ein paar netten Sanitätern?“

„Nein“, meldete sich eine Stimme hinter ihnen.

Damon blickte flüchtig über die Schulter auf Stefan. „Warum nicht?“

„Es hat genug Überfälle gegeben. Kann sein, dass sie menschliches Blut braucht. Aber sie wird nicht dafür jagen müssen.“ Stefans Miene war verschlossen und ernst, doch gleichzeitig unnachgiebig.

„Gibt es einen anderen Weg?“ fragte Damon spöttisch.

„Das weißt du genau. Wir müssen jemanden finden, der freiwillig bereit ist oder dazu gebracht werden kann. Jemand, der es für Elena tun würde und stark genug ist, es geistig zu verkraften.“

„Und du kennst so einen Ausbund an Tugend?“

„Bring sie in die Schule. Wir treffen uns dort“, erklärte Stefan kurz und verschwand.

Sie verließen den Ort. Während sie sich von dem hektischen Treiben entfernten, fiel Elena etwas Merkwürdiges auf. Mitten im Fluss, von den Scheinwerfern angestrahlt, lag ein Auto. Bis auf die vordere Stoßstange, die aus dem Wasser herausragte, war es völlig in den Fluten versunken.

Was für ein verrückter Platz, ein Auto zu parken, dachte sie und folgte Damon zurück in den Wald.

Stefans Gefühle kehrten langsam zurück.

Es schmerzte. Er hatte geglaubt, den Schmerz und damit jedes Gefühl längst überwunden zu haben. Als er Elenas leblosen Körper aus dem Wasser gezogen hatte, hatte er gedacht, jenseits aller Qualen zu sein, denn nichts würde den brutalen Schock dieses Augenblicks jemals übertreffen können.

Er hatte sich geirrt.

Stefan blieb stehen, stützte sich mit seiner gesunden Hand an einem Baumstamm ab, senkte den Kopf und atmete tief ein. Als sich der rote Nebel vor seinen Augen verzogen hatte und er wieder richtig sehen konnte, ging er weiter. Doch das schreckliche Brennen in seiner Brust hielt unvermindert an. Hör auf, an sie zu denken, ermahnte er sich und wusste gleichzeitig, dass es sinnlos war.

Aber sie war nicht richtig tot. Zählte das denn gar nicht? Er hatte gedacht, nie mehr ihre Stimme zu hören, nie mehr ihre Berührung zu spüren ...

Und jetzt, wenn sie die Hand nach ihm ausstreckte, wollte sie ihn töten!

Er blieb wieder stehen, krümmte sich zusammen. Sein Magen revoltierte.

Elena in diesem Zustand ... Das war eine größere Folter für ihn, als sie kalt und leblos daliegen zu sehen. Vielleicht hatte

Damon ihn deswegen am Leben gelassen. Vielleicht war das seine Rache.

Und vielleicht sollte er gerade jetzt das tun, was er sich vorgenommen hatte, nachdem er Damon getötet hätte. Nämlich warten, bis die Morgendämmerung kam, und den Ring abziehen, der ihn vor der Sonne bewahrte. Dann wollte er sich der feurigen Umarmung ihrer Strahlen aussetzen, bis sie das Fleisch von seinen Knochen gebrannt hatte und der Schmerz für immer vorbei war.

Aber er würde es nicht tun. Solange Elena auf dieser Welt war, würde er sie niemals verlassen. Selbst, wenn sie ihn hasste und jagte. Er würde alles tun, um sie zu schützen.

Stefan machte einen Umweg in seine Pension. Er musste sich erst säubern, bevor er sich unter die Menschen wagen konnte. In seinem Zimmer wusch er das Blut von Gesicht und Hals und untersuchte seinen Arm. Der Heilungsprozess hatte bereits begonnen. Mit etwas Konzentration konnte er ihn noch weiter beschleunigen.

Seine übernatürlichen Kräfte verbrauchten sich rasch. Der Kampf mit seinem Bruder hatte ihn bereits geschwächt. Aber das hier war zu wichtig. Nicht wegen des Schmerzes, den spürte er kaum. Sondern für Elena.

Damon und Elena warteten vor der Schule. Stefan konnte die Ungeduld seines Bruders fühlen und die neue, fremde Wildheit, die von Elena ausging.

„Ich hoffe, du weißt, was du tust“, meinte Damon trocken.

Stefan schwieg. In der Aula herrschte Aufregung. Menschen, die sich eigentlich auf dem Ball zum Gründungstag hatten amüsieren wollen und dem Sturm zum Trotz geblieben waren, liefen unruhig herum oder standen in kleinen Gruppen zusammen und diskutierten. Stefan schaute durch die offene Tür und versuchte, die Aura einer bestimmten Person aufzufangen.

Er fand sie. Ein blonder Kopf war über einen Tisch in der Ecke gebeugt.

Matt.

Matt richtete sich auf und sah sich verwirrt um. Stefan zwang ihn durch seine Willenskraft, nach draußen zu kommen. *Du brauchst frische Luft.* Er flößte diesen Gedanken Matt ein. *Du willst unbedingt einen Moment vor die Tür gehen.*

Zu Damon, der unsichtbar gerade außerhalb des Lichtkreises stand, bedeutete er: Bring sie in die Schule. Ins Fotolabor. Sie weiß, wo das ist. Zeigt euch nicht, bis ich es euch sage.

Dann zog er sich zurück und wartete auf Matt.

Matt kam. Er starrte mit traurigem Gesicht auf den mondlosen Himmel. Als Stefan ihn ansprach, zuckte er heftig zusammen.

„Stefan! Du bist hier!“ Verzweiflung, Hoffnung und Entsetzen wechselten sich auf seinen Zügen ab. Er lief zu ihm hinüber. „Haben sie ... sie zurückgebracht? Gibt es etwas Neues?“

„Was hast du bisher erfahren?“

Matt starrte ihn einen Moment an, bevor er antwortete. „Bonnie und Meredith kamen her und berichteten, dass Elena mit meinem Auto von der Wickery-Brücke gestürzt sei. Dass sie ...“ Er hielt inne und schluckte. „Stefan, das ist nicht wahr, bitte!“ Seine Augen flehten ihn an.

Stefan wandte den Blick ab.

„Oh, mein Gott“, sagte Matt mit gebrochener Stimme. Er kehrte Stefan den Rücken zu und presste die Handrücken auf die Augen. „Ich kann es nicht glauben, ich kann nicht. Das darf einfach nicht wahr sein."

„Matt ..." Stefan berührte seine Schulter.

„Tut mir Leid", erwiderte Matt heiser. „Es muss die Hölle für dich sein, und ich mache alles noch schlimmer."

Mehr, als du ahnst, dachte Stefan. Er ließ seine Hand fallen. Zunächst hatte er vorgehabt, Matt mit seinen übernatürlichen Kräften zu beeinflussen. Aber das war ihm jetzt unmöglich. Er konnte es nicht tun, konnte das nicht dem ersten und einzigen menschlichen Freund antun, den er hier in der Stadt gefunden hatte.

Also gab es nur noch eins, ihm die Wahrheit zu sagen. Wenn er alles wusste, sollte er seine eigene Wahl treffen.

„Wenn du jetzt, in diesem Moment, etwas für Elena tun könntest, würdest du es tun?" fragte er.

Matt war zu sehr in seinem Schmerz gefangen, um darüber nachzudenken, dass die Frage zu diesem Zeitpunkt eigentlich völlig idiotisch war. „Alles", antwortete er und rieb sich mit dem Ärmel über die Augen. „Ich würde alles für sie tun." Er schaute Stefan fast herausfordernd an. Sein Atem kam in unregelmäßigen, schnellen Stößen.

Herzlichen Glückwunsch, Matt, dachte Stefan müde und traurig. Du hast soeben eine Reise ins Herz der Finsternis gewonnen.

„Komm mit", sagte er laut. „Ich möchte dir etwas zeigen."

3. KAPITEL

Elena und Damon warteten in der Dunkelkammer. Stefan konnte ihre Anwesenheit in dem kleinen Raum spüren, als er die Tür zum Fotolabor aufstieß und Matt hineinführte.

„Die Türen sollten eigentlich verschlossen sein“, wunderte sich Matt, während Stefan das Licht einschaltete.

„Das waren sie auch.“ Stefan wusste nicht, wie er den Freund auf das Kommende vorbereiten sollte. Er hatte seine wahre Natur noch nie freiwillig einem Menschen enthüllt.

Schweigend blieb er stehen, bis Matt sich umdrehte und ihn ansah. Während sich der Augenblick endlos hinzuziehen schien, beobachtete er, wie Matts Gesichtsausdruck sich langsam von stumpfer Trauer in Unbehaglichkeit wandelte.

„Ich verstehe nicht“, sagte er unsicher.

„Ich weiß.“ Stefan schaute ihn weiter an und ließ dabei absichtlich die Barrieren fallen, die seine übernatürlichen Kräfte vor den Menschen verbargen. Er beobachtete, wie sich Angst auf Matts Gesicht ausbreitete. Matt blinzelte und schüttelte den Kopf. Sein Atem ging schneller.

„Was ...?“ fragte er mit heiserer Stimme.

„Es gibt sicher ein paar Dinge an mir, über die du dich schon gewundert hast“, fuhr Stefan fort. „Zum Beispiel, warum ich bei starkem Licht eine Sonnenbrille trage. Warum ich nichts esse. Warum meine Reflexe so schnell sind.“

Matt stand jetzt mit dem Rücken zur Dunkelkammer. Seine Kehle arbeitete heftig, als wollte er versuchen zu schlucken. Stefan konnte mit den Instinkten eines Jägers spüren, dass sein Herz wie das eines gefangenen Tieres hektisch schlug.

„Nein“, brachte Matt hervor.

„Aber du musst darüber nachgedacht haben, musst dich gefragt haben, warum ich mich so von den anderen unterscheide.“

„Nein. Das heißt ... es ist mir egal. Ich halte mich aus Dingen heraus, die mich nichts angehen.“ Matt wollte zur Tür. Sein Blick ging kaum merklich in diese Richtung.

„Nicht, Matt. Ich möchte dich nicht verletzen, kann aber nicht zulassen, dass du jetzt gehst.“ Stefan fühlte aus dem Versteck Elenas kaum verhüllte Not. *Warte,* bedeutete er ihr auf telepathischem Weg.

Matt gab jeden Gedanken an Flucht auf. „Wenn du mir Angst machen wolltest, ist dir das gelungen“, erklärte er leise. „Was willst du?“

Komm, gab Stefan Elena zu verstehen. Zu Matt sagte er: „Dreh dich um.“

Matt tat es und unterdrückte einen Schrei.

Elena stand da. Aber es war nicht die Elena von diesem Nachmittag, als Matt sie zum letzten Mal gesehen hatte. Jetzt schauten ihre Füße nackt unter dem Saum des langen Kleides hervor. Die dünnen Falten des weißen Musselins, die an ihrem Körper klebten, waren mit Eiskristallen übersät. Sie funkelten im Licht. Von ihrer Haut, immer schon weiß und zart, ging ein frostiger Schimmer aus. Und über ihrem hellblonden Haar schien ein silbriger Glanz zu liegen.

Aber der wahre Unterschied war in ihrem Gesicht zu erkennen. Diese tiefblauen Augen unter den schweren Lider blickten schläfrig und doch unnatürlich wach. Um ihre Lippen spielte ein Ausdruck sinnlicher Vorfreude, gepaart mit wildem

Hunger. Sie war schöner, als sie es je in ihrem Leben gewesen war, doch diese Schönheit war Furcht einflößend.

Matt starrte sie wie gebannt an.

„Matt", sagte Elena erfreut. Sie zog seinen Namen in die Länge und lächelte dabei.

Stefan hörte, wie Matt ungläubig tief Atem holte und fast schluchzend die Luft wieder ausstieß, während er gleichzeitig vor ihr zurückwich.

Es ist alles gut. Stefan schickte ihm diesen Gedanken mit der ganzen Macht seiner telepathischen Kräfte. Als Matt die Botschaft erreichte, traf es ihn wie ein Schock. Er fuhr zu Stefan herum, die Augen vor Schreck weit aufgerissen.

„Jetzt weißt du also Bescheid", fügte Stefan laut hinzu.

Aus Matts Gesichtsausdruck war zu erkennen, dass er darauf gar keinen Wert legte. Stefan konnte sehen, dass er sich weigerte, alles zu glauben. Jetzt trat Damon hinter Elena hervor. Er ging auf die rechte Seite und steigerte mit seiner Anwesenheit noch die Spannung im Raum.

Matt war umzingelt. Die drei Vampire näherten sich ihm langsam, unmenschlich schön und gleichzeitig bedrohlich.

Stefan konnte Matts Angst riechen. Es war die hilflose Furcht eines Hasen vor dem Fuchs oder einer Maus vor der Eule. Und Matt hatte allen Grund dazu. Sie waren die Jäger, er war der Gejagte. Ihre Aufgabe bestand darin, jemanden wie ihn zu töten.

Und gerade in diesem Moment waren die Selbsterhaltungstriebe dabei, außer Kontrolle zu geraten. Matt wollte fliehen, und das löste in Stefan eine bestimmte Reaktion aus. Wenn das Wild fortrannte, wurde es vom Jäger verfolgt. So einfach war das. Alle drei Jäger waren bis aufs Äußerte gespannt. Stefan fühlte, dass er nicht die Verantwortung für die Folgen tragen konnte, wenn Matt jetzt die Nerven verlor.

Wir wollen dir nichts tun, versicherte er ihm auf telepathischem Weg. Elena braucht dich, und was sie von dir will, wird dir keinen dauerhaften Schaden zufügen. Es muss nicht einmal wehtun, Matt.

Aber Matts Muskeln waren immer noch angespannt und zur Flucht bereit. Stefan merkte, dass sie begannen, ihn unwillkürlich einzukesseln, bereit, jeden Fluchtweg abzuschneiden.

Du hast gesagt, du würdest alles für Elena tun, erinnerte er Matt verzweifelt und sah, wie dieser endlich seine Wahl traf.

Matt atmete tief aus. Seine Anspannung wich. „Du hast recht. Das habe ich gesagt", flüsterte er. Kaum merkbar wappnete er sich, bevor er fortfuhr. „Was genau braucht sie?"

Elena lehnte sich nach vorn und legte einen Finger auf Matts Hals. Mit der Spitze fuhr sie seine Arterie entlang.

„Nicht die", griff Stefan schnell ein. „Du willst ihn doch nicht töten. Sag's ihr, Damon."

„Versuch es da oder da." Damon hielt Matts Kinn hoch und zeigte auf die Stellen. Er war so stark, dass Matt sich nicht aus seinem Griff befreien konnte. Stefan fühlte, wie wieder Panik in ihm aufstieg.

Vertrau mir, Matt, vermittelte er ihm und stellte sich hinter ihn. *Aber es muss deine eigene Entscheidung sein,* fügte er von plötzlichem Mitgefühl gepackt hinzu. *Du kannst sie immer noch ändern.*

Matt zögerte. Dann sagte er mit zusammengepressten Zähnen: „Nein. Ich will helfen. Ich möchte dir helfen, Elena."

„Matt", flüsterte sie zärtlich und richtete den Blick ihrer tiefblauen Augen auf ihn. Dann schaute sie hinunter auf seinen Hals, und ihre Lippen öffneten sich hungrig. „Matt." Sie lächelte wieder und schlug schnell wie ein Jagdfalke zu.

Stefan legte ihm die flache Hand auf den Rücken, um ihn zu stützen. In dem Moment, als ihre Zähne seine Haut durchbohrten, wollte Matt zurückzucken. *Kämpfe nicht dagegen an. Das verursacht dir Schmerzen,* riet Stefan ihm schnell.

Während Matt versuchte, sich zu entspannen, kam unerwartete Hilfe von Elena. Sie strahlte die warme Glückseligkeit eines Wolfsjungen aus, das gefüttert wird. Diesmal war ihr der Biss sofort richtig gelungen. Sie empfand unschuldigen Stolz und wachsende Zufriedenheit, als ihr quälender Hunger langsam nachließ. Und Zuneigung zu Matt, wie Stefan mit plötzlicher Eifersucht feststellen musste. Sie hasste Matt nicht, weil er keine Bedrohung für Damon darstellte. Elena mochte Matt.

Stefan ließ sie so viel trinken wie nötig, dann griff er ein. *Das reicht, Elena. Du möchtest ihn doch nicht verletzen.* Aber er, Damon und ein reichlich benommener Matt mussten ihre ganzen Kräfte aufwenden, um sie loszureißen.

„Sie braucht jetzt Ruhe", erklärte Damon. „Ich werde sie irgendwohin bringen, wo sie in Sicherheit ist." Er fragte Stefan nicht, sondern teilte es ihm lediglich mit.

Während sie gingen, fügte er, telepathisch und nur für Stefan hörbar, hinzu: *Ich habe die Art nicht vergessen, wie du mich angegriffen hast, Bruder. Darüber werden wir uns später noch unterhalten.*

Stefan sah ihnen nach. Er hatte bemerkt, wie Elenas Blick auf Damon gerichtet war und wie sie ihm widerspruchslos folgte. Aber wenigstens war sie jetzt außer Gefahr. Matts Blut hatte ihr die Kraft gegeben, die sie brauchte. Das war alles, an das Stefan sich klammern konnte. Und er redete sich ein, dass es auch alles war, was zählte.

Er wandte sich Matt zu. Dieser hatte sich auf einen der Plastikstühle sinken lassen und starrte vor sich hin.

Dann traf sein Blick auf Stefan, und beide betrachteten einander ernst.

„Nun“, begann Matt. „Jetzt weiß ich also Bescheid.“ Er schüttelte den Kopf und drehte ihn ein wenig zur Seite. „Aber ich kann es immer noch nicht glauben“, flüsterte er, presste seine Finger vorsichtig auf den Hals und zuckte leicht zusammen. „Bis auf das, natürlich.“ Dann runzelte er die Stirn. „Dieser Typ ... Damon. Wer ist das?“

„Mein älterer Bruder“, erwiderte Stefan nüchtern. „Woher kennst du seinen Namen?“

„Er war letzte Woche bei Elena zu Hause. Das Kätzchen hat ihn angegriffen.“ Matt hielt inne und erinnerte sich plötzlich noch an etwas anderes. „Und Bonnie hatte wieder so einen komischen Anfall.“

„Sie hatte eine telepathische Eingebung? Was hat sie gesagt?“

„Sie sagte ... sie sagte, der Tod wäre im Haus.“

Stefan schaute zu der Tür, durch die Damon und Elena verschwunden waren. „Sie hatte recht.“

„Stefan, was geht hier vor?“ Matts Stimme klang fast flehend. „Ich verstehe das Ganze noch nicht. Was ist mit Elena geschehen? Wird sie für immer so bleiben? Gibt es nichts, was wir für sie tun können?“

„Wie bleiben?“ fragte Stefan hart. „Verwirrt? Ein Vampir?“

Matt sah zur Seite. „Beides.“

„Was das erste angeht, kann es sein, dass sie jetzt, wo sie richtig gesättigt ist, wieder klarer im Kopf wird. Jedenfalls hält Damon das für möglich. Und was das andere angeht, da gibt es nur eins, was du tun kannst, um ihren Zustand zu ändern."

Während Hoffnung in Matts Augen aufflackerte, fuhr Stefan brutal fort: „Du kannst einen hölzernen Pflock nehmen und ihn ihr durchs Herz stoßen. Dann wird sie kein Vampir mehr sein. Sondern nur tot."

Matt stand auf und ging zum Fenster.

„Du würdest sie allerdings nicht richtig töten können, denn sie ist bereits gestorben. Sie ist im Fluss ertrunken. Aber da sie genug Blut von mir bekommen hatte ..." Er hielt inne, bis seine Stimme nicht mehr schwankte. „... und, wie es scheint, auch von meinem Bruder, hat sie eine Umwandlung durchgemacht, statt zu sterben. Sie ist aufgewacht und war ein Jäger, wie wir. Und das wird sie von jetzt an auch bleiben."

Den Rücken ihm immer noch zugewandt, antwortete Matt: „Ich wusste immer, dass irgend etwas Merkwürdiges an dir ist, Stefan. Ich habe geglaubt, das kommt daher, weil du aus einem anderen Land stammst." Er schüttelte selbstanklagend den Kopf. „Aber tief in mir drin wusste ich, dass es mehr als nur das ist. Und doch habe ich mir eingeredet, dass ich dir trotz allem vertrauen kann, und habe es immer wieder getan."

„Zum Beispiel, als du mit mir das Eisenkraut gesucht hast."

„Ja." Nach kurzem Zögern fügte Matt hinzu: „Kannst du mir jetzt wenigstens verraten, wozu es gut war?"

„Um Elena zu schützen. Ich wollte Damon von ihr fern halten. Aber offenbar war das gar nicht in ihrem Sinne." So sehr er sich auch bemühte, er konnte die Bitterkeit nicht aus seiner Stimme verdrängen.

Matt drehte sich um. „Verurteile sie nicht, bevor du nicht alles weißt, Stefan. Diese eine Sache habe ich gelernt.“

Stefan war überrascht. Er schenkte ihm ein kleines, freudloses Lächeln. Als Elenas Exfreunde waren beide jetzt in derselben Lage. Er fragte sich, ob er so anständig wie Matt sein konnte und die Niederlage wie ein Gentleman wegstecken würde.

Er zweifelte daran.

Von weit her drangen Stimmen an ihn heran. Sie waren unhörbar für menschliche Ohren, und Stefan, der in Gedanken immer noch bei Elena war, achtete fast nicht darauf. Bis die Worte in sein Bewusstsein drangen.

Dann fiel ihm wieder ein, was er erst vor ein paar Stunden getan hatte. Bis zu diesem Moment hatte er Tyler Smallwood und dessen Schläger total vergessen.

Jetzt kam die Erinnerung zurück. Entsetzen und Scham schnürten ihm die Kehle zu. Er war vor Trauer über Elenas Tod wie von Sinnen gewesen, und sein Verstand hatte unter dem übergroßen Druck ausgesetzt. Aber das war keine Entschuldigung für das, was er angerichtet hatte. Waren sie alle tot? Hatte er, der vor so langer Zeit geschworen hatte, nie jemanden zu töten, heute sechs Menschen umgebracht?

„Stefan, warte. Wo willst du hin?“ Als keine Antwort kam, folgte Matt ihm halb rennend, um mit ihm mitzuhalten, aus dem Schulgebäude hinaus auf die Aschenbahn. Am anderen Ende des Sportfeldes stand Mr. Shelby bei der Quonset-Hütte.

Das Gesicht des Hausmeisters war grau und von Entsetzen gezeichnet. Er versuchte zu rufen, doch nur ein heiseres

Krächzen kam aus seiner Kehle. Stefan drängte sich an ihm vorbei in die Hütte.

Drinnen sah es aus wie in einer Szene aus einem Horrorfilm. Inmitten von Glasscherben und zersplittertem Holz von dem eingeschlagenen Fenster lagen die Opfer. Boden und Wände waren mit eingetrockneten rostbraunen Blutflecken bespritzt. Ein Blick auf die Körper enthüllte den Grund. An den Hälsen der Opfer befanden sich tiefe, purpurrote Wunden. Nur Caroline schien unverletzt. Aber ihr Blick war starr und leer.

Matt rang hinter Stefan nach Luft. „Stefan! Elena, sie hat doch nicht ...?"

„Sei ruhig", antwortete Stefan angespannt. Er warf einen Blick auf Mr. Shelby, doch der Hausmeister lehnte erschöpft an seinem Karren mit Besen und Putzzeug. Glas knirschte unter Stefans Schritten, als er zu Tyler hinging und sich neben ihn kniete.

Er war nicht tot. Stefan wurde fast schwindlig vor Erleichterung. Tylers Brust bewegte sich leicht. Als Stefan seinen Kopf anhob, bewegte er ihn leicht und er öffnete völlig benommen ein wenig die Augen.

Du wirst dich an nichts erinnern, befahl ihm Stefan telepathisch. Im gleichen Moment fragte er sich, warum er sich überhaupt die Mühe machte. Er sollte Fell's Church den Rücken kehren und nie mehr zurückkommen.

Aber das würde er nicht tun. Nicht, solange Elena hier war.

Auch den anderen Bewusstlosen teilte er das gleiche mit: *Ihr werdet nicht mehr wissen, wer euch angegriffen hat. Der ganze Nachmittag wird wie ausgelöscht sein.*

Während Stefan das tat, fühlte er, wie seine übernatürlichen Kräfte langsam schwächer wurden. Bald würde er wieder völlig ausgebrannt sein.

Draußen hatte Mr. Shelby endlich seine Stimme wiedergefunden und schrie um Hilfe. Müde ließ Stefan Tylers Kopf zurück auf den Boden gleiten und drehte sich um.

Matts Lippen waren weiß, seine Nasenflügel blähten sich, als hätte er etwas Abstoßendes gerochen. Sein Blick war der eines Fremden. „Elena hat das nicht getan", flüsterte er entsetzt. „Du warst es."

Sei still! Stefan raste an ihm vorbei in die kalte Nacht hinaus und wollte möglichst großen Abstand legen zwischen sich und diesen Raum. Dankbar fühlte er die eisige Luft auf seiner heißen Haut. Eilige Schritte aus der Richtung der Cafeteria sagten ihm, dass man die Schreie des Hausmeisters gehört hatte.

„Du warst es, nicht wahr?" Matt war Stefan auf das Sportfeld gefolgt. Es war ihm deutlich anzumerken, dass er sich bemühte, alles zu verstehen.

Stefan drehte sich zu ihm um. „Ja, ich habe das getan!" fuhr er ihn an. Er starrte Matt lange und böse an, gab sich keine Mühe, die bedrohliche Wut in seinen Zügen zu verbergen. „Ich habe es dir gesagt, Matt. Wir sind Jäger. Wir töten. Ihr seid die Schafe, wir sind die Wölfe. Und Tyler hatte sein Schicksal herausgefordert, seit dem ersten Tag, an dem ich nach Fell's Church gekommen bin."

„Eine ordentliche Tracht Prügel hatte er verdient. Die hast du ihm ja auch verpasst. Aber ... das?" Matt sah ihm ohne jede Angst geradewegs in die Augen. Er hatte Mut, das musste Stefan ihm lassen. „Tut es dir nicht einmal Leid? Hast du kein schlechtes Gewissen?"

„Warum?“ Stefans Stimme war kalt und leer. „Tut es dir Leid, wenn du ein saftiges Steak isst? Hast du Mitleid mit der Kuh?“ Er sah Matts trauriges Unverständnis, blieb aber hart. Es war besser, wenn Matt sich in Zukunft von ihm fern hielt. Sonst konnte es geschehen, dass er so endete wie die Jungen in der Quonset-Hütte. „Ich bin, was ich bin, Matt. Und wenn du damit nicht fertig wirst, geh mir in Zukunft lieber aus dem Weg.“

Matt blickte ihn noch einen Moment länger an. Die Ungläubigkeit auf seinem Gesicht machte langsam bitterer Ernüchterung Platz. Sein Kinn verkrampfte sich. Dann drehte er sich ohne ein Wort abrupt um und ging davon.

Elena stand auf dem Friedhof.

Damon hatte ihr eingeschärft, da zu warten, bis er zurückkam. Trotzdem hatte sie keine Lust, still sitzen zu bleiben. Sie war müde, aber nicht richtig schläfrig. Das neue Blut in ihren Adern wirkte wie ein Adrenalinstoß. Sie hatte große Lust, auf Entdeckungsreise zu gehen.

Der Friedhof war voller Leben, obwohl kein menschliches Wesen in Sichtweite war. Ein Fuchs schnürte durch die Schatten am Fluss entlang. Kleine Nagetiere gruben quiekend und raschelnd Tunnel unter dem langen Gras um die Grabsteine. Eine Eule flog fast lautlos zu der Kirchenruine und ließ sich mit einem unheimlichen Schrei auf dem Glockenturm nieder.

Elena stand auf und folgte ihr. Das war viel besser, als sich wie eine Maus im Gras zu verbergen, dachte sie zufrieden. Sie schaute sich interessiert in der Ruine um und nutzte ihre neu geschärften Sinne, um alles zu untersuchen. Das Dach war fast völlig eingestürzt. Nur noch drei der Wände standen. Aber der

Glockenturm ragte wie ein einsames Mahnmal aus dem Geröll.

An einer Seite befand sich das Grab von Thomas und Honoria Fell. Es glich einem großen Steinkasten oder Sarg. Elena betrachtete aufmerksam die beiden weißen Marmorgesichter der Statuen auf dem Deckel. Sie lagen dort in friedlicher Ruhe, die Augen geschlossen, die Hände auf der Brust gefaltet. Thomas Fell sah ernst aus und ein wenig streng, Honoria hingegen nur traurig. Flüchtig dachte Elena an ihre eigenen Eltern, die Seite an Seite auf dem neuen Teil des Friedhofs ruhten.

Ich werde nach Hause gehen. Ja, das werde ich tun, dachte sie. Gerade hatte sie sich wieder an zu Hause erinnert. Sie konnte es sich jetzt alles genau vorstellen: ihr hübsches Schlafzimmer mit den blauen Vorhängen, den Kirschholzmöbeln und dem kleinen Kamin. Und etwas Wichtiges befand sich unter den Dielenbrettern im Schrank.

Ihre Schritte trugen sie instinktiv zur Maple Street. Das Haus war sehr alt. Es besaß einen großen Vorgarten und Vorderfenster, die bis zum Boden reichten. Roberts Auto stand in der Einfahrt.

Elena starrte auf die Haustür und hielt inne. Es gab einen Grund, weshalb man sie nicht sehen sollte. Obwohl sie sich im Moment nicht erinnern konnte, worin er bestand. Sie zögerte und kletterte dann geschickt den Quittenbaum hinauf zu ihrem Schlafzimmerfenster.

Aber sie konnte nicht hinein, ohne bemerkt zu werden. Eine Frau saß auf dem Bett, hielt Elenas roten Seidenkimono auf ihrem Schoß und starrte darauf hinunter. Tante Judith. Robert stand beim Schrank und redete mit ihr. Elena merkte, dass sie seine Stimme selbst durch die Glasscheibe hören konnte.

„... werden morgen wieder hinausgehen“, sagte er gerade. „Wenn es nicht stürmt. Man wird jeden Zentimeter des Waldes durchsuchen. Sie werden sie finden, Judith. Du wirst schon sehen.“ Tante Judith schwieg, und er fuhr fort. Seine Stimme klang verzweifelter. „Wir dürfen die Hoffnung nicht aufgeben, egal, was die Mädchen sagen ...“

„Es hat keinen Zweck, Bob.“ Tante Judith hatte endlich den Kopf gehoben. Ihre Augen waren rot gerändert, aber trocken. „Es hat keinen Zweck.“

„Meinst du den Suchtrupp? Ich werde nicht zulassen, dass du so redest.“ Er ging zu ihr.

„Nein, es ist nicht nur das ... Obwohl ich in meinem Herzen weiß, dass wir sie nicht mehr lebendig finden werden. Ich meine ... alles. Uns. Was heute passiert ist, war unsere Schuld ...“

„Das ist nicht wahr! Es war ein schrecklicher Unfall.“

„Ja, aber durch uns ist er geschehen. Wenn wir nicht so hart zu ihr gewesen wären, wäre sie niemals allein losgefahren und in den Sturm geraten. Nein, Bob, versuche nicht, mich zum Schweigen zu bringen. Ich möchte, dass du mir zuhörst.“

Tante Judith holte tief Luft und fuhr fort. „Dabei geht es nicht nur um heute. Elena hatte schon lange Probleme, eigentlich seit die Schule wieder angefangen hat. Aber ich habe die Signale einfach übersehen. Weil ich zu sehr mit mir – mit uns – beschäftigt war, um ihr genug Aufmerksamkeit zu schenken. Und jetzt, wo sie ... nicht mehr bei uns ist ... möchte ich nicht, dass dasselbe mit Margaret passiert.“

„Was willst du damit sagen?“

„Ich kann dich nicht heiraten. Jedenfalls nicht so schnell, wie wir geplant hatten. Vielleicht auch nie." Ohne ihn anzusehen, sprach sie leise weiter. „Margaret hat schon zu viel verloren. Ich möchte nicht, dass sie das Gefühl bekommt, auch mich zu verlieren."

„Sie wird dich nicht verlieren, sondern im Gegenteil einen neuen Freund gewinnen. Denn ich werde viel öfter bei euch sein. Du weißt, wie viel sie mir bedeutet."

„Es tut mir Leid, Bob. Aber ich sehe das anders."

„Das kann nicht dein Ernst sein! Nach all der Zeit, die ich hier verbracht habe, nach allem, was ich getan habe ..."

Tante Judiths Stimme war müde, aber unbeirrt. „Es ist mein Ernst."

Von ihrem Sitz draußen auf der Fensterbank betrachtete Elena Robert neugierg. Eine Ader pochte auf seiner Stirn, und sein Gesicht war ganz rot geworden.

„Morgen wirst du anders darüber denken", sagte er.

„Nein, bestimmt nicht."

„Du meinst das nicht so ..."

„Doch. Und gib dir keine Mühe, mich vom Gegenteil zu überzeugen, es wird dir nicht gelingen."

Einen Moment lang sah Robert sich frustiert um, dann verdüsterte sich sein Blick. Als er sprach, war seine Stimme nüchtern und kalt. „Verstehe. Wenn das dein letztes Wort ist, gehe ich jetzt wohl besser."

„Bob." Tante Judith schien damit nicht gerechnet zu haben und drehte sich erschrocken um. Robert war bereits aus der Tür. Sie stand auf, unsicher, ob er nicht für immer gehen würde und sie ihm nicht doch folgen sollte. Ihre Finger kneteten den roten Stoff, den sie hielt. „Bob!" rief sie drängender und wollte den Kimono auf Elenas Bett legen, bevor sie ihrem Verlobten nachlief.

Aber als sie sich umgedreht hatte, holte sie erschrocken Luft und blieb wie erstarrt stehen. Ihre Hand flog zu ihrem Mund. Fassungslos starrte sie Elena durch die silbern glänzende Fensterscheibe an. Einen langen Moment sahen die beiden sich in die Augen, ohne sich zu bewegen. Dann ließ Tante Judith die Hand fallen und schrie auf.

4. KAPITEL

Etwas riss Elena aus dem Baum. Sie schrie aus Protest auf, als sie stürzte, zunächst geschmeidig wie eine Katze auf den Füßen landete und dann doch schmerzhaft auf die Knie fiel.

Sie fuhr zurück, die Finger zu Klauen gekrümmt, um den anzugreifen, der das gewagt hatte. Damon schlug ihre Hand einfach weg.

„Warum hast du mich so runtergezerrt?“ fragte sie wütend.

„Warum bist du nicht dort geblieben, wo du solltest?“ fuhr er sie an.

Sie starrten sich an, beide gleich wütend. Dann wurde Elena abgelenkt. Das Schreien ging oben weiter, das Fenster wurde heftig aufgerissen. Damon drängte sie gegen die Hauswand, von wo aus sie nicht von oben gesehen werden konnten.

„Machen wir, dass wir von dem Lärm hier wegkommen“, meinte er gelangweilt und schaute hoch. Ohne auf eine Antwort zu warten, packte er sie am Arm. Elena wehrte sich.

„Ich muss da rein!“

„Das geht nicht." Er schenkte ihr ein spöttisches Lächeln. „Und ich meine es wörtlich. Du bist nicht eingeladen worden."

Einen Moment war Elena überrascht und ließ zu, dass er sie ein paar Schritte fortzog. Dann blieb sie wieder stehen.

„Aber ich brauche mein Tagebuch!"

„Was?"

„Es ist im Schrank, unter den Dielenbrettern. Ich brauche es! Ohne mein Tagebuch kann ich nicht schlafen." Elena wusste selbst nicht, warum sie solche Umstände deswegen machte, aber es schien sehr wichtig zu sein.

Damon war aufgebracht. Dann hellten sich seine Züge auf. „Hier", sagte er ruhig mit einem Glitzern in den Augen. Er zog etwas aus seiner Jackentasche. „Nimm's."

Elena betrachtete zweifelnd, was er ihr da anbot.

„Das ist doch dein Tagebuch, nicht wahr?"

„Ja, aber mein altes. Ich will mein neues."

„Das wird den gleichen Zweck erfüllen müssen, denn ein anderes kriegst du nicht. Komm jetzt, bevor sie die ganze Nachbarschaft aufwecken." Seine Stimme war wieder kalt und befehlend.

Elena betrachtete das Büchlein in seiner Hand. Es war klein, mit einem blauem Samteinband und einem Messingschloss. Nicht gerade neu, aber es kam ihr bekannt vor. Sie beschloss, dass es annehmbar war.

Und ließ zu, dass Damon sie in die Nacht hinausführte.

Elena fragte nicht, wohin sie gingen. Es war ihr egal. Aber sie erkannte das Haus in der Magnolia Avenue. Dort wohnte Alaric Saltzman.

Er selbst öffnete die Tür und bat Damon und Elena hinein. Der Geschichtslehrer machte jedoch einen merkwürdigen Eindruck und schien die beiden gar nicht richtig wahrzunehmen. Sein Blick war glasig, und er bewegte sich wie ein Roboter.

Elena leckte sich unwillkürlich die Lippen.

„Nein, nicht ihn“, befahl Damon kurz. „Aber in seinem Haus wirst du sicher sein. Ich habe hier schon früher geschlafen. Da hinauf.“

Er führte sie über eine Treppe zu einem Speicher. Dort befand sich ein kleines Fenster, das mit einem Laden verschlossen war. Der muffige Raum war voll gestellt mit allen möglichen Sachen: Schlitten, Skiern, einer Hängematte. Am anderen Ende lag eine alte Matratze auf dem Boden.

„Am Morgen wird er nicht einmal mehr wissen, dass du da bist. Leg dich hin.“

Elena gehorchte ihm und nahm eine Position ein, die ihr ganz natürlich erschien. Sie legte sich auf den Rücken und faltete die Hände über ihrem Tagebuch, das sie fest an ihre Brust presste.

Damon zog ein Stück Wachstuch über sie und bedeckte ihre nackten Füße.

„Schlaf jetzt, Elena“, flüsterte er.

Er beugte sich über sie, und einen Moment dachte sie, er würde ... etwas tun. Ihre Gedanken verschwammen. Seine nachtschwarzen Augen waren alles, was sie noch wahrnahm. Dann zog er sich zurück, und sie konnte wieder atmen.

Die Dämmerung, die auf dem Speicher herrschte, lullte sie ein. Ihre Lider schlossen sich, und sie begann zu schlafen.

Elena erwachte langsam. Stück für Stück sammelte sie Informationen darüber, wo sie war. So wie es aussah, war sie auf einem fremden Speicher. Was machte sie hier?

Ratten oder Mäuse raschelten irgendwo unter den mit Wachstuch bedeckten Gegenständen. Doch die Geräusche störten sie nicht. Schwaches Licht drang am Rand durch die geschlossenen Fensterläden. Elena stieß ihre provisorische Decke weg und ging auf Entdeckungsreise.

Der Speicher gehörte mit Sicherheit niemandem, den sie kannte. Sie kam sich vor wie von einer langen Krankheit genesen. Welcher Tag war wohl heute?

Von unten drangen Stimmen herauf. Etwas riet ihr, sich still zu verhalten und vorsichtig zu sein. Sie hatte Angst davor, Lärm zu machen. Lautlos öffnete sie die Speichertür und schlich vorsichtig zum Treppenabsatz. Von hier aus konnte sie in das Wohnzimmer sehen. Sie erkannte den Raum. Auf dem kleinen Sofa hatte sie bei Alaric Saltzmans Party gesessen. Sie befand sich im Haus der Ramseys.

Und Alaric Saltzman war dort unten. Sie sah genau auf seinen dunkelblonden Kopf hinab. Seine Stimme verwirrte sie. Nach einem kurzen Moment wusste sie, dass es daher kam, weil er nicht so geistlos und albern wie sonst vor der Klasse klang. Und er redete auch keinen Psychokram. Er sprach kalt und präzise zu zwei anderen Männern.

„Sie könnte überall sein. Praktisch sogar direkt unter unserer Nase. Draußen vor der Stadt ist es jedoch wahrscheinlicher. Vielleicht im Wald."

„Warum gerade dort?" fragte einer der Männer. Elena erkannte auch diese Stimme und den kahlen Kopf. Es war Mr. Newcastle, der Direktor der High School.

„Die ersten beiden Opfer wurden nahe beim Wald gefunden“, erinnerte der andere Mann. Ist das Dr. Feinberg? überlegte Elena. Was macht der bei Alaric? Und was mache ich überhaupt hier?

„Nein, es ist mehr als nur das“, fuhr Alaric gerade fort. Die anderen Männer hörten ihm mit Respekt zu, ja sogar mit Hochachtung. „Der Wald hat noch eine größere Bedeutung. Es könnte sein, dass sie dort einen Bau haben. Eine Zuflucht, in der sie sich verbergen können, wenn sie entdeckt werden. Sollte es dieses Versteck tatsächlich geben, werde ich es finden.“

„Sind Sie sicher?“ fragte Dr. Feinberg.

„Ja“, erwiderte Alaric kurz.

„Und Sie glauben, da hält Elena sich auf?“ wollte der Direktor wissen. „Aber wird sie auch dort bleiben? Oder in die Stadt zurückkommen?“

„Das weiß ich nicht.“ Alaric ging ein paar Schritte im Zimmer umher, nahm ein Buch vom Tisch auf und fuhr wie abwesend mit den Daumen darüber. „Ein Weg, es herauszufinden, ist, ihre Freundinnen zu beobachten. Bonnie McCullough und dieses dunkelhaarige Mädchen, Meredith. Die Chancen stehen gut, dass sie die Ersten sein werden, die sie sehen. So läuft es normalerweise ab.“

„Und wenn wir ihre Spur gefunden haben?“ fragte Dr. Feinberg.

„Überlassen Sie alles Weitere mir“, sagte Alaric leise und hart. Er schloss das Buch und ließ es mit einem Knall auf den Tisch fallen.

Der Direktor blickte auf seine Uhr. „Ich muss weg. Der Trauergottesdienst findet um zehn statt. Ich nehme doch an, dass Sie beide dort sein werden?“ Er hielt auf seinem Weg zur Tür inne und warf einen zweifelnden Blick zurück. „Alaric, ich hoffe, Sie werden mit der Situation fertig. Als ich Sie herholte, standen die Dinge noch nicht so schlimm. Jetzt frage ich mich ...“

„Ich werde mit der Situation fertig, Brian. Wie ich schon sagte, überlassen Sie alles ruhig mir. Möchten Sie lieber die Robert E. Lee High School in allen Schlagzeilen wiederfinden? Und zwar nicht nur als Schauplatz einer Tragödie, sondern als ‚Die Schule, in der es spukt‘? Die Schule, in der die Untoten umhergehen? Ist das die Art von Publicity, die Ihnen vorschwebt?“

Mr. Newcastle zögerte, dann nickte er, immer noch unglücklich. „Gut, Alaric. Aber erledigen Sie Ihren Job sauber und schnell. Wir sehen uns in der Kirche.“ Er ging, und Mr. Feinberg folgte ihm.

Alaric blieb noch eine Zeit im Zimmer stehen und starrte vor sich hin. Dann nickte er und verließ das Haus ebenfalls.

Elena ging leise die Stufen hoch.

Was sollte das alles? Sie war total verwirrt, als schwebte sie losgelöst in Zeit und Raum. Sie musste unbedingt erfahren, welcher Tag heute war, warum sie hier war und solche Angst hatte. Warum spürte sie instinktiv, dass sie unter keinen Umständen jemand sie sehen oder bemerken durfte?

Sie blickte sich auf dem Speicher um. Nichts gab ihr den kleinsten Hinweis. Wo sie gelegen hatte, befanden sich nur die Matratze, das Wachstuch ... und ein kleines, blaues Buch.

Ihr Tagebuch! Begierig griff sie danach, öffnete es und überflog die Eintragungen. Sie hörten am siebzehnten Oktober auf, waren also keine Hilfe, um das heutige Datum zu erfahren. Aber während sie die Sätze betrachtete, formten sich Bilder vor ihrem geistigen Auge und reihten sich zu Erinnerungen auf wie Perlen auf einer Schnur. Fasziniert setzte sie sich auf die Matratze. Sie blätterte zum Anfang zurück und begann, über das Leben der Elena Gilbert zu lesen.

Als sie fertig war, war ihr ganz schwach vor Furcht und Entsetzen. Grelle Funken tanzten vor ihren Augen. In diesen Seiten lag so viel Schmerz. So viele Pläne, so viele Geheimnisse, so viel Not. Es war die Geschichte eines Mädchens, das sich in seiner eigenen Heimatstadt, in seiner eigenen Familie verloren fühlte. Das nach ... etwas suchte, etwas, das es nie ganz erreichen konnte. Aber nicht das verursachte den stechenden Schmerz in Elenas Brust, der ihr alle Kraft raubte. Es war nicht das, was ihr das Gefühl vermittelte, ins Unendliche zu fallen, obwohl sie reglos auf der Matratze saß. Ihre Panik kam daher, weil sie sich erinnerte.

Alles war jetzt wieder da.

Die Brücke, das tosende Wasser. Der unbeschreibliche Terror, als die Luft ihre Lungen verließ und es nur noch Flüssigkeit zu atmen gab. Der entsetzliche Schmerz. Und der letzte Moment, als der Schmerz aufhörte, als alles aufhörte ...

Oh, Stefan, ich hatte solche Angst, dachte sie. Und dieselbe Angst erfüllte sie jetzt. Wie hatte sie sich im Wald zu Stefan so benehmen können? Wie hatte sie ihn vergessen können, wo er doch alles für sie bedeutete? Was hatte sie so handeln lassen?

Im Grunde wusste sie es. Niemand ertrank und stand dann einfach auf und war wieder lebendig, als wäre nichts gewesen.

Langsam erhob sie sich und ging zu dem verschlossenen Fenster. Das durch den verschlossenen Laden verdunkelte Glas wirkte wie ein Spiegel.

Er zeigte ihr nicht das Bild, das sie in ihrem Traum gesehen hatte. Darin war sie einen Flur voller Spiegel entlanggelaufen, die ein eigenes Leben zu haben schienen. In diesem Gesicht war nichts verschlagen oder grausam. Die Züge waren so wie sonst und doch anders. Ein bleicher Schimmer lag auf ihrer Haut, und unter ihren Augen befanden sich tiefe, purpurrote Schatten.

Elena berührte mit den Fingerspitzen ihren Hals. Erst an der einen, dann an der anderen Seite. Dort hatten Stefan und Damon jeder ihr Blut genommen. War es wirklich oft genug geschehen, und hatte sie genug von ihrem Blut im Austausch bekommen?

Es musste wohl so gewesen sein. Und jetzt, für den Rest ihres Lebens, besser, für den Rest ihres Daseins, würde sie sich ernähren müssen, wie Stefan es tat. Sie würde ...

Elena sank auf die Knie und presste ihre Stirn gegen die kahle Holzwand. Ich kann das nicht, dachte sie. Oh, bitte, ich kann nicht, kann nicht.

Sie war noch nie sehr religiös gewesen. Aber aus ihrem Innersten stieg die Angst übermächtig auf, und instinktiv schrie sie mit jeder Faser ihres Seins um Hilfe. Oh, bitte, bitte hilf mir, flehte sie. Sie bat nicht um eine besondere Sache. Dazu war sie zu verwirrt. Nur: oh, bitte hilf mir. Bitte!

Nach einer Weile stand sie auf.

Ihr Gesicht war immer noch bleich, aber auf unheimliche Art wunderschön. Wie feines Porzellan, das von innen her beleuchtet wird. Ihre Augen waren umschattet, aber es lag eine neue Entschlossenheit darin.

Sie musste Stefan finden, koste es, was es wolle. Wenn es Hilfe für sie gab, würde er es wissen. Und wenn nicht ... nun, dann brauchte sie ihn um so mehr. Sie wollte nirgendwo anders sein als an seiner Seite.

Als sie hinausging, schloss Elena die Tür zum Speicher sorgfältig hinter sich. Alaric Saltzman durfte ihr Versteck nicht entdecken. An der Wand entdeckte sie einen Kalender. Die Tage bis zum vierten Dezember waren durchgestrichen. Vier Tage seit letztem Samstag. Sie hatte vier ganze Tage geschlafen.

Sie trat durch die Haustür und zuckte zusammen, als sie das Tageslicht traf. Es schmerzte. Obwohl der Himmel verhangen war und es nach Regen oder Schnee aussah, taten ihre Augen weh. Sie musste sich zwingen, die Sicherheit des Hauses zu verlassen. Panik überfiel sie. Sie hielt sich dicht an Zäune und Bäume und versuchte, mit den Schatten zu verschmelzen. Fast kam sie sich selbst wie ein Schatten vor ... oder wie ein Geist in Honoria Fells langem weißen Kleid. Jeder, der sie sah, würde sich zu Tode erschrecken.

Aber alle ihre Vorsicht war unnötig. Niemand befand sich auf der Straße. Die ganze Stadt lag verlassen da. Die Häuser schienen leer, die Geschäfte waren geschlossen. Hier und da sah sie ein paar parkende Autos. Doch auch in ihnen befand sich keine Menschenseele.

Und dann fiel ihr Blick plötzlich auf eine Silhouette, die sich weiß und hoch gegen die schwarzen Wolken abhob. Elena blieb abrupt stehen. Ihre Beine zitterten, als sie sich zwang, an das Gebäude heranzugehen. Sie kannte diese Kirche schon ihr ganzes Leben lang und hatte das Kreuz an der Wand bereits tausendmal gesehen. Jetzt näherte sie sich ihm, als wäre es ein Tier in einem Käfig, das jeden Moment ausbrechen und sie beißen könnte. Sie presste eine Hand auf die Steinwand und ließ sie langsam zu dem eingeritzten Symbol gleiten.

Als ihre ausgestreckten Fingerspitzen den Balken des Kreuzes berührten, füllten sich ihre Augen, und ihre Kehle schmerzte. Sie tastete weiter, bis ihre Hand schließlich das ganze Bild bedeckte. Dann lehnte sie sich gegen die Wand und ließ den Tränen freien Lauf.

Ich bin nicht böse, dachte sie. Ich habe Dinge getan, die ich nicht hätte tun sollen. Ich habe zu viel an mich selbst gedacht. Nie habe ich Bonnie und Meredith für alles gedankt, was sie für mich getan haben. Ich hätte mehr mit Margaret spielen und netter zu Tante Judith sein sollen. Aber ich bin nicht böse. Ich bin nicht verdammt.

Als ihr Blick wieder klar wurde, schaute sie zu dem Gebäude hoch. Mr. Newcastle hatte eine Kirche erwähnt. Hatte er diese gemeint?

Sie mied die Vorderfront und den Haupteingang. Es gab eine Seitentür, die zum Chor führte. Lautlos ging sie die Stufen hoch und sah von der Empore hinunter.

Jetzt konnte Elena erkennen, warum die Straßen so verlassen gewesen waren. Jeder aus Fell's Church schien hier zu sein. Alle Bänke waren gefüllt, und der hintere Teil der Kirche war voller Menschen, die keinen Sitzplatz mehr bekommen hatten. In den ersten Reihen erkannte Elena jedes Gesicht. Es waren Klassenkameraden, Nachbarn und Freunde von Tante Judith. Tante Judith selbst war auch da. Sie trug dasselbe schwarze Kleid wie zu der Beerdigung von Elenas Eltern.

Oh, mein Gott, dachte Elena. Ihre Finger umklammerten das Geländer. Bisher war sie zu beschäftigt mit Schauen gewesen, um richtig hinzuhören, aber jetzt drangen die Worte von Pfarrer Bethea an ihr Ohr.

„... wollen wir unsere Erinnerungen an dieses außergewöhnliche Mädchen miteinander teilen", sagte er gerade und trat zur Seite.

Elena beobachtete das Kommende mit dem unwirklichen Gefühl, einem Theaterstück zuzusehen. Sie war überhaupt nicht beteiligt an dem, was da unten auf der Bühne ablief. Sie war nur ein Zuschauer. Und doch ging es dort nur um eins. Um ihr Leben.

Mr. Carson, Sues Vater, sprach als erster über sie. Die Carsons hatten sie schon von Geburt an gekannt, und er redete von den Tagen, an denen sie und Sue im Sommer im Garten gespielt hatten. Er erzählte, was für eine schöne und gebildete junge Frau aus ihr geworden war. Dann versagte ihm die Stimme. Er musste aufhören und die Brille absetzen.

Sue war die nächste. Seit der Grundschule waren beide Mädchen nicht mehr so eng befreundet gewesen. Aber sie hatten sich trotzdem gut verstanden. Sue war eine der wenigen gewesen, die auf Elenas Seite gestanden hatten, nachdem Stefan verdächtigt worden war, Mr. Tanner ermordet zu haben. Jetzt weinte Sue, als hätte sie eine Schwester verloren.

„Viele haben sich nach der Halloween-Party nicht sehr nett zu Elena verhalten", begann sie und wischte sich die Augen. „Ich weiß, wie weh ihr das getan hat. Aber Elena war so stark. Sie hat sich nie geändert, nur um die Erwartungen der anderen zu erfüllen. Ich habe sie dafür respektiert ... Und so werden wir sie immer in Erinnerung behalten ..." Ihre Stimme schwankte, sie konnte nicht weiterreden.

Die Klassenkameradinnen weinten und hielten sich an den Händen. Selbst die, die am gemeinsten zu Elena gewesen waren und sie gehasst hatten. Plötzlich war sie die beste Freundin von allen gewesen.

Auch ein paar der Jungs schämten sich ihrer Tränen nicht. Schockiert drängte sich Elena näher an das Geländer. Sie konnte den Blick nicht abwenden, obwohl es das Schrecklichste war, was sie je miterlebt hatte.

Als Meredith sich erhob, erstarrte Elena. Sie wusste nicht, ob sie das ertragen konnte. Die Freundin war eine der wenigen, die nicht weinten. Doch der traurige, ernste Ausdruck auf ihrem Gesicht erinnerte Elena an die Statue von Honoria Fell auf ihrem Grab.

„Wenn ich mich an Elena erinnere, denke ich an die schönen Zeiten, die wir miteinander hatten." Meredith sprach ruhig und beherrscht wie immer. „Sie hatte immer die tollsten Ideen und konnte auch den langweiligsten Dingen noch Spaß abgewinnen. Ich habe ihr das nie gesagt, und heute wünschte ich mir, ich hätte es getan. Ich wünschte mir, ich könnte nur noch einmal mit ihr reden. Und wenn Elena mich jetzt hören könnte ..."

Meredith sah sich in der Kirche um und holte tief Luft, anscheinend, um die Fassung nicht zu verlieren. „... wenn sie mich jetzt hören könnte, dann würde ich ihr sagen, wie viel die schönen Zeiten mir bedeutet haben und wie sehr ich sie mir zurückwünsche. Wie zum Beispiel die Donnerstagabende, an denen wir gewöhnlich in ihrem Zimmer saßen und für die Diskussionsrunde in der Schule übten. Ich wünsche mir von ganzem Herzen, wir könnten das nur noch ein einziges Mal tun." Meredith holte erneut tief Luft und schüttelte den Kopf. „Aber ich weiß, es ist unmöglich, und das tut sehr weh."

Wovon redest du? fragte sich Elena. Ihre Trauer wich Verwirrheit. Wir haben für die Diskussionsrunde immer mittwochsabends geübt, nicht donnerstags. Und in deinem

Zimmer, nicht in meinem. Spaß hatten wir auch keinen. Meistens haben wir es schnell abgebrochen, weil wir es beide so gehasst haben ...

Plötzlich, während sie das ruhige, gefasste Gesicht von Meredith beobachtete, begann Elenas Herz wie wild zu klopfen.

Meredith schickte ihr eine Botschaft. Eine Botschaft, die nur Elena verstehen konnte! Das hieß, Meredith rechnete damit, dass Elena sie hören konnte.

Meredith wusste Bescheid.

Hatte Stefan ihr etwas gesagt? Elenas Blick glitt über die Reihen der Trauernden. Zum ersten Mal fiel ihr auf, dass Stefan nicht unter ihnen war. Matt fehlte ebenfalls. Nein, es war unwahrscheinlich, dass Stefan Meredith eingeweiht hatte oder dass sie dann diesen Weg gewählt hätte, um ihr etwas mitzuteilen. Dann fiel Elena wieder ein, wie Meredith sie in der Nacht angesehen hatte, nachdem sie Stefan aus dem Brunnen befreit hatten.

Damals hatte Elena gebeten, sie und Stefan allein zu lassen. Sie erinnerte sich, wie die dunklen Augen der Freundin ihr Gesicht in den letzten Monaten mehr als einmal forschend betrachtet hatten und wie Meredith bei jeder ungewöhnlichen Bitte Elenas immer nachdenklicher und stiller geworden war.

Meredith hatte etwas geahnt. Elena fragte sich, wie viel sie sich zusammengereimt hatte.

Bonnie trat jetzt nach vorn. Sie weinte heftig. Das war überraschend. Wenn Meredith Bescheid wusste, warum hatte sie Bonnie nicht eingeweiht? Vielleicht hatte Meredith nur einen Verdacht, den sie mit Bonnie nicht teilen wollte, weil er sich als falsch erweisen könnte.

Bonnies Rede war so gefühlsbeladen, wie die von Meredith

ruhig gewesen war. Ihre Stimme brach andauernd, und sie musste sich ständig die Tränen abwischen. Schließlich ging Pfarrer Bethea zu ihr und gab ihr ein Taschentuch.

„Danke." Bonnie strich damit über ihre nassen Wangen. Sie sah zur Decke hoch. Entweder, um die Fassung wiederzuerlangen, oder weil sie einen Moment nachdenken wollte. Während sie das tat, bemerkte Elena etwas, was niemand der anderen sehen konnte. Bonnies Gesicht wurde schneeweiß und völlig ausdruckslos. Sie machte nicht den Eindruck, als würde sie gleich in Ohnmacht fallen, aber ihr Zustand war nur zu bekannt.

Eine Gänsehaut überlief Elena. Nicht hier! Um Himmels willen. Nicht ausgerechnet hier!

Aber es geschah bereits. Bonnie hatte das Kinn gesenkt. Sie schaute wieder die Gemeinde an. Aber diesmal schien sie niemanden zu sehen, und die Stimme, die aus ihrem Mund kam, war nicht ihre eigene.

„Niemand ist das, was er zu sein scheint. Erinnert euch daran. Niemand ist das, was er zu sein scheint." Dann stand sie völlig reglos da und starrte mit leerem Blick vor sich hin.

Die Leute begannen unruhig zu werden und sahen einander an. Besorgtes Gemurmel erklang.

„Denkt immer daran. Niemand ... ist das, was er zu sein scheint ..." Bonnie schwankte plötzlich. Pfarrer Bethea rannte zu ihr, während ein anderer Mann von der Seite zu Hilfe eilte. Der zweite Mann hatte einen kahlen Kopf, der jetzt schweißbedeckt war ... Mr. Newcastle. Elena erkannte ihn. Und aus dem Hintergrund der Kirche lief Alaric Saltzman heran. Er erreichte Bonnie gerade, als sie ohnmächtig wurde. In diesem Moment hörte Elena auf der Treppe Schritte hinter sich.

5. KAPITEL

Dr. Feinberg! dachte Elena entsetzt und versuchte, sich umzudrehen, um etwas sehen zu können und sich dabei gleichzeitig im Schatten zu verbergen. Aber es war nicht das schmale Gesicht des Doktors mit der Adlernase, auf das ihr Blick fiel. Es war ein Gesicht mit fein geschnittenen Zügen, wie die auf den alten, römischen Münzen oder Medaillons, und mit grünen, traurigen Augen. Die Zeit blieb einen Moment lang stehen, dann lag Elena in seinen Armen.

„Oh, Stefan, Stefan ..."

Sie fühlte, wie sein Körper sich vor Schreck versteifte. Er hielt sie wie mechanisch, ganz leicht, als wäre sie eine Fremde, die ihn mit jemandem verwechselte.

„Stefan", flüsterte sie verzweifelt, verbarg ihr Gesicht an seiner Schulter und versuchte, eine Antwort von ihm zu bekommen. Sie würde es nicht ertragen, wenn er sie zurückstieß. Wenn er sie jetzt hasste, würde sie sterben ...

Mit einem Stöhnen drängte sie sich noch näher an ihn, versuchte, völlig mit ihm zu verschmelzen, ganz in ihm aufzugehen. Oh, bitte, dachte sie nur. Bitte, bitte ...

„Elena. Elena. Es ist alles gut. Ich halte dich." Er redete belangloses Zeug, das sie beruhigen sollte, und streichelte ihr Haar. Und dann fühlte sie, wie seine Umarmung enger wurde. Er wusste jetzt, wen er in den Armen hielt. Zum ersten Mal, seit sie an diesem Tag erwacht war, fühlte sie sich sicher. Trotzdem dauerte es eine ganze Weile, bis sie ihren Griff ein wenig lockern konnte. Sie weinte nicht. Doch ihr Atem ging stoßweise vor Panik.

Schließlich spürte sie, wie die Welt um sie herum wieder ins

Gleichgewicht kam. Aber sie ließ Stefan noch nicht los. Endlose Minuten stand sie einfach da, mit dem Gesicht an seiner Schulter, und genoss den Trost und die Sicherheit seiner Nähe.

Dann hob sie den Kopf, um ihm in die Augen zu sehen.

Als ihr Stefan früher am Tag eingefallen war, hatte sie nur daran gedacht, wie er ihr helfen könnte. Sie hatte ihn bitten, ja, anflehen wollen, sie aus diesem Alptraum zu erretten und sie wieder zu dem zu machen, was sie früher gewesen war. Aber jetzt, während sie ihn betrachtete, spürte sie eine seltsame, traurige Ergebenheit in ihr Schicksal.

„Es gibt nichts, was man tun könnte?“ fragte sie sehr leise.

Stefan wich ihr nicht aus. „Nein“, erwiderte er genauso leise.

Elena fühlte sich, als hätte sie eine unsichtbare Grenze überschritten, von der es kein Zurück mehr gab. Als sie ihre Stimme wiedergefunden hatte, sagte sie: „Es tut mir Leid, wie ich mich im Wald dir gegenüber benommen habe. Ich weiß nicht, warum ich so handelte. Ich kann mich zwar erinnern, was geschehen ist, aber nicht an den Grund dafür.“

„Dir tut es Leid?“ Seine Stimme schwankte. „Elena, nach allem, was ich dir angetan habe, nach allem, was dir wegen mir passiert ist ...?“ Er konnte den Satz nicht beenden. Sie klammerten sich aneinander.

„Nein, wie rührend“, erklang eine Stimme von der Treppe her. „Soll ich für euch eine Geige nachahmen?“

Elenas Friede war mit einem Schlag zerstört. Erneut stieg Angst in ihr auf. Sie hatte Damons hypnotische Macht und seinen zwingenden, dunklen Blick total vergessen.

„Wie bist du hierher gekommen?“ fragte Stefan.

„Genauso wie du, nehme ich an. Angezogen von dem lodernden Feuer der Verzweiflung, das in unserer schönen Elena brannte." Damon war ernsthaft wütend. Das spürte sie. Nicht nur verärgert oder ungehalten. Sondern zornig und voller Hass.

Aber er hatte sich ihr gegenüber anständig verhalten, als sie so völlig verwirrt gewesen war. Er hatte sie in Sicherheit gebracht. Und er hatte sie nicht geküsst, als sie in diesem schrecklich verwundbaren Zustand gewesen war. Er war ... einfach nett gewesen.

„Übrigens, da unten geht etwas vor", fügte Damon hinzu.

„Ich weiß. Es ist wieder Bonnie." Elena ließ Stefan los und trat einen Schritt zurück.

„Das meine ich nicht. Draußen."

Überrascht folgte Elena ihm zur ersten Biegung der Treppe. Dort gab es ein großes Fenster, von dem aus man den Parkplatz überblicken konnte. Sie fühlte Stefan hinter sich, während sie hinunterschaute.

Die Menschen waren aus der Kirche gekommen, aber sie standen in einer geschlossenen Reihe am Rand des Parkplatzes und gingen keinen Schritt weiter. Gegenüber von ihnen, auf dem Parkplatz selbst, hatten sich in gleicher Anzahl Hunde versammelt.

Sie glichen zwei feindlichen Armeen. Das Befremdende war, dass sich beide Gruppe völlig reglos verhielten. Die Menschen schienen vor Unsicherheit wie gelähmt, und die Hunde schienen auf etwas zu warten.

Elena sah zunächst nur die verschiedenen Rassen der Hunde. Dann erkannte sie die einzelnen Tiere.

„Da ist Mr. Grunbaums Boxer und der Schäferhund der Sullivans. Aber was ist mit ihnen los?“

Die Leuten sahen zunehmend ängstlicher aus. Sie standen Schulter an Schulter. Keiner wollte aus der Reihe treten und näher an die Tiere herangehen.

Dabei taten die Hunde gar nichts. Sie saßen oder standen nur da mit sanft heraushängenden Zungen. Trotzdem ist es merkwürdig, wie ruhig sie sind, dachte Elena. Jede kleinste Bewegung, wie das kaum merkliche Zucken von Ohren oder Fell, schien schon übertrieben. Und es gab keine wedelnden Schwänze, kein Zeichen von Freundlichkeit. Nur ... warten.

Robert stand hinten in der Menge. Elena war überrascht, ihn zu sehen, aber im Moment fiel ihr nicht ein, warum. Dann erinnerte sie sich, dass er nicht in der Kirche gewesen war. Sie beobachtete, wie er sich weiter von der Gruppe zurückzog, bis er aus Elenas Blickfeld verschwand.

„Chelsea! Chelsea ...“

Jemand hatte sich endlich nach vorn gewagt. Es war Douglas Carson, der ältere verheiratete Bruder von Sue. Er war mit leicht ausgestreckter Hand in das Niemandsland zwischen Hunden und Menschen getreten.

Eine Cockerspanielhündin mit langen Ohren und einem Fell, das wie brauner Satin glänzte, drehte den Kopf. Ihr kurzer, weißer Schwanz wedelte leicht zögernd, und sie hob ihre braunweiße Schnauze. Aber sie kam nicht auf den jungen Mann zu.

Doug Carson machte einen weiteren Schritt. „Chelsea ... braves Mädchen. Komm her, Chelsea. Komm!“

„Welche Schwingungen empfängst du von den Hunden da unten?“ fragte Damon leise.

Stefan schüttelte den Kopf, ohne den Blick vom Fenster abzuwenden. „Keine", erwiderte er kurz.

„Ich auch nicht." Damons Augen waren verengt. Er hatte den Kopf abschätzend zurückgeworfen. Mit seinen leicht entblößten Zähnen erinnerte er Elena an einen Wolfshund. „Aber wir müssten etwas spüren. Sie müssten doch ein paar Gefühle haben, die wir aufnehmen könnten. Aber wenn ich versuche, sie zu enttarnen, laufe ich wie gegen eine leere, weiße Wand."

Elena wünschte, sie wüsste, wovon die beiden redeten. „Was heißt hier enttarnen? Das sind doch Tiere."

„Die äußere Erscheinung kann täuschen. Hast du nichts dazugelernt?" erklärte Damon spöttisch, und Elena fielen die Regenbogenfarben im Gefieder der Krähe ein, die ihr seit dem ersten Schultag gefolgt war. Wenn sie genau hinsah, konnte sie dieselben Lichter in Damons seidigem Haar erkennen. „Aber egal. Auch Tiere haben Empfindungen. Wenn deine Kräfte stark genug sind, kannst du ihre wahre Natur erkennen."

Und meine Kräfte sind es nicht, dachte Elena. Sie war überrascht über den kurzen Anflug von Neid, der sie überfiel. Noch vor ein paar Minuten hatte sie sich an Stefan geklammert, sich verzweifelt gewünscht, alles Übernatürliche abzuschütteln und wieder sie selbst zu werden. Und jetzt wünschte sie sich mehr von dieser geheimnisvollen Macht. Damon hatte immer wieder diesen merkwürdigen Einfluss auf sie.

„Kann sein, dass ich nicht weiß, was Chelsea antreibt. Eins ist jedoch klar. Doug sollte nicht näher an sie herangehen", sagte sie laut.

Stefan hatte mit zusammengezogenen Augenbrauen angestrengt aus dem Fenster gesehen. Jetzt nickte er heftig. „Das finde ich auch."

„Komm, Chelsea. Sei ein braves Mädchen. Komm her." Doug Carson hatte die erste Reihe der Hunde fast erreicht. Alle Augen, die der Menschen und der Hunde, waren auf ihn gerichtet. Jede kleinste Bewegung hatte aufgehört. Wenn Elena nicht gesehen hätte, wie sich die Flanken einiger Hunde beim Atmen hoben und senkten, hätte man die ganze Gruppe für eine gigantische Museumsskulptur halten können.

Doug war stehen geblieben. Chelsea beobachtete ihn hinter einem Corgi und einem großen Königspudel. Doug schnalzte mit der Zunge. Er streckte die Hand aus, zögerte und streckte sie dann weiter aus.

„Nein", stöhnte Elena. Sie starrte auf die glänzenden Flanken eines Rottweilers. Sie hoben und senkten sich hektischer. „Stefan, beeinflusse Doug. Hol ihn da raus."

„Ja." Sie konnte sehen, wie er sich bemühte. Dann schüttelte er den Kopf und atmete aus, wie jemand, der sich vergeblich angestrengt hatte, eine zu schwere Last zu heben. „Es hat keinen Zweck. Ich bin ausgebrannt. Von hier kann ich nichts erreichen."

Unten zog Chelsea drohend die Lefzen hoch. Der rotgoldene Airdealterrier neben ihr erhob sich geschmeidig, wie von unsichtbaren Schnüren gezogen. Die Muskeln des Rottweilers spannten sich.

Und dann sprangen sie. Elena konnte nicht erkennen, welcher Hund der erste war. Sie schienen sich wie eine große Flutwelle gemeinsam zu bewegen. Ein halbes Dutzend traf Doug Carson mit genug Wucht, um ihn umzuwerfen. Er verschwand unter der Masse ihrer Körper.

Die Luft war plötzlich von einem höllischen Lärm erfüllt, von einem Bellen, das die Dachschindeln der Kirche klirren ließ und Elena schreckliche Kopfschmerzen verursachte, bis hin zu einem tiefen Knurren, das sie mehr fühlte als hörte. Die Hunde rissen an den Kleidern ihrer Herren und gebärdeten sich wie wild, während die Menschen aufschrien und versuchten wegzulaufen.

Elena sah Alaric Saltzman am Rand des Parkplatzes. Er war der einzige, der nicht floh. Elena glaubte zu erkennen, dass sich seine Lippen und Hände bewegten.

Chaos herrschte. Jemand hatte einen Wasserschlauch geholt und hielt ihn mitten in die Hundemeute. Ohne Erfolg. Die Hunde schienen wahnsinnig geworden zu sein. Als Chelsea ihre braunweiße Schnauze vom Körper ihres Besitzers hob, war sie blutbefleckt.

Elenas Herz klopfte so heftig, dass sie kaum atmen konnte. „Sie brauchen Hilfe!" rief sie in dem Moment, in dem Stefan sich schon vom Fenster löste und die Stufen nach unten lief, zwei und drei auf einmal nehmend. Elena war bereits auf halbem Weg hinter ihm her, als ihr zwei Dinge auffielen: Damon folgte ihnen nicht, und sie selbst durfte nicht gesehen werden.

Es ging einfach nicht. Die Panik, die ihr Erscheinen auslösen würde, die Furcht und der Hass, wenn einmal alle Fragen beantwortet waren, das war zu viel. Etwas, das stärker war als Mitgefühl, Sympathie oder der Wunsch zu helfen, veranlasste sie, sich flach gegen die Wand zu pressen.

Auch im kühlen, dämmrigen Inneren der Kirche herrschte noch hektische Aktivität. Leute liefen rufend hin und her: Dr. Feinberg, Mr. McCullough, Pfarrer Bethea. Den ruhenden Pol bildete ein Kreis um Bonnie, die auf einer Kirchenbank lag.

Meredith, Tante Judith und Mrs. McCullough beugten sich über sie. „Etwas Böses", stöhnte Bonnie. In diesem Moment hob Tante Judith den Kopf und drehte sich in Elenas Richtung.

Elena lief schnell die Stufen hoch, und hoffte inständig, dass Tante Judith sie nicht gesehen hatte. Damon stand am Fenster.

„Ich kann nicht runter. Die halten mich ja alle für tot."

„Gut, dass es dir wieder eingefallen ist."

„Wenn Dr. Feinberg mich untersucht, wird er doch feststellen, dass etwas nicht stimmt. Nicht wahr?"

„Er wird dich zumindest für ein sehr interessantes Forschungsobjekt halten."

„Dann kann ich nicht gehen. Aber du kannst. Warum tust du nichts?"

Damon schaute weiter aus dem Fenster. Er zog die Augenbrauen hoch. „Warum sollte ich?"

„Warum?" Elenas Aufregung hatte den Siedepunkt erreicht. Fast hätte sie Damon geschlagen. „Weil sie Hilfe brauchen! Weil du helfen kannst! Interessiert dich denn gar nichts außer dir selbst?"

Damon trug seine undurchdringlichste Maske. Es war der Ausdruck höflichen Fragens, den er aufgesetzt hatte, als er sich in ihr Haus zum Essen einladen ließ. Aber sie wusste, dass er darunter zornig war. Zornig darüber, Stefan und sie so eng zusammen gefunden zu haben. Er reizte sie absichtlich und genoss es.

Und sie konnte ihre Reaktion darauf, ihre frustrierte, ohnmächtige Wut, nicht verhindern. Sie stürzte sich auf ihn. Er packte ihre Handgelenke und hielt sie fest. Sein Blick bohrte sich in ihre Augen. Sie war überrascht von dem Geräusch, das über ihre Lippen kam. Es war ein Fauchen, das mehr nach einer Katze als nach einem Menschen klang. Elena erkannte, dass sie ihre Finger zu Klauen gekrümmt hatte.

Was mache ich? fragte sie sich. Ich greife ihn an, weil er die Menschen nicht vor den Hunden verteidigen will, die sie angreifen? Was für einen Sinn ergibt das? Sie atmete tief durch, entspannte ihre Hände und befeuchtete sich die Lippen. Als sie einen Schritt zurückmachen wollte, ließ er sie los.

Einen langen Moment starrten sie einander an.

„Ich gehe nach unten“, sagte Elena schließlich leise und drehte sich um.

„Nein.“

„Sie brauchen Hilfe.“

„Gut, okay. Verdammt!“ Sie hatte Damons Stimme noch nie so gedrückt oder so wütend gehört. „Ich werde ...“ Er brach ab, und Elena, die sich schnell wieder umgedreht hatte, sah wie er mit der Faust auf das Fenster schlug und die Scheibe zum Klirren brachte. Aber seine Aufmerksamkeit war nach draußen gerichtet, und seine Stimme wieder völlig beherrscht, als er trocken sagte: „Hilfe ist bereits gekommen, überzeuge dich selbst.“ Damon wies aus dem Fenster.

Es war die Feuerwehr. Ihre Schläuche waren viel stärker als der Gartenschlauch, und die kräftigen Wasserstöße trieben die Hunde mit brutaler Gewalt auseinander. Elena sah, wie der Sheriff seine Waffe zog und zielte. Es gab einen Knall, und ein Riesenschnauzer fiel zusammen. Der Sheriff zielte erneut.

Danach endete es schnell. Einige der Hunde flohen bereits vor dem Wasser, und beim zweiten Knall der Pistole scherten noch mehr aus der Meute aus und rannten zum Rand des

Parkplatzes. Es schien, als habe der Zwang, der sie zum Handeln trieb, sie alle mit einem Schlag verlassen.

Elena war total erleichtert, als sie Stefan unverletzt mitten in dem Durcheinander stehen sah. Er hob einen wie betäubt aussehenden Golden Retriever von Doug Carsons Körper. Chelsea machte einen zögernden Schritt auf ihren reglosen Herrn zu und schaute mit gesenktem Kopf und hängendem Schwanz in sein Gesicht.

„Es ist vorbei." Damon klang nur mäßig interessiert, aber Elena musterte ihn scharf. Was hatte er vorhin sagen und tun wollen? Er war nicht in der Laune, es ihr zu verraten, aber sie war in der Stimmung, ihn dazu zu drängen.

„Damon ..." Sie legte ihm die Hand auf den Arm.

Er erstarrte und wandte sich zu ihr um. „Was?"

Einen Moment sahen sie sich an. Dann hörte man Schritte auf der Treppe. Stefan war zurück.

„Stefan ... du bist ja doch verletzt", rief Elena und blinzelte eine Sekunde lang verwirrt.

„Ich bin okay." Er wischte sich mit dem zerfetzten Hemdsärmel das Blut von der Wange.

„Was ist mit Doug?"

„Ich weiß nicht genau. Ihn hat es schlimmer erwischt. Ein paar andere auch. Das war das Merkwürdigste, das ich jemals erlebt habe."

Elena ging langsam die Treppe zur Chorempore hoch. Sie musste unbedingt nachdenken. Ihr Herz klopfte wild. Das Merkwürdigste, was Stefan jemals erlebt hatte ... das sagte eine Menge. Etwas Merkwürdiges in Fell's Church ...

Sie erreichte die Wand hinter der letzten Stuhlreihe, stützte sich mit der Hand ab und ließ sich zu Boden gleiten. Die Dinge waren mit einem Mal zugleich verworren und doch entsetzlich klar. Etwas Merkwürdiges in Fell's Church.

Am Tag des Gründungsfests hätte sie noch geschworen, dass ihr Fell's Church und seine Bewohner völlig egal waren. Aber jetzt wusste sie es besser. Als sie den Trauergottesdienst gesehen hatte, war ihr der leise Gedanke bereits gekommen, dass sie sich doch etwas aus ihnen machte. Und als die Hunde angegriffen hatten, da hatte sie es ganz genau gewusst. Sie fühlte sich irgendwie verantwortlich für diese Stadt, in einer Art, wie sie es noch nie zuvor gefühlt hatte.

Ihre Einsamkeit und Verzweiflung von vorhin traten für den Augenblick in den Hintergrund. Es gab jetzt etwas Wichtigeres als ihre eigenen Probleme. Und daran klammerte sie sich. Denn in Wahrheit wurde sie mit dem, was mit ihr geschehen war, nicht fertig. Nein, sie schaffte es nicht ... Nein, nein.

Sie hörte den halb erstickten Seufzer, den sie ausstieß, und schaute hoch. Stefan und Damon blickten sie beide von der Brüstung her an. Elena schüttelte leicht den Kopf und fühlte sich, als erwachte sie aus einem Traum.

„Elena ...?"

Es war Stefan, der sie ansprach, aber Elena redete zu dem anderen.

„Damon", begann sie zitternd. „Wenn ich dich etwas frage, wirst du mir die Wahrheit sagen? Ich bin sicher, dass du mich nicht die Wickery-Brücke hinuntergejagt hast. Was immer es war, es war etwas anderes. Das konnte ich spüren. Aber ich möchte Folgendes wissen. Hast du Stefan vor einem Monat in den alten Brunnen der Francher geworfen?"

„In einen Brunnen?" Damon lehnte sich an die gegenüberliegende Wand. Er hatte die Arme über der Brust gekreuzt und sah sie mit höflich skeptischer Miene an.

„In der Nacht von Halloween, in der Nacht, als Mr. Tanner ermordet wurde. Nachdem du dich Stefan im Wald zum ersten Mal gezeigt hast. Er hat mir erzählt, dass er sich nach eurer Prügelei zum Auto schleppen wollte. Aber etwas hat ihn angegriffen, bevor er es erreichte. Als er aufwachte, war er in dem Brunnen gefangen. Er wäre gestorben, wenn Bonnie uns nicht zu ihm geführt hätte. Ich habe immer angenommen, dass du der Schuldige warst. Aber stimmt das überhaupt?"

Damon verzog die Lippen, als passte ihm die Eindringlichkeit der Frage nicht. Er schaute mit halb verhangenem, leicht spöttischem Blick von ihr zu Stefan. Der Moment erstreckte sich endlos dahin, bis Elena vor Anspannung die Fingernägel in ihre Handflächen bohrte.

Schließlich zuckte Damon mit den Schultern und blickte in die Ferne. „Nein, ich war es nicht."

Elena stieß den Atem aus.

„Du glaubst ihm doch nicht etwa!" explodierte Stefan. „Du kannst gar nichts von dem glauben, was er sagt."

„Warum sollte ich lügen?" gab Damon zurück. Es gefiel ihm sichtlich, dass Stefan die Beherrschung verloren hatte. „Ich gebe freimütig zu, dass ich Tanner getötet habe. Ich trank sein Blut, bis er ausgetrocknet war wie eine Dörrpflaume. Und ich hätte große Lust, dasselbe mit dir zu machen, Bruder. Aber ein Brunnen? Das ist wohl kaum mein Stil."

„Ich glaube dir." Elena war in Gedanken schon weiter. Sie wandte sich an Stefan. „Fühlst du es nicht? Es gibt noch etwas anderes hier in Fell's Church. Etwas, das vielleicht nicht menschlich ist ... nie menschlich war. Es hat mich gejagt. Hat das Auto von der Brücke getrieben. Es hat diese Hunde dazu gebracht, die Leute anzugreifen. Eine schreckliche Macht ist hier, etwas Böses ..." Ihre Stimme verklang. Sie blickte hinüber ins Innere der Kirche, wo sie Bonnie hatte liegen sehen. „Etwas Böses ..." wiederholte sie leise. Ein kalter Wind schien in ihr zu wehen. Sie kauerte sich zusammen und fühlte sich verletzlich und allein.

„Wenn du nach etwas Bösem suchst, brauchst du nicht weit zu gehen", erklärte Stefan hart.

„Stell dich nicht dümmer an als unbedingt nötig", antwortete Damon ätzend. „Ich habe dir schon vor vier Tagen gesagt, dass etwas anderes Elena getötet hat. Und ich sagte auch, ich werde das- oder denjenigen finden und mit ihm abrechnen. Dazu stehe ich." Er entfaltete seine Arme und richtete sich auf. „Ihr zwei könnt ja inzwischen das intime Gespräch fortsetzen, bei dem ich euch eben so unsanft unterbrochen habe."

„Damon, warte." Elena hatte den Schauder nicht unterdrücken können, der sie bei dem Wort 'getötet' überlaufen hatte. Ich kann nicht getötet worden sein, ich bin doch immer noch da, dachte sie voller Panik. Aber jetzt drängte sie diese Angst beiseite, um mit Damon zu sprechen.

„Was immer dieses Ding auch ist, es ist stark", warnte sie ihn. „Ich habe es gefühlt, als es hinter mir her war. Es schien den ganzen Himmel zu füllen. Ich glaube nicht, dass einer von uns allein eine Chance dagegen hat."

„Also?"

„Also ..." Elena hatte keine Zeit gehabt, ihr weiteres Handeln zu überlegen. Sie handelte nur aus purem Instinkt. Und ihr Gefühl riet ihr, Damon nicht einfach so gehen zu lassen. „Also, ich finde, wir drei sollten zusammenbleiben. Zusammen haben wir eine viel größere Chance, es zu finden und zu vernichten. Und vielleicht können wir es aufhalten, bevor es noch jemand anderen verletzt oder ... tötet.“

„Ehrlich gesagt, meine Liebe, interessieren mich die anderen schrecklich wenig“, erwiderte Damon voller Charme. Dann schenkte er ihr eins seiner blitzartigen, eiskalten Lächeln. „Aber soll das heißen, dass so deine Wahl lautet? Erinnere dich, wir haben beschlossen, dass du eine Wahl treffen wirst, wenn du deine fünf Sinne wieder beieinander hast.“

Elena starrte ihn an. Natürlich war das nicht ihre Wahl, wenn er es im romantischen Sinne meinte. Sie trug den Ring, den Stefan ihr geschenkt hatte. Sie und Stefan gehörten zusammen.

Aber dann erinnerte sie sich an etwas. Nur kurz, wie an das Aufflackern eines Blitzes. Ihr fiel wieder ein, wie sie im Wald in Damons Gesicht geschaut und eine solche Erregung, einen solchen Einklang mit ihm gespürt hatte wie nie zuvor. Als ob er die Flamme, die in ihr brannte, wie niemand sonst verstehen könnte. Als ob sie zusammen alles tun könnten, was sie wollten. Die Welt erobern oder sie zerstören. Als ob sie beide besser wären als alle anderen, die jemals gelebt hatten.

Ich muss total verrückt gewesen sein, dachte sie. Aber die Erinnerung wollte nicht weichen.

Und da war noch mehr. Wie Damon sich später in dieser Nacht ihr gegenüber verhalten hatte. Wie er sie beschützt hatte, und wie sanft er zu ihr gewesen war.

Stefan beobachtete sie, und sein Ausdruck hatte sich von Streitlust in bitteren Ärger und Furcht umgewandelt.

Ein Teil von ihr wollte ihn beruhigen. Wollte sich in seine Arme werfen, ihm versichern, dass sie zu ihm gehörte und dass nichts anderes zählte. Nicht die Stadt, nicht Damon, gar nichts.

Aber das konnte sie nicht tun. Denn ein anderer Teil flüsterte ihr zu, dass die Stadt doch wichtig war. Und der Rest von ihr war total verwirrt. So entsetzlich verwirrt ...

Sie fühlte, wie sie zu zittern begann und nicht aufhören konnte.

Meine Gefühle sind völlig durcheinander, dachte sie und verbarg das Gesicht in den Händen.

6. KAPITEL

„Sie hat bereits ihre Wahl getroffen. Du hast es selbst gesehen, als du in die Kirche kamst. Das stimmt doch, Elena?" Stefans Stimme war weder selbstsicher noch fordernd, sondern voller verzweifelter Tapferkeit.

„Ich ..." Elena sah hoch. „Stefan, ich liebe dich. Aber du verstehst nicht. Wenn ich überhaupt im Moment eine Wahl treffen soll, dann ist es die, dass wir alle zusammenbleiben. Nur für jetzt. Verstehst du das?" Als sie Stefans reglose, steinerne Miene sah, wandte sie sich an Damon. „Verstehst du es wenigstens?"

„Ich glaube schon." Er schenkte ihr ein heimliches, besitzergreifendes Lächeln. „Von Anfang an habe ich Stefan gesagt, dass es sehr egoistisch von ihm ist, dich nicht teilen zu wollen. Brüder sollten alles miteinander teilen, nicht wahr?"

„Das meine ich nicht."

„Nein?" Damon lächelte wieder.

„Nein", kam Stefan zu Elenas Frage zurück. „Ich verstehe

es nicht. Und ich kann nicht glauben, dass du ernsthaft bittest, mit ihm zusammenzuarbeiten. Er ist böse, Elena. Er tötet aus reinem Vergnügen. Er hat überhaupt kein Gewissen. Fell's Church ist ihm völlig egal. Das hat er selbst gesagt. Er ist ein Monster ..."

„Im Moment ist er jedenfalls hilfsbereiter als du." Elena griff nach Stefans Hand und suchte einen Weg, zu ihm durchzudringen. „Stefan, ich brauche dich. Und wir beide brauchen ihn. Kannst du nicht wenigstens versuchen, das zu akzeptieren?" Als er nicht antwortete, fügte sie hinzu: „Willst du wirklich in alle Ewigkeit der Todfeind deines Bruders bleiben?"

„Glaubst du denn im Ernst, dass er etwas anderes will?"

Elena starrte auf ihre ineinander verschlungenen Hände. Sie schwieg kurze Zeit, und als sie sprach, war ihre Stimme sehr leise. „Er hat mich davon abgehalten, dich zu töten."

Sie fühlte, wie Zorn in Stefan aufstieg und langsam wieder schwand. Er gab sich geschlagen und senkte den Kopf. „Das stimmt", sagte er. „Und wer bin ich schon, dass ich ihn böse nennen darf? Was hat er getan, was ich nicht auch getan habe?"

Wir müssen reden, dachte Elena. Sie hasste seine Selbstzerfleischung. Aber hier war weder der richtige Zeitpunkt noch der richtige Ort.

„Dann stimmst du zu?" fragte sie zögernd. „Stefan, verrate mir, was du denkst."

„Im Moment nur das eine. Dass du wieder deinen Willen durchsetzt. Aber das war ja schon immer so, nicht wahr, Elena?"

Elena schaute in seine Augen. Seine Pupillen waren so stark erweitert, dass die Iris nur noch einen schmalen, grünen

Rand bildete. Der Zorn war aus seinem Blick verschwunden. Die Müdigkeit und Bitterkeit waren jedoch geblieben.

Aber ich tue das doch nicht nur für mich, verteidigte Elena sich im Stillen und verdrängte die plötzlich aufkommenden Zweifel. Ich werde dir das schon beweisen, Stefan, du wirst sehen. Einmal in meinem Leben mache ich etwas nicht, nur weil es mir in den Kram passt.

„Dann stimmst du zu?“ fragte sie leise.

„Ja, ich ... ich stimme zu.“

„Und ich ebenfalls.“ Damon machte eine übertriebende Geste und nahm Elenas Hand, bevor sie etwas sagen konnte. „Wir überschlagen uns ja geradezu vor lauter Harmonie.“

Nein, dachte Elena. Aber in diesem Augenblick, im kühlen Zwielicht der Chorempore, fühlte sie, dass es stimmte. Sie alle drei waren miteinander verbunden, im Einklang und daher stark.

Dann zog Stefan seine Hand weg. In dem Schweigen, das folgte, konnte Elena die Geräusche von draußen und aus der Kirche unter ihr hören. Immer noch erklang Weinen und hier und da ein scharfes Rufen. Aber die Hektik war verschwunden, die über allem gelegen hatte.

Sie sah aus dem Fenster. Die Menschen bahnten sich einen Weg über den nassen Parkplatz vorbei an kleinen Gruppen, die sich um die Verwundeten kümmerten. Dr. Feinberg ging zwischen ihnen hin und her und leistete erste Hilfe. Die Opfer sahen aus wie die Überlebenden eines Hurrikans oder Erdbebens.

„Niemand ist das, was er zu sein scheint“, überlegte Elena laut.

„Wie bitte?“

„Das hat Bonnie während des Trauergottesdienstes gesagt. Sie hatte einen weiteren ihrer Anfälle. Ich glaube, das ist wichtig." Sie versuchte, Ordnung in ihre Gedanken zu bringen. „In der Stadt gibt es Leute, die meinen, dass man nach uns suchen sollte. Alaric Saltzman gehört zu ihnen."

Sie erzählte ihnen kurz, was sie früher am Tag in Alarics Haus gehört hatte. „Er ist nicht der, der er zu sein scheint. Aber ich weiß nicht genau, was er ist. Ich glaube, wir sollten ihn beobachten. Da ich aus gutem Grund nicht in der Öffentlichkeit auftauchen darf, müsst ihr zwei das übernehmen. Aber ihr dürft ihn euer Misstrauen ..." Sie hielt inne, als Damon schnell die Hand hob.

Vom Ende der Stufen rief eine Stimme: „Stefan? Sind Sie da oben?" Dann, zu jemand anders gewandt: „Ich dachte, ich hätte ihn hinaufgehen sehen."

Es hörte sich nach Mr. Carson an. „Geh", flüsterte Elena Stefan fast unhörbar zu. „Du musst dich so normal wie möglich benehmen, damit du in Fell's Church bleiben kannst. Ich komme schon zurecht."

„Aber wo willst du hin?"

„Zu Meredith. Ich erkläre dir das später. Jetzt geh."

Stefan zögerte einen Moment, dann lief er die Stufen runter und rief: „Ich komme schon." Auf halbem Weg blieb er jedoch stehen. „Ich lasse dich nicht bei ihm zurück", erklärte er stur.

Elena warf verzweifelt die Hände hoch. „Dann geht eben beide. Gerade noch wart ihr einverstanden, zusammenzuarbeiten. Ihr habt es mir eben in die Hand versprochen. Wollt ihr euer Versprechen etwa zurücknehmen?" fügte sie an Damon gewandt hinzu, der ebenfalls aussah, als wollte er keinen Schritt nachgeben.

Er zuckte leicht mit den Schultern. „Okay. Nur noch eins. Bist du hungrig?“

„Ich ... nein.“ Elena wurde fast übel, als ihr klar wurde, was er eigentlich fragte. „Nein, überhaupt nicht.“

„Das ist gut. Später wirst du jedoch Hunger bekommen. Denk daran.“

Damon drängte sich an Stefan vorbei, die Treppe hinunter und erntete einen bösen Blick von ihm. Aber Elena hörte Stefans Stimme in ihrem Kopf, bevor beide Brüder verschwanden. *Ich werde nachher zu dir zurückkommen. Warte auf mich.*

Sie wünschte, sie könnte ihm mit ihren eigenen Gedanken antworten. Aber da war noch etwas. Stefans Stimme war viel schwächer als beim Kampf mit seinem Bruder vor vier Tagen. Wenn sie es sich recht überlegte, war er vor dem Gründungsfest gar nicht in der Lage gewesen, sich auf telepathischem Weg zu unterhalten. Als sie beim Fluss erwacht war, war sie so verwirrt gewesen, dass es ihr gar nicht aufgefallen war. Doch jetzt machte sie sich Gedanken. Was war passiert, dass seine Fähigkeiten wiedergekommen waren? Und woran lag es, dass seine Stärke wieder nachließ?

Während Elena auf der verlassenen Chorempore saß, unten die Leute die Kirche verließen und der verhangene Himmel draußen langsam dunkler wurde, hatte sie genug Zeit zu überlegen. Sie dachte an Stefan, an Damon und fragte sich, ob sie die richtige Wahl getroffen hatte. Sie hatte sich geschworen, dass beide niemals wegen ihr kämpfen sollten, aber dieser Schwur war bereits gebrochen. War sie verrückt, wenn sie versuchte, die beiden Brüder zu einem Waffenstillstand zu zwingen, auch wenn er nur vorübergehend war?

Als es draußen ganz dunkel war, ging sie die Stufen hinunter. Die Kirche war leer und voller Echos. Sie hatte nicht überlegt, wie sie hinausgelangen konnte. Zum Glück war eine Seitentür nur von innen verschlossen. Dankbar schlich Elena in die Nacht hinaus.

Sie hatte sich nicht vorgestellt, wie gut es tun würde, wieder draußen und in der Dunkelheit zu sein. Im Gebäude hatte sie sich eingesperrt gefühlt, und das Tageslicht hatte ihren Augen wehgetan. Ihre ganzen Sinne lebten wieder auf. Da sich kein Wind rührte, blieben die Gerüche länger in der Luft. Elena konnte eine ganze Anzahl nächtlicher Tiere wahrnehmen. Ein Fuchs wühlte irgendwo im Abfall. Braune Ratten krochen durch das Gebüsch. Motten lockten einander mit ihrem Duft.

Elena merkte, dass es ihr nicht schwer fiel, unentdeckt zu Meredith' Haus zu gelangen. Keiner schien sich auf die Straße zu trauen. Vor dem hübschen Farmhaus blieb sie stehen und betrachtete es bestürzt. Sie konnte doch nicht einfach zur Haustür gehen und anklopfen. Rechnete Meredith tatsächlich mit ihrem Erscheinen? Würde sie dann nicht draußen warten?

Jedenfalls wird Meredith einen ziemlichen Schreck bekommen, wenn sie mich nicht erwartet, überlegte Elena und musterte den Abstand zum Dach der Veranda. Das Schlafzimmerfenster von Meredith lag darüber und etwas seitlich. Es war ein wenig außer Reichweite des Daches, aber Elena glaubte, es schaffen zu können.

Auf das Dach zu kommen, war einfach. Ihre Finger und nackten Zehen fanden genügend Halt zwischen den Schindeln. Aber sich um die Ecke zu lehnen, um in Meredith' Fenster zu schauen, war sehr schwierig. Elena musste gegen das Licht anblinzeln, das aus dem Zimmer drang.

Meredith saß auf dem Rand ihres Bettes. Sie hatte die Ellbogen auf die Knie gestützt und starrte ins Leere. Hin und wieder fuhr sie sich mit der Hand durch das schwarze Haar. Auf der Uhr auf ihrem Nachttisch war es Viertel vor sieben.

Elena klopfte leise mit den Fingernägeln gegen die Scheibe.

Meredith fuhr zusammen und schaute in die falsche Richtung, nämlich zur Tür. Sie stand auf und nahm ein Kissen in die Hand, bereit, sich zu verteidigen. Als die Tür sich nicht öffnete, machte sie vorsichtig ein, zwei Schritte darauf zu. „Wer ist da?“ fragte sie.

Elena klopfte wieder auf die Scheibe.

Meredith fuhr zum Fenster herum. Ihr Atem ging in schnellen Zügen.

„Lass mich herein“, bat Elena. Sie wusste nicht, ob Meredith sie hören konnte, deswegen bewegte sie noch einmal deutlich die Lippen. „Öffne das Fenster.“

Meredith sah sich hektisch atmend im Zimmer um, als erwartete sie, dass ihr jemand zu Hilfe kam. Als niemand erschien, näherte sie sich dem Fenster wie einem gefährlichen Tier. Aber sie öffnete es nicht.

„Lass mich herein“, sagte Elena wieder. Dann fügte sie ungeduldig hinzu: „Wenn du nicht wolltest, dass ich komme, warum hast du dich dann mit mir verabredet?“

Sie sah, wie Meredith' Schultern sich langsam entspannten. Mit zitternden Fingern öffnete die Freundin das Fenster und trat einen Schritt zurück.

„Jetzt musst du mich bitten, hereinzukommen. Sonst kann ich das nicht.“

„Komm ...“ Meredith' Stimme versagte, und sie musste neu anfangen. „Komm herein.“

Als Elena sich stöhnend nach innen auf das Fenstersims gehievt hatte und ihre verkrampften Glieder massierte, fügte Meredith wie benommen hinzu: „Du musst es sein, Elena. Niemand sonst hat einen solchen Befehlston drauf."

„Ich bin's." Elena hörte auf, ihre Finger zu bewegen, und sah der Freundin in die Augen. „Ich bin's tatsächlich, Meredith."

Meredith nickte und schluckte. Elena hätte nichts lieber getan, als sie zu umarmen. Aber Meredith hatte nie viel für körperliche Berührungen übrig gehabt, und im Moment zog sie sich gerade langsam zum Bett zurück und setzte sich wieder.

„Nimm Platz", sagte sie mit gekünstelt ruhiger Stimme. Elena zog den Schreibtischstuhl heran und nahm dieselbe Position ein wie vorhin Meredith. Sie stützte die Ellbogen auf die Knie und senkte den Kopf. Dann sah sie auf. „Woher wusstest du es?"

„Ich ..." Meredith blickte einen Moment vor sich hin. Dann schüttelte sie sich. „Nun, deine Leiche ist natürlich nicht gefunden worden. Und dann waren da diese Überfälle auf den alten Mann, auf Vickie und Tanner. Stefan, nicht zu vergessen, und die Kleinigkeiten, die ich mir zusammengereimt habe, was ihn betraf. Aber ich wusste es nicht. Nicht sicher. Bis jetzt." Am Schluss war ihre Stimme nur noch ein Flüstern.

„Gut kombiniert, Sherlock Holmes." Elena versuchte, sich so normal wie möglich zu benehmen. Aber was war in einer solchen Situation schon normal? Meredith tat so, als könnte sie ihren Anblick kaum ertragen. Elena fühlte sich einsamer und verlassener als je zuvor in ihrem Leben.

Unten an der Tür läutete es. Elena hörte es, Meredith nicht. „Wen erwartest du?" fragte sie. „Da ist jemand an der Tür."

„Ich habe Bonnie gebeten, um sieben Uhr zu kommen, falls ihre Mutter es erlaubt. Ich schaue mal schnell nach." Meredith schien geradezu übereifrig, aus dem Zimmer zu kommen.

„Warte. Weiß sie Bescheid?"

„Nein ... Ach, so. Du meinst, ich soll es ihr schonend beibringen." Meredith sah sich wieder unsicher im Zimmer um. Elena machte die kleine Leselampe beim Bett an.

„Schalte das Licht aus. Es tut meinen Augen sowieso weh", sagte sie leise.

Als Meredith ihre Bitte erfüllt hatte, war der Raum dämmrig genug, dass Elena sich in den Schatten verbergen konnte.

In einer Ecke wartete sie darauf, dass Meredith zurückkam, und rieb sich die Ellbogen mit der Hand. Vielleicht war die Idee gar nicht so gut, Bonnie und Meredith mit hineinzuziehen. Wenn die unerschütterliche Meredith schon mit der Situation nicht fertig wurde, wie würde Bonnie dann erst reagieren?

Meredith kündigte ihr Eintreffen an, indem sie mehrfach wiederholte: „Schrei nicht. Um Himmels willen, schrei nicht", während sie Bonnie über die Schwelle schob.

„Was ist los mit dir? Was machst du da?" wehrte sich Bonnie. „Lass mich los! Weißt du, was für Klimmzüge ich machen musste, damit meine Mutter mich überhaupt gehen ließ? Sie will mich nach Roanoke ins Krankenhaus bringen und am liebsten würde sie mich nicht aus den Augen lassen."

Meredith stieß die Tür zu. „Nun gut", sagte sie zu Bonnie. „Du wirst jetzt etwas sehen, was ... ein Schock für dich sein wird. Aber du darfst nicht schreien. Verstehst du mich? Ich lasse dich los, wenn du es mir versprichst."

„Es ist zu dunkel, um überhaupt etwas zu erkennen, und du

machst mir Angst. Was ist los mit dir, Meredith?“ wiederholte Bonnie. „Gut, ich versprech’s. Aber wovon sprichst ...?“

„Elena“, erwiderte Meredith kurz. Elena nahm das als Aufforderung und trat vor.

Bonnies Reaktion war anders als erwartet. Sie runzelte die Stirn, lehnte sich nach vorn und starrte in das dämmrige Licht. Als sie Elenas Gestalt sah, holte sie erschrocken Luft. Doch nach einem Blick in ihr Gesicht klatschte sie in die Hände und schrie vor Freude auf.

„Ich hab’s doch geahnt! Alle haben sich geirrt! Also, die ganzen Experten, du, Meredith, und auch Stefan, ihr dachtet, ihr wisst alles über Ertrinken und so. Aber ich wusste sofort, dass ihr euch geirrt habt! Oh, Elena, ich habe dich so vermisst. Alle werden sich ...“

„Sei ruhig, Bonnie. Sei still!“ drängte Meredith sie. „Ich hab dir doch gesagt, du sollst nicht schreien! Hör zu, du kleine Idiotin. Wenn alles mit Elena in Ordnung wäre, warum sollte sie dann mitten in der Nacht hier sein, ohne dass jemand etwas davon weiß?“

„Aber sie ist okay. Schau sie dir an. Da steht sie! Du bist es doch, Elena?“ Bonnie wollte auf sie zugehen, aber Meredith hielt sie zurück.

„Ja, ich bin’s.“ Elena hatte das merkwürdige Gefühl, in eine surreale Komödie geraten zu sein und ihren Text nicht zu kennen. Sie wusste nicht, was sie zu Bonnie sagen sollte, die überglücklich aussah.

„Ich bin’s. Aber ... ich ... es ist nicht alles in Ordnung mit mir“, erklärte sie stockend und setzte sich wieder. Meredith drängte Bonnie aufs Bett.

„Warum tut ihr zwei so geheimnisvoll? Sie ist da, aber da stimmt was nicht mit ihr? Was soll das heißen?“

Elena wusste nicht, ob sie lachen oder weinen sollte. „Hör mal, Bonnie. Ach, ich hab keine Ahnung, wie ich dir das beibringen soll. Hat deine Großmutter, die mit den telepathischen Kräften, dir jemals was über Vampire erzählt?“

Die Stille, die folgte, war so schwer, dass man sie mit einem Messer hätte schneiden können. Minuten vergingen. Bonnies Augen weiteten sich. Dann glitt ihr Blick zu Meredith. Nach weiteren Schweigeminuten bewegte Bonnie sich langsam zur Tür. „Also, Mädels“, sagte sie leise. „Das ist echt zu viel. Wirklich ...“

Elena traf eine Entscheidung. „Du kannst dir meine Zähne anschauen.“ Sie zog ihre Oberlippe zurück und berührte einen Eckzahn mit dem Finger. Sofort fühlte sie, wie er sich verlängerte, spitzer und schärfer wurde, wie eine Katzenkralle, die langsam und genüsslich ausgefahren wird.

Meredith kam herüber, warf einen Blick darauf und schaute schnell wieder fort. „Kapiere. Bonnie, komm her.“

Alle Freude und jedes Hochgefühl waren aus Bonnies Gesicht gewichen. Sie sah aus, als müsste sie sich übergeben. „Nein. Ich will nicht.“

„Du musst. Du musst es glauben, sonst kommen wir nie weiter.“ Meredith packte die widerstrebende Bonnie und zog sie nach vorn. „Öffne die Augen, du Feigling. Du bist doch diejenige, die auf alles Übernatürliche so scharf ist.“

„Ich habe meine Meinung geändert“, erklärte Bonnie fast schluchzend. In ihrer Stimme lag echte Hysterie. „Lass mich in Ruhe, Meredith. Ich will mir das nicht anschauen.“ Sie machte sich los.

„Niemand wird dich zwingen“, flüsterte Elena erstaunt. Bestürzung kam in ihr auf, und Tränen traten ihr in die Augen. „Es war ein schlechter Einfall, Meredith. Ich werde jetzt gehen.“

„Nein. Bitte nicht.“ Bonnie drehte sich so schnell um, wie sie sich abgewandt hatte, und warf sich in Elenas Arme. „Es tut mir Leid, Elena. So Leid. Es ist mir egal, was du bist. Ich bin nur froh, dass du wieder da bist. Es war so schrecklich ohne dich.“ Jetzt schluchzte sie hemmungslos.

Die Tränen, die nicht hatten kommen wollen, als Elena mit Stefan zusammengewesen war, flossen jetzt. Sie weinte, klammerte sich an Bonnie und fühlte Meredith’ Arme um sie beide. Dann weinten sie alle – Meredith leise, Bonnie laut und Elena tief aus ihrem Herzen. Sie weinte um alles, was mit ihr geschehen war, um alles, was sie verloren hatte, aus Einsamkeit, aus Furcht und aus Schmerz.

Schließlich fanden sich die drei Mädchen auf dem Fußboden sitzend wieder. Ihre Knie berührten sich wie damals, wenn sie als Kinder geheime Pläne geschmiedet hatten.

„Du bist so tapfer“, schniefte Bonnie. „Ich verstehe gar nicht, wie du so tapfer sein kannst.“

„Du weißt nicht, wie ich mich innendrin fühle. Ich bin überhaupt nicht tapfer. Aber irgendwie muss ich damit fertig werden, denn ich habe keine Ahnung, was ich sonst tun könnte.“

„Deine Hände sind nicht kalt.“ Meredith drückte Elenas Finger. „Nur ein bisschen kühl. Ich hätte sie mir kälter vorgestellt.“

„Stefans Hände sind auch nicht kalt.“ Elena wollte weiterreden, aber Bonnie quietschte dazwischen: „Stefan!“

Meredith und Elena sahen sie an.

„Überleg doch mal, Bonnie. Man wird nicht von allein zum Vampir. Jemand muss dich dazu machen."

„Aber du meinst, Stefan ...? Du willst sagen, er ist ein ...?" Bonnie brach erstickt ab.

„Ich glaube, es ist an der Zeit, dass du uns die ganze Geschichte erzählst, Elena. Auch die winzigen Kleinigkeiten, die du das letzte Mal ausgelassen hast, als wir dich um die volle Wahrheit gebeten haben", meinte Meredith nüchtern.

Elena nickte. „Du hast recht. Es ist schwierig zu erklären, aber ich werde es versuchen." Sie holte tief Luft. „Bonnie, erinnerst du dich an den ersten Schultag nach den Ferien? Da habe ich zum ersten Mal eine deiner Wahrsagungen gehört. Du hast meine Handfläche studiert und gesagt, ich würde einen jungen Mann treffen. Einen dunkelhaarigen Fremden. Und dass er nicht groß sei, es aber einmal gewesen ist. Nun ..." Sie blickte erst zu Bonnie, dann zu Meredith. „... Stefan ist wirklich nicht besonders groß. Aber er war es einmal, im Vergleich zu den anderen Menschen im fünfzehnten Jahrhundert."

Meredith nickte nur, aber Bonnie gab ein leises Geräusch von sich, schwankte leicht nach hinten und sah geschockt aus. „Du meinst ..."

„Ja, er lebte im Italien der Renaissance, und im Durchschnitt waren die Menschen damals kleiner. Und, bevor du ohnmächtig wirst, hier ist noch eine Information, die du wissen solltest. Damon ist sein Bruder."

Meredith nickte wieder. „So etwas habe ich mir schon gedacht. Aber warum hat Damon behauptet, er sei ein Student?"

„Die beiden verstehen sich nicht besonders gut. Lange Zeit

hat Stefan nicht einmal gewusst, dass Damon sich in Fell's Church aufhält." Elena hielt inne. Sie kam jetzt zu Stefans persönlicher Geschichte. Zu dem Geheimnis, von dem sie immer gedacht hatte, dass er es selbst erzählen müsste. Aber Meredith hatte recht. Es war Zeit, alles offen darzulegen.

„Stefan und Damon haben im Renaissance-Italien dasselbe Mädchen geliebt. Sie kam aus Deutschland, und ihr Name war Katherine. Stefan ist mir am Anfang in der Schule aus dem Weg gegangen, weil ich ihn an sie erinnerte. Sie hatte ebenfalls blondes Haar und blaue Augen. Oh, und das war ihr Ring." Sie ließ Meredith' Hand los und zeigte ihnen den exquisit gravierten goldenen Ring mit dem einzelnen Lapislazuli-Stein.

„Katherine war ein Vampir. Ein Mann namens Klaus hatte sie in ihrem Dorf in Deutschland dazu gemacht, um sie vor einer tödlichen Krankheit zu retten. Stefan und Damon wussten davon, aber es störte sie nicht. Sie baten sie, zwischen ihnen beiden denjenigen zu wählen, den sie heiraten wollte." Elena hielt inne und lächelte. Mr. Tanner hatte recht gehabt. Die Geschichte wiederholte sich immer. Sie konnte nur hoffen, dass ihre nicht endete wie die von Katherine. „Aber sie wählte beide. Sie tauschte mit beiden Blut aus und sagte, sie drei könnten in alle Ewigkeit Gefährten bleiben."

„Hört sich ganz schön pervers an", murmelte Bonnie.

„Eher gefährlich dumm", erwiderte Meredith.

„Du hast recht", stimmte Elena ihr zu. „Katherine war lieb, aber nicht sehr klug. Stefan und Damon konnten sich sowieso schon nicht leiden. Durch ihre Entscheidung wurde alles noch schlimmer. Keiner wollte sie mit dem anderen teilen. Katherine lief weinend weg. Am nächsten Tag fanden sie ihren Körper. Vielmehr das, was davon übrig war. Ihr müsst wissen, dass ein Vampir einen Talisman braucht, wie diesen Ring zum Beispiel, um in die Sonne gehen zu können, ohne getötet zu werden. Und Katherine setzte sich ohne ihren Ring der Sonne aus. Sie dachte, wenn sie aus dem Weg sei, würden Stefan und Damon sich versöhnen.“

„Oh, nein, wie roman...“

„Das war es nicht, Bonnie“, unterbrach Elena sie hart. „Es war überhaupt nicht romantisch. Stefan lebt seither mit dieser Schuld, und ich glaube, Damon auch, selbst, wenn man ihn nie dazu bewegen könnte, es zuzugeben. Als unmittelbare Reaktion auf Katherines Tat holten sie ihre Schwerter und brachten einander um. Ja, sie haben einander getötet. Deshalb sind sie zu Vampiren geworden, und deshalb hassen sie sich so sehr. Und ich bin wahrscheinlich verrückt, weil ich sie heute dazu zwingen will, zusammenzuarbeiten.“

7. KAPITEL

„Wobei zusammenarbeiten?“ fragte Meredith.

„Das erkläre ich euch später. Erst möchte ich wissen, was in der Stadt geschehen ist, seit ich ... verschwunden bin“, sagte Elena.

„Nun, es ist eine ziemliche Panik ausgebrochen.“ Meredith hob eine Augenbraue. „Deine Tante Judith hat es schlimm erwischt. Sie hat fantasiert, dass sie dich gesehen hätte. Nur, dass es keine Einbildung von ihr war, stimmt’s? Ach ja, und sie und Robert haben sich getrennt.“

„Ich weiß“, erklärte Elena ernst. „Und weiter?“

„In der Schule waren alle ziemlich aus dem Häuschen. Ich

wollte mit Stefan reden, besonders, da ich schon vermutete, dass du nicht wirklich tot bist, aber er war nicht im Unterricht. Matt zwar wohl, aber irgendwas scheint mit ihm nicht in Ordnung zu sein. Er läuft in der Gegend rum wie ein Zombie und will mit niemandem reden. Um ihn aufzuheitern, wollte ich ihm erklären, dass es eine Chance gibt, dass du vielleicht nicht für immer weg bist, aber er weigerte sich, zuzuhören. Er benahm sich so völlig anders als sonst. Einen Moment lang dachte ich sogar, jetzt knallt er mir gleich eine."

„Oh, nein, Matt." Etwas Schreckliches regte sich tief in Elenas Gedächtnis, eine Erinnerung, die zu furchtbar war, um ans Licht kommen zu dürfen. Sie konnte im Moment nicht noch mehr ertragen und verdrängte radikal alles, was damit zu tun hatte.

Meredith fuhr inzwischen fort. „Es ist natürlich sonnenklar, dass ein paar Leute misstrauisch sind, was deinen ‚Tod' betrifft. Deshalb habe ich auch während des Trauergottesdienstes so verschlüsselt geredet. Ich hatte Angst, wenn ich den richtigen Tag und Ort verrate, würde sich Alaric Saltzman vor dem Haus auf die Lauer legen. Er hat alle möglichen Fragen gestellt, und es war gut, dass Bonnie nichts wusste, was sie ausplaudern konnte."

„Das ist unfair", protestierte Bonnie. „Alaric hat nur ein natürliches Interesse, das ist alles. Er will uns helfen, dieses schreckliche Erlebnis zu verarbeiten. Er ist Wassermann ..."

„Er ist ein Spion", unterbrach Elena sie kalt. „Und vielleicht noch mehr. Aber darüber sprechen wir später. Was ist mit Tyler Smallwood? Ich habe ihn im Gottesdienst nicht gesehen."

Meredith war verwirrt. „Du weißt es also nicht?"

„Ich weiß schließlich nicht alles. Vier Tage lang habe ich auf einem Speicher geschlafen."

„Nun ..." Meredith hielt befangen inne. „Tyler ist gerade aus dem Krankenhaus entlassen worden. Zusammen mit Dick Carter und diesen vier Schlägern, die mit ihnen beim Gründungsfest zusammen waren. Sie wurden in der Quonset-Hütte überfallen und haben eine Menge Blut verloren."

„Oh." Das Geheimnis, warum Stefans Kräfte in jener Nacht so viel stärker gewesen waren, war somit gelöst. Und auch, warum sie jetzt wieder nachließen. Er hatte vermutlich seither keine Nahrung mehr zu sich genommen. „Wird Stefan verdächtigt, Meredith?"

„Tylers Vater hat versucht, ihm den Überfall anzuhängen, doch die Polizei kriegte den Zeitplan nicht hin. Man weiß, wann Tyler ungefähr angegriffen wurde, denn er wollte sich mit seinem Vater treffen und kam nicht zu der Verabredung. Bonnie und ich können jedoch Stefan ein Alibi für diese Zeit geben. Denn wir hatten ihn gerade mit deiner Leiche beim Fluss zurückgelassen. Er konnte also unter keinen Umständen zurück zur Quonset-Hütte gelangen, um Tyler zu überfallen. Jedenfalls ist es für einen Menschen unmöglich. Und die Polizei geht nicht von etwas Übernatürlichem aus."

„Verstehe." Elena war zumindest darüber erleichtert.

„Tyler und seine Gang können den Angreifer nicht identifizieren, weil sie keinerlei Erinnerung mehr an diesen Nachmittag haben", fügte Meredith hinzu. „Caroline übrigens auch nicht."

„Caroline war dabei?"

„Ja, aber sie ist nicht gebissen worden. Sie hat nur einen schweren Schock. Trotz allem, was sie getan hat, tut sie mir fast

Leid." Meredith zuckte mit den Schultern. „Sie bietet seither ein Bild des Jammers."

„Nach der Sache mit den Hunden heute glaube ich nicht, dass noch jemand Stefan verdächtigen wird", warf Bonnie ein. „Mein Dad sagt, dass ein großer Hund durch das Fenster der Hütte gesprungen sein könnte. Die Wunden an Tylers Hals sehen aus wie Bisse von einem Tier. Viele werden jetzt denken, dass es ein Hund oder eine ganze Meute war."

„Das ist eine Erklärung, die allen höchst gelegen kommt", meinte Meredith trocken. „So braucht man sich nicht mehr den Kopf darüber zu zerbrechen."

„Aber das ist doch albern", erklärte Elena. „Ein solches Verhalten passt überhaupt nicht zu normalen Hunden. Wundert sich denn keiner, dass die Tiere plötzlich durchdrehen und sich gegen ihre Herren wenden?"

„Viele Leute schauen einfach nur, dass sie sie loswerden. Außerdem sollen Tollwuttests durchgeführt werden. Aber Tollwut ist nicht die Ursache, oder, Elena?"

„Ich glaube das nicht. Stefan und Damon übrigens auch nicht. Und darüber wollte ich mit euch reden." Elena erklärte, so deutlich es ging, was sie über die ‚andere Macht' in Fell's Church dachte. Sie erzählte von der geheimnisvollen Kraft, die sie die Brücke hinuntergejagt hatte, von ihren Ahnungen bei dem rätselhaften Angriff der Hunde und von allem anderen, was sie, Stefan und Damon sich überlegt hatten. Sie endete: „Bonnie hat es heute selbst in der Kirche gesagt: ‚etwas Böses'. In Fell's Church hat sich eine abgrundtief böse Macht eingenistet. Niemand hat etwas bemerkt, niemand kennt sie. Selbst du wirst nicht wissen, was du mit deinen Worten gemeint hast, Bonnie."

Aber Bonnie war längst mit etwas anderem beschäftigt. „Also ist nicht unbedingt Damon für all die schrecklichen Dinge verantwortlich, die du ihm unterschieben wolltest, Elena. Wie den Tod von Yangtze, die Verletzungen von Vickie und den Mord an Mr. Tanner. Ich hab dir gleich gesagt, dass niemand, der so toll aussieht, ein Psychokiller sein kann", meinte sie triumphierend.

„Bonnie." Meredith warf einen Blick auf Elena. „Du solltest Damon als möglichen Liebhaber besser ganz schnell wieder vergessen."

„Ja", unterstrich Elena mit Nachdruck. „Er hat Mr. Tanner tatsächlich umgebracht. Und es sieht ganz so aus, als wäre er für die anderen Überfälle auch verantwortlich. Ich werde ihn danach fragen. Außerdem habe ich alle Hände voll damit zu tun, selbst mit ihm fertig zu werden. Lass dich besser nicht mit ihm ein, Bonnie. Hör auf meinen Rat."

„Okay, ich soll die Finger von Damon lassen; ich soll die Finger von Alaric lassen ... Gibt's denn überhaupt noch Typen, die ich nicht in Ruhe lassen soll? Und in der Zwischenzeit kriegt Elena sie alle. Das ist unfair!" Bonnie war sehr unzufrieden.

„Das Leben ist nun mal so", meinte Meredith abgeklärt. „Aber weiter, Elena. Selbst wenn diese ‚andere Macht' existiert, welche Kräfte besitzt sie? Wie sieht sie aus?"

„Ich weiß es nicht", sagte Elena resigniert und umschlang ihre Knie mit den Armen. „Sie muss sehr stark sein, könnte sich aber tarnen, so dass wir es nicht spüren. Zum Beispiel als ganz normaler Mensch. Deshalb brauche ich eure Hilfe. Es könnte jeder in Fell's Church sein. Wie Bonnie schon sagte: ‚Niemand ist das, was er zu sein scheint'."

Bonnie sah verloren aus. „Ich kann mich nicht daran erinnern."

„Du hast es trotzdem gesagt. ‚Niemand ist das, was er zu sein scheint'", zitierte Elena mit Nachdruck. „Niemand." Sie sah zu Meredith, aber deren dunkle Augen blickten ruhig und distanziert.

„Das macht praktisch jeden zum Verdächtigen, stimmt's?" sagte sie ungerührt.

„Stimmt. Am besten, wir nehmen einen Notizblock und einen Bleistift und machen eine Liste von den wichtigsten Leuten. Damon und Stefan haben bereits zugestimmt zu helfen. Wenn ihr zwei auch noch mitmacht, haben wir eine noch bessere Chance, dieses böse Wesen zu finden." Elena war wieder in ihrem Element. Pläne schmieden, das war ihre Sache. Der einzige Unterschied zu früher war, dass es jetzt weder um eine Wohltätigkeitsparty ging, noch darum, einen Jungen zu erobern, sondern um viel ernstere Dinge.

Meredith reichte Bonnie Block und Bleistift. Bonnie blickte von ihr zu Elena. „Okay, wer kommt nun auf unsere Liste?"

„Jeder, bei dem wir einen Grund finden, ihn zu verdächtigen, die ‚andere Macht' zu sein. Jeder, der folgende Dinge getan haben könnte: Stefan in den Brunnen einsperren, mich jagen und die Hunde auf die Leute hetzen. Jeder, der uns durch sein ungewöhnliches Verhalten auffällt."

„Matt, Vickie. Und Robert." Bonnie schrieb bereits eifrig.

„Bonnie!" riefen Elena und Meredith gleichzeitig.

Bonnie sah hoch. „Matt hat sich merkwürdig benommen, genau wie Vickie. Bei der geht das schon seit Monaten so. Und Robert hat sich während des Gottesdienstes vor der Kirche herumgetrieben, aber er ist nicht hereingekommen ..."

„Mensch, Bonnie. Nun mal im Ernst", sagte Meredith. „Vickie ist ein Opfer, keine Verdächtige. Und wenn Matt die böse Macht ist, dann bin ich der Glöckner von Notre Dame. Was Robert betrifft ..."

„Okay, okay, ich streiche alle wieder durch", wehrte Bonnie sauer ab. „Jetzt rück du mal mit deinen Vorschlägen rüber."

„Nein", warf Elena ein. „Warte einen Moment."

Sie dachte über etwas nach, was sie schon eine Weile gestört hatte, genauer gesagt, seit ... „Seit der Kirche", erinnerte sie sich laut.

„Wisst ihr, ich habe Robert auch vor der Kirche gesehen, als ich mich auf der Chorempore versteckt habe. Das war kurz bevor die Hunde angegriffen haben. Er zog sich langsam zurück, als ob er wüsste, was geschehen würde."

„Aber, Elena ..."

„Nein, hör mir zu, Meredith. Und ich habe ihn bei Tante Judith Samstag Abend beobachtet. Als sie ihm sagte, dass sie ihn nicht heiraten würde, da kam ein so Ausdruck in sein Gesicht ... Also, ich weiß nicht. Du setzt ihn besser wieder auf die Liste, Bonnie."

Nachdem sie einen Moment gezögert hatte, tat Bonnie es. „Wen noch?" fragte sie nüchtern.

„Ich fürchte, Alaric", erwiderte Elena. „Tut mir Leid, Bonnie. Aber er ist praktisch der Hauptverdächtige." Sie erzählte den beiden Freundinnen, was sie am Morgen zwischen Alaric und dem Schuldirektor gehört hatte. „Er ist kein normaler Lehrer. Man hat ihn aus einem bestimmten Grund hergeholt. Er weiß, dass ich ein Vampir bin, und sucht nach mir. Heute, als die Hunde angriffen, stand er am Rand des Platzes und machte so komische Handbewegungen. Er ist auf keinen Fall das, was er vorgibt zu sein. Die einzige Frage ist, was ist er? Hörst du mir überhaupt zu, Meredith?“

„Ja. Ich finde, wir sollten auch Mrs. Flowers auf die Liste tun. Erinnert ihr euch daran, wie sie hinter dem Fenster stand, als wir Stefan vom Brunnen zurückbrachten? Warum wollte sie nicht herunterkommen und uns die Tür öffnen? Ihr Verhalten war mehr als merkwürdig.“

Elena nickte. „Stimmt, und sie hat immer gleich aufgelegt, als ich versuchte, Stefan anzurufen. Sie lebt in ihrem seltsamen Haus wie eine Einsiedlerin. Es kann sein, dass sie nur eine verrückte, alte Frau ist, aber schreib ihren Namen trotzdem auf jeden Fall mit auf, Bonnie.“

Elena fuhr sich mit der Hand durchs Haar und hob es vom Nacken hoch. Ihr war heiß. Oder nicht richtig heiß, eher unbehaglich zumute, so wie jemand, der überhitzt ist. Ihr ganzer Körper schien wie ausgedörrt.

„Gut. Morgen vor der Schule gehen wir bei der Pension vorbei“, beschloss Meredith. „Was können wir inzwischen sonst noch tun? Lass uns noch einmal die Liste sehen, Bonnie.“

Bonnie hielt den Block hoch. Elena und Meredith lehnten sich vor und lasen:

Matt Honeycutt (durchgestrichen)
Vickie Bennett (durchgestrichen)
Robert Maxwell – Was tat er vor der Kirche, als die Hunde angriffen? Was war in jener Nacht bei Elenas Tante los?
Alaric Saltzman – Warum stellte er so viele Fragen? Weshalb wurde er nach Fell's Church geholt?
Mrs. Flowers – Warum benimmt sie sich so merkwürdig?

Warum hat sie uns in der Nacht, als Stefan verletzt war, nicht hereingelassen?

„Gut“, meinte Elena. „Wir könnten außerdem herausfinden, wessen Hunde heute vor der Kirche waren. Und du kannst Alaric morgen in der Schule beobachten.“

„Ich werde das machen“, erklärte Bonnie fest. „Und ich werde ihn von jedem Verdacht befreien, darauf könnt ihr Gift nehmen.“

„Okay. Du wirst ihm zugeteilt. Dann kann Meredith sich um Mrs. Flowers kümmern und ich mich um Robert. Was Stefan und Damon angeht, sie können praktisch jeden übernehmen, denn sie können mit ihren übernatürlichen Kräften die Gedanken von jedem erkunden. Die Liste ist natürlich noch lange nicht komplett. Ich werde die beiden bitten, die Stadt nach Hinweisen auf eine ‚andere Macht‘ zu durchforschen oder nach sonstigen merkwürdigen Vorkommnissen. Sie können das vermutlich eher erkennen als ich.“

Elena setzte sich auf die Fersen zurück und leckte sich die Lippen. Sie war schrecklich durstig. Und ihr fiel etwas auf, von dem sie bisher nie Notiz genommen hatte. Es waren die feinen Adern in Bonnies Handgelenk. Bonnie hielt immer noch den Block hoch, und ihre Haut war so durchsichtig, dass die blauen Verästelungen klar darunter zu sehen waren. Elena wünschte, sie hätte im Biologieunterricht besser aufgepasst. Wie nannte man doch noch diese Vene, die große, die sich verzweigte wie der Ast eines Baumes ...

„Elena. Elena!“

Überrascht fuhr Elena hoch und sah sich Meredith’ wachsamem Blicken und Bonnies erstauntem Gesichtsausdruck gegenüber. Erst jetzt merkte sie, dass sie über Bonnies Handgelenk kauerte und mit dem Finger über die dickste Vene strich.

„Tut mir Leid", murmelte sie und zog sich zurück. Aber sie konnte die Schärfe und Länge ihrer Vorderzähne spüren. Es war ein Gefühl, als würde sie eine Gebissspange tragen. Sogar das Gewicht war schwerer. Sie merkte, dass ihr aufmunterndes Lächeln nicht den gewünschten Erfolg bei Bonnie hatte. Bonnie sah ängstlich aus. Das war albern. Bonnie musste doch wissen, dass Elena ihr nie wehtun würde. Und Elena war heute Abend gar nicht sehr hungrig. Sie war noch nie ein großer Esser gewesen. Alles, was sie brauchte, konnte sie aus dieser winzigen Vene hier im Handgelenk ...

Elena sprang auf, rannte zum Fenster und lehnte sich hinaus. Die Nachtluft strich kühl über ihre Haut. Ihr war schwindlig, und sie rang nach Atem.

Was hatte sie da tun wollen? Sie drehte sich um. Bonnie und Meredith drängten sich nah aneinander. Beide schienen schreckliche Angst zu haben. Elena hasste es, sie in diesen Zustand versetzt zu haben.

„Es tut mir Leid", entschuldigte sie sich. „Ich wollte das nicht, Bonnie. Schau, ich komme nicht näher. Ich hätte essen sollen, bevor ich herkam. Damon hat mich gewarnt, dass ich später Hunger bekommen würde."

Bonnie schluckte und wurde noch weißer im Gesicht. „Essen?"

„Ja, natürlich", sagte Elena kurz.

Ihre Adern brannten. Also, so fühlte sich das an. Stefan hatte es ihr schon beschrieben, aber sie hatte es nie richtig verstanden. Hatte sich nie klar gemacht, was er durchlitt, wenn er dringend Nahrung brauchte. Die Not war schrecklich und kaum zu zügeln.

„Was glaubt ihr, wovon ich derzeit lebe? Von Luft?“ verteidigte sie sich. „Ich bin jetzt eine Jägerin, und ich werde mich wohl besser auf die Jagd machen.“

Bonnie und Meredith versuchten, mit dieser Information fertig zu werden. Elena konnte das sehen, aber sie konnte auch die Abscheu in ihren Augen erkennen. Sie konzentrierte sich voll darauf, ihre neuen Sinne zu gebrauchen. Sie öffnete sich der Nacht und suchte nach Damon und Stefan. Das war schwierig, denn keiner der beiden legte seine Gedanken so offen dar wie in jener Nacht, als sie im Wald gekämpft hatten. Aber Elena meinte, einen Hauch von übernatürlicher Macht irgendwo in der Stadt zu spüren.

Aber sie war unfähig, Kontakt aufzunehmen. Die Frust machte die Qual in ihren Adern noch größer. Sie hatte gerade beschlossen, ohne die beiden loszuziehen, als ihr mit einem plötzlichen Windstoß die Vorhänge ins Gesicht flogen.

Bonnie sprang erschrocken auf und stieß dabei die Leselampe vom Nachttisch. Das Zimmer wurde in Dunkelheit getaucht. Fluchend bemühte Meredith sich, die Lampe schnell wieder zum Leuchten zu bringen. Die Vorhänge flatterten wie wild in dem flackernden Licht, und Bonnie lag ein Schrei auf den Lippen.

Als die Birne wieder fest in der Lampe verschraubt war, zeigte ihr Licht Damon, der lässig, aber gleichzeitig mit sehr unsicherem Halt auf der äußeren Fensterbank hockte. Er lächelte eins seiner wildesten Lächeln.

„Darf ich?“ fragte er. „Diese Stellung hier ist verdammt unbequem.“

Elena schaute auf Bonnie und Meredith, die sich mit dem Rücken gegen den Schrank pressten und Damon erschreckt und fasziniert zugleich anstarrten. Sie schüttelte in milder Verzweiflung den Kopf.

„Und ich dachte, ich wäre die Expertin für dramatische Auftritte“, sagte sie. „Sehr lustig, Damon. Jetzt lass uns gehen.“

„Nicht doch. Wo deine beiden hübschen Freundinnen direkt hier vor unserer Nase stehen?“ Damon lächelte Bonnie und Meredith wieder an. „Außerdem bin ich gerade erst gekommen. Ist nicht eine von euch so höflich und bittet mich herein?“

Bonnies braune Augen, die ihn wie hypnotisiert ansahen, wurden sanfter. Ihre Lippen öffneten sich leicht. Elena erkannte alle Anzeichen, dass sie nahe daran war, völlig seinem Charme zu verfallen.

„Nein, das werden sie nicht.“ Sie stellte sich zwischen Damon und die Mädchen. „Hier gibt es nichts für dich zu holen, Damon. Jetzt nicht und nie.“ Als sie die Herausforderung in seinem Blick sah, fügte sie hochmütig hinzu: „Ich werde jetzt jedenfalls gehen. Ich weiß nicht, wie es mit dir ist, aber ich werde jagen.“

Sie wurde bestärkt dadurch, dass sie Stefans Anwesenheit in der Nähe spürte. Wahrscheinlich war er auf dem Dach. Sofort hörte sie in ihrem Kopf seine Antwort: *Wir werden jagen, Damon. Du kannst ja die ganze Nacht da hocken bleiben, wenn es dir Spaß macht.*

Damon gab sich mit Anstand geschlagen. Er warf einen letzten, belustigten Blick auf Bonnie und Meredith und verschwand wie ein Blitz vom Fenster. Bonnie und Meredith machten erschrocken einen Satz nach vorn. Sie hatten offensichtlich Angst, dass er sich zu Tode stürzen könnte.

„Dem passiert schon nichts." Elena schüttelte wieder den Kopf. „Und macht euch keine Sorgen. Ich werde nicht zulassen, dass er zurückkommt. Morgen zur selben Zeit treffe ich euch wieder. Bis dann."

„Aber ... Elena ..." Meredith hielt inne. „Ich meine ... ich wollte dich fragen, ob du dich nicht umziehen willst."

Elena betrachtete sich. Das Erbstück aus dem neunzehnten Jahrhundert, das sie trug, war verdreckt und zerfetzt, der dünne, weiße Musselinstoff an mehreren Stellen eingerissen. Aber es blieb keine Zeit. Sie musste unbedingt Nahrung zu sich nehmen.

„Das muss warten", erklärte sie hastig. „Bis morgen." Damit schoss sie so blitzartig aus dem Fenster wie Damon vor ihr. Das letzte, was sie sah, war, wie Bonnie und Meredith wie betäubt hinter ihr herblickten.

Die Landung klappte immer besser. Diesmal schlug sie nicht mit den Knien auf. Stefan war da. Er hüllte sie in etwas Dunkles, Warmes.

„Dein Mantel", sagte Elena erfreut. Einen Moment lächelten sie einander an und erinnerten sich, wie er ihr das erste Mal den Mantel gegeben hatte. Er hatte sie auf dem Friedhof vor Tylers brutalem Vergewaltigungsversuch gerettet und mit zu sich nach Hause genommen, damit sie sich säubern konnte. Damals hatte er Angst gehabt, sie zu berühren. Aber, dachte Elena, während sie ihm zärtlich in die Augen sah, ich habe dafür gesorgt, dass er diese Furcht schnell überwindet.

„Ich dachte, wir wollten jagen", unterbrach Damon sie.

Elena drehte sich zu ihm um und lächelte ihn an, ohne Stefans Hand loszulassen. „Das tun wir auch. Wo sollen wir hingehen?“

„Hier sind jede Menge Häuser. Such dir eins aus.“ Damon machte eine einladende Handbewegung.

„In den Wald“, sagte Stefan nüchtern.

„Gut, in den Wald“, beschloss Elena. „Wir greifen keine Menschen an, und wir töten nicht. So sind die Spielregeln, nicht wahr, Stefan?“

Er erwiderte den Druck ihrer Finger. „So sind die Spielregeln“, bestätigte er leise.

Damon verzog spöttisch den Mund. „Und wonach suchen wir im Wald? Nach Ratten, Stinktieren oder Termiten?“ Sein Blick suchte Elena. Er senkte die Stimme. „Komm mit mir, und ich zeige dir, was wirkliches Jagen bedeutet.“

„Wir können über den Friedhof abkürzen“, schlug Elena vor und achtete nicht auf ihn.

„Auf den Lichtungen findet man die ganze Nacht über Rotwild“, erklärte Stefan ihr. „Aber wir müssen sehr vorsichtig sein. Sie können fast so gut hören wie wir.“

Also dann, auf ein anderes Mal, hörte Elena Damons Stimme in ihrem Kopf.

8. KAPITEL

„Wer? Ach, du bist's." Bonnie zuckte zusammen, als sie jemand am Ellbogen berührte. „Du hast mich erschreckt. Ich hab dich gar nicht kommen hören."

Stefan erkannte, dass er vorsichtiger sein musste. In den wenigen Tagen, in denen er von der Schule weg gewesen war, hatte er sich abgewöhnt, sich wie ein Mensch zu benehmen, und war wieder in die lautlosen, perfekt kontrollierten Bewegungen des Jägers verfallen. „Tut mir Leid", sagte er, während sie nebeneinander den Flur entlanggingen.

„Ist schon okay." Bonnie machte einen tapferen Versuch, ganz lässig zu klingen. Aber ihre braunen Augen waren weit aufgerissen und ein wenig starr. „Was machst du eigentlich hier? Meredith und ich sind heute Morgen an deiner Pension vorbeigegangen, um Mrs. Flowers zu überprüfen, aber niemand hat die Tür geöffnet. Und im Biologieunterricht habe ich dich auch nicht gesehen."

„Ich bin heute nachmittag zurückgekommen und gehe jetzt wieder zur Schule. Zumindest so lange, bis wir gefunden haben, wonach auch immer wir suchen."

„Im Klartext heißt das wohl, bis ihr Alaric ausspioniert habt", stieß Bonnie erregt hervor. „Ich hab Elena gestern ausdrücklich gesagt, sie soll ihn mir überlassen. Huch", fügte sie hinzu, als ein paar andere Schüler sie unverhohlen anstarrten. Sie verdrehte die Augen. In schweigendem Einverständnis bogen sie und Stefan in einen Seitenflur und kamen zu einem leeren Treppenhaus. Bonnie lehnte sich mit einem erleichterten Stöhnen gegen die Wand.

„Ich muss daran denken, dass ich ihren Namen nicht erwähne." Sie schlug sich gegen die Stirn. „Aber das ist so schwer. Mom fragte mich heute morgen, wie es mir geht. Fast hätte ich gesagt: ‚Prima. Schließlich habe ich Elena gestern Abend gesehen'. Ich weiß nicht, wie ihr zwei es geschafft habt, so lange dein ... das große Geheimnis für euch zu behalten."

Trotz allem musste Stefan lächeln. Bonnie war wie ein sechs Wochen altes Kätzchen. Voller Charme und ohne Hemmungen. Sie sagte immer, was sie im Augenblick gerade dachte, auch, wenn es dem widersprach, was sie nur einen Moment zuvor gesagt hatte. Alles kam direkt aus ihrem Herzen.

„Denk dran, du stehst auf einem verlassenen Flur mit einem, na, du weißt schon", zog er sie auf.

„Oh." Ihre Augen weiteten sich wieder. „Aber du würdest doch nicht ... Nein!" fügte sie erleichtert hinzu. „Denn Elena würde dich umbringen ... Oh, nein, wieder voll ins Fettnäpfchen." Sie schluckte und suchte nach einem anderen, unverfänglicheren Thema. „Also, wie ist es letzte Nacht gelaufen?"

Stefans Miene verdüsterte sich. „Nicht so gut. Keine Sorge, Elena ist okay. Sie ist an einem sicheren Versteck und schläft." Bevor er weitersprechen konnte, vernahm er Schritte am Ende des Flurs. Drei Mädchen aus der Oberstufe kamen näher. Eins von ihnen löste sich aus der Gruppe, als es Stefan und Bonnie sah. Sue Carson war blass, und ihre Augen waren rot umrändert. Aber sie lächelte die beiden an.

„Wie geht's dir, Sue?" fragte Bonnie besorgt. „Und wie geht's Doug?"

„Danke, mir geht's gut. Und Doug den Umständen entsprechend auch. Jedenfalls wird er wieder in Ordnung kommen. Stefan, ich muss mit dir reden", fügte sie hinzu. Ihre Worte überschlugen sich fast. „Ich weiß, Dad hat dir gestern schon dafür gedankt, dass du Doug geholfen hast, aber ich möchte dir auch noch einmal danken. Ich meine ... Also, die Leute hier in der Stadt waren ziemlich gemein zu dir, und ich war überrascht, dass du dich trotz allem für sie eingesetzt hast. Aber ich bin froh. Mom behauptet, dass du Doug das Leben gerettet hast. Und deshalb wollte ich dir noch einmal danken und sagen, dass mir all das andere Leid tut."

Ihre Stimme zitterte, als sie fertig war. Bonnie schniefte und suchte nach einem Taschentuch. Einen Moment lang sah es ganz danach aus, als würde Stefan sich auf den Stufen mit zwei schluchzenden Mädchen wiederfinden. Bestürzt zerbrach er sich den Kopf, wie er die Situation entschärfen könnte.

„Ist schon okay. Was macht Dougs Hündin Chelsea eigentlich?"

„Sie ist im Tierheim. Dort werden die Hunde unter Quarantäne gehalten. Jedenfalls alle, die man einfangen konnte." Sue trocknete sich die Augen und richtete sich auf. Stefan entspannte sich, als er sah, dass die Gefahr gebannt war. Befangenes Schweigen entstand.

„Hast du schon gehört, was die Schule wegen des Winterballs entschieden hat?" fragte Bonnie schließlich Sue.

„Das Komitee hat sich heute Morgen getroffen. So weit ich weiß, soll er steigen. Jemand hat behauptet, dass man aber Polizeischutz anfordern will. Oh, es läutet. Wir beeilen uns besser, sonst fangen wir uns von Alaric noch eine Strafarbeit ein."

„Wir kommen in einer Minute nach", sagte Stefan und fragte wie nebenbei: „Wann ist denn dieser Winterball?"

„Am dreizehnten. An einem Freitagabend." Sue stöhnte. „Mein Gott. Freitag, der dreizehnte. Das ist mir noch gar nicht aufgefallen. Aber da fällt mir noch etwas anderes ein, was ich euch noch erzählen wollte. Heute morgen habe ich meine Beteiligung an der Wahl zur ‚Schneekönigin' zurückgezogen. Es schien mir das Richtige zu sein. Das war's auch schon." Sue wandte sich ab und war Sekunden später verschwunden.

Stefans Gedanken überschlugen sich. „Bonnie, was genau ist dieser Winterball?"

„Eigentlich ist das eine Weihnachtsparty. Nur haben wir eine Schneekönigin statt eines Weihnachtsmannes. Nach dem, was am Gründungstag und dann gestern mit den Hunden passiert ist, hat man daran gedacht, den Winterball dieses Jahr abzublasen. Jetzt scheint es so, als ob er doch stattfinden soll."

„An einem Freitag, dem dreizehnten", sagte Stefan düster.

„Ja." Bonnies Augen füllten sich wieder mit Furcht. Sie drückte sich gegen die Wand, als wollte sie möglichst klein und unauffällig wirken. „Stefan, schau nicht so. Du machst mir Angst. Was ist los? Was glaubst du, kann bei dem Ball passieren?"

„Ich weiß es nicht." Aber etwas wird geschehen, dachte Stefan.

In Fell's Church hatte keine öffentliche Veranstaltung ohne die Teilnahme der ‚anderen Macht' mehr stattgefunden, und diese hier war vermutlich die letzte große Feier in diesem Jahr. Doch es hatte keinen Sinn, jetzt darüber zu reden. „Komm", sagte er. „Wir sind wirklich schon spät."

Er hatte recht. Alaric Saltzman stand vor der Tafel, als sie hereinkamen, genau wie an dem Tag, als er zum ersten Mal im Geschichtsunterricht erschienen war. Wenn der Lehrer überrascht war, Bonnie und Stefan so spät oder überhaupt zu sehen, verbarg er es mühelos und schenkte ihnen eins seiner freundlichsten Lächeln.

Also, du bist derjenige, der den Jäger jagt, dachte Stefan, setzte sich und musterte den Mann vor der Klasse. Aber bist du auch mehr als das? Elenas ‚andere Macht' vielleicht?

Oberflächlich betrachtet schien das fast unmöglich zu sein. Alarics dunkelblondes, für einen Lehrer etwas zu langes Haar, sein jungenhaftes Lächeln, seine fast penetrante Fröhlichkeit, das alles ließ ihn völlig harmlos erscheinen. Aber Stefan war von Anfang an misstrauisch gewesen, was sich hinter diesem friedfertigen Bild verbergen mochte. Trotzdem war es unwahrscheinlich, dass Alaric hinter der Attacke auf Elena oder dem Zwischenfall mit den Hunden steckte. Keine Verkleidung konnte so perfekt sein.

Elena. Stefan ballte unter dem Pult die Faust. Ein bohrender Schmerz durchfuhr seine Brust. Er hatte nicht an sie denken wollen. Die letzten fünf Tage hatte er nur überstanden, weil er sie an den Rand seiner Erinnerungen gedrängt hatte. Aber die Anstrengung, sie auf sichere Entfernung zu halten, hatte ihn unendliche Kraft gekostet. Und jetzt befand er sich an einem Ort, der für ihn schlimmer nicht sein konnte – in einem Klassenzimmer, im Unterricht, wobei es ihm völlig egal war, was gelehrt wurde. Hier musste er zwangsläufig an sie denken.

Er zwang sich, langsam und gleichmäßig zu atmen. Es ging ihr gut, das war das Wichtigste. Alles andere war egal. Aber selbst, während er sich das einredete, fühlte er die Eifersucht wie die Schläge einer Peitsche. Denn wann immer seine Gedanken zu Elena zurückkehrten, musste er auch an ihn denken.

An Damon, dem es freistand zu kommen und zu gehen, wie er wollte. Der vielleicht sogar jetzt, in dieser Minute, bei Elena war.

Kalter Zorn stieg in Stefan auf und mischte sich in den heißen Schmerz in seiner Brust. Er zweifelte immer noch daran, dass es nicht Damon gewesen sein sollte, der ihn blutend und bewusstlos in den verlassenen Brunnenschacht geworfen hatte, damit er dort elend starb. Und er würde Elenas Theorie von einer ‚anderen Macht' sehr viel ernster nehmen, wenn er völlig sicher gewesen wäre, dass nicht Damon Elena in den Tod gejagt hatte. Damon war böse, er kannte keine Gnade und keine Skrupel ...

Aber was hat er getan, was ich nicht auch getan habe? fragte Stefan sich zum hundertsten Mal. Nichts.

Außer zu töten.

Stefan hatte versucht zu töten. Er hatte Tyler umbringen wollen. Diese Erinnerung löschte seinen Zorn auf Damon, und er schaute stattdessen auf einen Platz hinten in der Klasse.

Er war leer. Tyler war zwar am Tag zuvor aus dem Krankenhaus entlassen worden, aber noch nicht wieder in der Schule. Trotzdem bestand keine Gefahr, dass er sich an irgendetwas von jenem schrecklichen Nachmittag erinnern würde. Der unterschwellig eingegebene Befehl, alles zu vergessen, würde seine Wirkung noch eine Weile behalten. Solange nicht jemand in Tylers Unterbewusstsein herumstocherte.

Stefan fiel plötzlich auf, dass er Tylers leeres Pult mit verengten Augen nachdenklich anstarrte. Als er wegsah, erhaschte er einen Blick von jemandem, der ihn dabei beobachtet hatte.

Matt wandte sich schnell ab und beugte sich über sein Geschichtsbuch. Doch Stefan hatte seinen Ausdruck gesehen.

Denk nicht darüber nach. Denk an gar nichts, befahl Stefan sich und versuchte, sich auf Alaric Saltzmans Ausführungen über die englischen Rosenkriege zu konzentrieren.

5. Dezember – ich weiß nicht, wie spät es ist, vermutlich früh am Nachmittag

Liebes neues Tagebuch,

Damon hat dich heute zu mir zurückgeholt. Stefan wollte nicht, dass ich noch einmal auf Alarics Speicher gehe. Ich benutze Stefans Füllfederhalter. Ich besitze gar nichts mehr. Jedenfalls komme ich nicht an meine Sachen heran, und Tante Judith würde es sicher auffallen, wenn ich mir etwas holen würde.

Ich sitze im Moment in einer Scheune hinter der Pension. Ich kann nicht dorthin gehen, wo Menschen wohnen, wenn ich nicht eingeladen werde. Tiere zählen wohl nicht, denn es schlafen ein paar Ratten unter dem Heu, und in den Deckenstreben hockt eine Eule. Im Moment ignorieren wir einander.

Ich bemühe mich sehr, nicht völlig hysterisch zu werden.

Ich dachte, schreiben würde helfen. Irgendwie ist es etwas Normales, Vertrautes. Außer, dass nichts in meinem Leben mehr normal ist.

Damon behauptet, ich würde mich schnell daran gewöhnen, wenn ich mein altes Leben einfach über Bord werfe und das neue mit offenen Armen empfange. Er hält es für unvermeidlich, dass ich so werde wie er. Er sagt, ich bin die geborene Jägerin, und es hätte keinen Sinn, die Dinge nur halb zu tun.

Letzte Nacht habe ich Wild gejagt. Einen Hirsch, denn er machte den meisten Lärm. Er schlug mit seinem Geweih gegen die Äste und forderte seine Rivalen heraus. Ich habe sein Blut getrunken.
Wenn ich mir dieses Tagebuch durchlese, ist alles, was ich sehe, dass ich immer auf der Suche nach etwas war. Nach einem Platz, an den ich wirklich gehöre.
Aber das hier ist es nicht. Dieses neue Leben ist es nicht. Ich habe Angst davor, was aus mir werden wird, wenn ich einmal anfange, mich daran zu gewöhnen.
Ich habe solche Angst.
Die Eule in der Scheune ist fast ganz weiß. Besonders, wenn sie die Flügel ausbreitet, so dass man die Unterseite sehen kann. Vom Rücken her scheint sie eher golden zu sein. Ein wenig Gold umsäumt auch ihr Gesicht. Jetzt starrt sie mich an, weil ich Geräusche mache und versuche, nicht zu weinen. Es ist komisch, dass ich immer noch weinen kann. Hexen können das doch nicht, oder?
Draußen hat es angefangen zu schneien. Ich wickle mich fester in meinen Mantel.

Elena steckte das kleine Buch nah an ihren Körper und zog den weichen, dunklen Samt des Mantels bis zum Kinn hoch. In der Scheune herrschte völlige Stille, bis auf das leise Atmen der schlafenden Tiere. Draußen fiel der Schnee ebenso lautlos und umhüllte die Welt mit Schweigen. Elena starrte blicklos hinaus und merkte kaum, wie ihr die Tränen die Wangen hinunterliefen.

„Könnten Bonnie McCullough und Caroline Forbes bitte

nach dem Unterricht noch eine Minute bleiben?“ fragte Alaric, als es zum Stundenschluss läutete.

Stefan runzelte die Stirn. Seine Verstimmung vertiefte sich, als er Vickie Bennett vor der offenen Tür zur Geschichtsklasse sah. Ihr Blick war schüchtern und voller Angst. „Ich bin nicht weit weg“, sagte er bedeutungsvoll zu Bonnie, die nickte. Er hob noch warnend die Augenbraue. Bonnie beantwortete diese Geste mit einem tugendhaften Augenaufschlag. Du wirst mich nicht dabei erwischen, etwas zu verraten, bedeutete sie ihm.

Stefan ging hinaus und konnte nur hoffen, dass sie diesen Vorsatz halten würde.

Vickie Bennett kam gerade herein, als er herausging, und er musste ihr ausweichen. Dabei trat er Matt in den Weg, der versuchte, so schnell wie möglich über den Flur zu entkommen.

Ohne groß nachzudenken, packte Stefan ihn am Arm. „Matt, warte!“

„Lass mich los!“ Matt hob die Faust. Dann schaute er seine Hand überrascht an, als ob er nicht sicher wäre, warum er wütend war. Trotzdem versuchte er sich mit aller Kraft aus Stefans Griff zu befreien.

„Ich möchte mit dir reden. Nur eine Minute, okay?“

„Hab keine Zeit.“ Endlich sah Matt ihm in die Augen. Doch sein Blick war leer, wie bei jemandem, der unter einem fremden Zwang steht.

Aber Stefan fiel schnell auf, dass es keine geheimnisvolle fremde Macht, sondern Matt selber war, der diesen Zwang ausübte. So reagierte der menschliche Verstand, wenn er mit etwas konfrontiert wurde, was er nicht verarbeiten konnte. Matt hatte es verdrängt, hatte einfach abgeschaltet.

„Übrigens, was da Samstagnacht geschehen ist ...“ begann Stefan vorsichtig.

„Ich weiß nicht, wovon du redest. Hör mal, ich muss weg.“ Dieses Ableugnen glich einer unüberwindlichen Mauer, hinter der Matt sich verschanzte. Doch Stefan musste weiter versuchen, zu ihm vorzudringen.

„Ich mache dir keinen Vorwurf, dass du sauer bist. An deiner Stelle wäre ich fuchsteufelswild. Und ich weiß, wie es ist, wenn man nicht nachdenken will. Besonders, wenn einen die Gedanken in den Wahnsinn treiben können.“

Matt schüttelte nur den Kopf.

Stefan sah sich auf dem Flur um. Sie waren fast allein, und die Verzweiflung ließ ihn ein Risiko eingehen. „Aber vielleicht möchtest du zumindest wissen, dass Elena wach ist und sehr ...“

„Elena ist tot!“ schrie Matt und lenkte die Aufmerksamkeit aller auf sich, die vereinzelt an den Schließfächern standen. „Und ich habe gesagt, du sollst mich gehen lassen!“ fügte er hinzu, ohne sich um die Zuschauer zu kümmern. Er stieß Stefan hart zurück. Das kam so unerwartet, dass Stefan gegen die Schließfächer flog und fast auf dem Boden gelandet wäre. Er sah Matt fassungslos an. Aber Matt warf nicht einmal einen Blick zurück, als er den Flur hinunterrannte.

Stefan verbrachte den Rest der Zeit damit, nur auf die Wand zu starren. Dort hing ein Poster für den Winterball, und als die Mädchen rauskamen, kannte er jeden Zentimeter davon.

Trotz allem, was Caroline versuchte hatte, ihm und Elena anzutun, konnte er sie nicht hassen. Ihr kastanienbraunes Haar hatte jeden Glanz verloren, und ihr Gesicht war hager und verkniffen. Wie eine Blüte, die verwelkt ist, dachte Stefan, als er ihr nachsah.

„Alles okay?“ fragte er Bonnie, während sie nebeneinander hergingen.

„Klar, was sonst? Alaric weiß eben, dass wir drei – Vickie, Caroline und ich – viel durchgemacht haben, und möchte uns im Gegenzug dazu wissen lassen, dass wir seine volle Unterstützung haben.“ Doch selbst ihre glühende Begeisterung für den Geschichtslehrer klang ein wenig gezwungen. „Keine von uns hat ihm jedoch was erzählt. Er will nächste Woche in seinem Haus eine weitere Zusammenkunft veranstalten“, fügte sie fröhlicher hinzu.

Toll, dachte Stefan. Normalerweise hätte er dazu etwas gesagt, aber im Moment wurde er abgelenkt. „Da ist Meredith.“

„Sie muss auf uns gewartet haben. Nein, sie geht zum Geschichtsklassenzimmer. Komisch, ich hab mich doch ausdrücklich hier draußen mit ihr verabredet.“

Mehr als komisch, dachte Stefan. Er hatte nur einen kurzen Blick auf Meredith erhascht, bevor sie um die Ecke bog, doch der hatte sich in seinem Gedächtnis eingebrannt. Der Ausdruck auf Meredith’ Gesicht war wachsam und berechnend gewesen, ihr Schritt verstohlen. Als ob sie versuchte, etwas zu tun, ohne dabei gesehen zu werden.

„Sie wird in einer Minute wieder hier sein, wenn sie merkt, dass wir schon fort sind“, erklärte Bonnie. Doch es dauerte fast zehn Minuten, bis Meredith zurückkam, und sie schien total überrascht, dass Stefan und Bonnie auf sie warteten.

„Tut mir Leid, ich bin aufgehalten worden“, entschuldigte sie sich kühl. Stefan musste wider Willen ihre Selbstbeherrschung bewundern. Aber er fragte sich auch, was dahintersteckte, und nur Bonnie hatte Lust auf eine Unterhaltung, als sie drei die Schule verließen.

„Letztes Mal hast du Feuer benutzt“, wunderte sich Elena.

„Das war, weil wir Stefan gesucht haben, also eine bestimmte Person“, erwiderte Bonnie. „Diesmal wollen wir die Zukunft vorhersagen. Wenn es sich nur um deine persönliche Zukunft handeln würde, würde ich aus deiner Handfläche lesen. Aber wir versuchen ja, etwas Allgemeines herauszufinden.“

Meredith betrat das Zimmer mit einer Porzellanschüssel, die bis zum Rand mit Wasser gefüllt war. In der anderen Hand hielt sie eine Kerze. „Hier sind die Sachen“, sagte sie.

„Wasser galt bei den Druiden als heilig“, erklärte Bonnie, während Meredith die Schüssel auf den Boden stellte und die Mädchen sich im Kreis darum herumsetzten.

„Anscheinend war bei den Druiden so ziemlich alles heilig“, spottete Meredith.

„Pst. Jetzt stecke die Kerze in den Kerzenhalter und zünde sie an. Dann werde ich das geschmolzene Wachs in das Wasser gießen, und die entstehenden Formen werden mir die Antworten auf eure Fragen verraten. Meine Großmutter hat geschmolzenes Blei verwendet, und ihre Großmutter Silber. Aber Wachs tut es auch.“

Als Meredith die Kerze angezündet hatte, schaute Bonnie zur Seite und holte tief Luft. „Also, von Mal zu Mal fürchte ich mich mehr davor, diese Sachen zu machen.“

„Niemand zwingt dich dazu, Bonnie“, flüsterte Elena.

„Ich weiß. Aber dieses eine Mal möchte ich es noch. Außerdem machen mir die Rituale keine Angst. Es ist dieses ...

Übernommen werden, das so schrecklich ist. Ich hasse es. Es ist, als ob jemand anderes in meinen Körper schlüpft."

Elena runzelte die Stirn und öffnete den Mund. Aber Bonnie redete schon weiter. „Okay, fangen wir an. Mach das Licht aus, Meredith. Gebt mir eine Minute Zeit, mich einzustimmen, dann stellt eure Fragen."

In dem Schweigen, das in dem verdunkelten Zimmer herrschte, beobachtete Elena, wie das Kerzenlicht flackernd über Bonnies gesenkte Wimpern und Meredith' ernstes Gesicht strich. Sie schaute auf ihre eigenen Hände in ihrem Schoß, die sich bleich von dem schwarzen Pullover und den schwarzen Leggings abhoben, die Meredith ihr geliehen hatte. Dann blickte sie in die tanzende Flamme.

„Gut", sagte Bonnie leise und nahm die Kerze.

Elena verschränkte die Finger und drückte sie vor Anspannung fest zusammen, aber sie sprach leise, um die Stimmung nicht zu stören. „Wer ist die ‚andere Macht' hier in Fell's Church?"

Bonnie neigte die Kerze. Heißes Wachs floss wie Wasser in die Schüssel und formte runde Kugeln.

„Das habe ich befürchtet", murmelte Bonnie. „Keine Antwort, nichts. Versuche eine andere Frage."

Enttäuscht setzte Elena sich zurück und bohrte die Fingernägel in die Handflächen. Es war Meredith, die schließlich sprach.

„Können wir diese ‚andere Macht' finden, wenn wir nach ihr suchen? Und können wir sie besiegen?"

„Das sind zwei Fragen", flüsterte Bonnie, während sie die Kerze wieder neigte. Diesmal formte das Wachs einen Kreis, einen knotigen, weißen Ring.

„Das bedeutet Einheit! Das Symbol für Menschen, die einander die Hand reichen. Es heißt, wir können es schaffen, wenn wir zusammenhalten."

Elenas Kopf fuhr hoch. Fast dieselben Worte hatte sie zu Stefan und Damon gesagt. Bonnies Augen leuchteten vor Aufregung. Die drei Mädchen lächelten sich an.

„Pass auf. Du gießt immer noch", warnte Meredith.

Bonnie richtete schnell die Kerze auf und schaute wieder in die Schüssel. Das letzte Wachs hatte eine lange, dünne Linie geformt.

„Das ist ein Schwert", erklärte sie langsam. „Es bedeutet ein Opfer. Wir können es schaffen, wenn wir zusammenhalten, aber nicht ohne ein Opfer."

„Was für ein Opfer?" fragte Elena.

„Keine Ahnung." Bonnie sah besorgt aus. „Im Moment ist das alles, was ich sagen kann." Sie steckte die Kerze wieder in den Halter.

„Uff." Meredith atmete heftig aus, während sie aufstand und das Licht wieder anmachte.

Elena erhob sich ebenfalls. „Zumindest wissen wir, dass wir es besiegen können", sagte sie und zog an den Leggings, die zu lang für sie waren. Dabei erhaschte sie einen Blick von sich in Meredith' Spiegel. Mit Elena Gilbert, dem Modevorbild der High School, hatte sie keine Ähnlichkeit mehr. Ganz in Schwarz sah sie bleich und gefährlich aus. Wie ein Schwert in einer Scheide. Ihr Haar fiel wirr auf die Schultern.

„In der Schule würden sie mich sicher nicht wiedererkennen", sagte sie leise und spürte einen scharfen Stich. Komisch, dass sie sich jetzt noch Gedanken um die Schule machte, aber sie tat es. Wahrscheinlich liegt es daran, dass ich nie mehr hingehen kann, vermutete sie. Und daran, dass sie so lange die Trendsetterin dort gewesen war, diejenige, auf die alle geschaut hatten. Sie konnte kaum glauben, dass diese Zeit endgültig und unwiderruflich für sie vorbei war.

„Du könntest irgendwo anders hingehen“, schlug Bonnie vor. „Ich meine, wenn das alles hier vorbei ist, könntest du woanders die Schule zu Ende machen. Wo dich keiner kennt. So wie Stefan.“

„Nein, ich glaube nicht.“ Elena war an diesem Abend in einer merkwürdigen Stimmung, nachdem sie den Tag in der Scheune verbracht und den Schnee beobachtet hatte. „Bonnie“, sagte sie plötzlich. „Würdest du noch einmal aus meiner Handfläche lesen? Ich möchte, dass du mir die Zukunft vorhersagst. Meine ganz persönliche Zukunft.“

„Ich weiß nicht, ob ich mich an all das Zeug erinnern kann, das meine Großmutter mir beigebracht hat ... aber, okay, ich versuch's“, gab Bonnie schließlich nach. „Ich hoffe nur, dass diesmal keine dunkelhaarigen Fremden auftauchen. Denn davon hast du ja schon mehr als genug.“ Sie kicherte, als sie Elenas ausgestreckte Hand nahm. „Erinnerst du dich, als Caroline fragte, was man mit zweien anstellen kann, was nicht auch mit einem geht? Na, jetzt hast du ja reichlich Gelegenheit, es herauszufinden.“

„Lies nur aus meiner Hand, okay?“

„Gut, also, das ist ihr Leben ...“ Bonnies Geplapper brach ab, bevor es richtig angefangen hatte. Sie starrte auf Elenas Hand. Ihr Gesicht war ängstlich und besorgt. „Sie sollte bis hier unten gehen. Aber sie ist so kurz abgeschnitten ...“

Sie und Elena starrten sich einen Moment lang schweigend an, während Elena fühlte, wie eine böse Vorahnung in ihr zur

Gewissheit wurde. Dann mischte sich Meredith ein. „Natürlich ist die Lebenslinie kurz. Das zeigt nur, was bereits geschehen ist, nämlich, als Elena ertrank."

„Natürlich, das muss es sein", flüsterte Bonnie. Sie ließ Elenas Hand los, und Elena zog sie langsam zurück. „Das ist es, natürlich", erklärte Bonnie fester.

Elena sah wieder in den Spiegel. Das Mädchen, das sie anschaute, war wunderschön. Doch in seinen Augen lag eine traurige Weisheit, die die alte Elena Gilbert nie besessen hatte. Sie merkte, dass Bonnie und Meredith sie beobachteten.

„Ja, das ist die Erklärung", sagte sie leichthin, aber ihr Lächeln erreichte nicht ihre Augen.

9. KAPITEL

„Wenigstens bin ich diesmal nicht von einer fremden Macht übernommen worden", seufzte Bonnie. „Ich bin diesen ganzen übernatürlichen Kram sowieso leid. Mir kommt das Ganze zu den Ohren heraus. Das war das letzte Mal, das schwöre ich euch."

„Ist schon gut." Elena wandte sich vom Spiegel ab. „Reden wir von etwas anderem. Was habt ihr heute herausgefunden?"

„Ich habe mit Alaric gesprochen. Er will nächste Woche wieder ein Treffen veranstalten", antwortete Bonnie. „Er hat Caroline, Vickie und mich gefragt, ob wir bereit sind, uns hypnotisieren zu lassen, um alles, was geschehen ist, besser verarbeiten zu können. Ich bin sicher, dass er nicht diese ‚andere Macht' ist, Elena. Er ist zu nett."

Elena nickte. Ihr waren schon Zweifel gekommen wegen

ihres Verdachts, was Alaric betraf. Nicht weil er nett war, sondern weil sie vier Tage auf seinem Speicher geschlafen hatte. Hätte die ‚andere Macht' sie wirklich dort ungestört ruhen lassen? Natürlich, Damon hatte Alaric beeinflusst zu vergessen, dass sie sich dort oben befand. Aber hätte die ‚andere Macht' sich Damons Kräften gebeugt? Wäre sie nicht viel stärker als Damon gewesen?

Es sei denn, ihre Kräfte sind aufgebraucht, dachte sie plötzlich. So wie Stefans Kräfte nachließen. Oder diese ‚andere Macht' hatte nur so getan, als würde sie Damons Hypnose nachgeben.

„Wir werden ihn trotzdem noch nicht von unserer Liste streichen", beschloss sie. „Wir müssen vorsichtig sein. Was ist mit Mrs. Flowers? Habt ihr etwas über sie herausgefunden?"

„Kein Glück", erwiderte Meredith. „Wir sind heute Morgen zur Pension gegangen, aber Mrs. Flowers hat nicht aufgemacht. Stefan wollte versuchen, ihr heute Nachmittag nachzuspüren."

„Wenn jemand mich nur dorthin einladen würde, dann könnte ich sie ebenfalls beobachten", überlegte Elena. „Ich hab das Gefühl, ich bin die Einzige, die überhaupt nichts tut. Ich glaube ..." Sie hielt einen Moment inne und überlegte. Dann fuhr sie fort: „Ich werde nach Hause gehen. Zu Tante Judith, meine ich. Vielleicht finde ich Robert irgendwo draußen im Gebüsch versteckt oder so was."

„Wir kommen mit", sagte Meredith.

„Nein, das mache ich besser allein. Wirklich. Ich habe gelernt, mich sehr unauffällig zu benehmen."

„Sei bloß vorsichtig. Es schneit draußen immer noch sehr stark."

Elena nickte, sprang aufs Fensterbrett und ließ sich nach unten fallen.

Als Elena sich dem Haus näherte, sah sie, dass gerade ein Auto wegfuhr. Sie verbarg sich im Schatten und wartete. Die Scheinwerfer beleuchteten ein bizarres Winterbild: die schwarze Silhouette des Johannisbrotbaums im Nachbargarten mit einer weißen Eule in seinen kahlen Zweigen.

Der Wagen fuhr vorbei, und Elena erkannte ihn. Es war Roberts blauer Ford.

Sehr interessant. Sie wollte ihm schon folgen, aber ihr Wunsch, nachzusehen, ob im Haus alles in Ordnung war, erwies sich als stärker. Lautlos umrundete sie das Gebäude und untersuchte die Fenster.

Die gelben Leinenvorhänge in der Küche waren zurückgezogen, die Küche hell erleuchtet. Tante Judith schloss gerade die Geschirrspülmaschine. War Robert zum Abendessen da gewesen?

Tante Judith ging jetzt zur Eingangsdiele. Elena folgte ihr und umkreiste das Haus erneut. Die Wohnzimmervorhänge standen einen Spalt offen. Vorsichtig spähte sie durch das dicke, wellige Glas der Scheiben. Sie hörte, wie die Haustür geöffnet, geschlossen und abgeschlossen wurde. Dann kam Tante Judith ins Wohnzimmer und setzte sich auf die Couch. Sie machte den Fernseher an und schaltete müßig zwischen den Kanälen hin und her.

Elena wünschte sich, sie könnte mehr erkennen als nur das Profil der Tante im flimmernden Licht des Fernsehschirms. Es war merkwürdig, in das Zimmer zu blicken und zu wissen, dass sie zwar hineinschauen, aber nicht hineingehen konnte.

Wie lange war es her, seit ihr aufgefallen war, wie hübsch der Raum eigentlich war? Der antike Mahagonischrank mit dem wertvollen Porzellan und den Gläsern, die Tiffany-Lampe auf dem Tischchen neben Tante Judith, die Kissen mit der Petit-Point-Stickerei auf der Couch, das alles schien ihr nun unendlich kostbar.

Sie stand draußen, fühlte die sanfte Berührung des Schnees in ihrem Nacken und wünschte sich sehnlichst, nur für kurze Zeit, nur für einen Moment hineinzukönnen.

Tante Judith hatte den Kopf zurückgelehnt und die Augen geschlossen. Elena presste die Stirn gegen die Fenster und wandte sich dann langsam ab.

Sie kletterte den Quittenbaum vor ihrem Schlafzimmerfenster hoch. Zu ihrer Enttäuschung waren die Vorhänge fest geschlossen. Der Ahorn vor Margarets Fenster war morscher und schwerer zu erklettern.

Als sie oben war, hatte sie eine gute Sicht. Die Vorhänge hier waren offen. Margaret schlief. Sie hatte die Bettdecke bis zum Kinn hochgezogen. Ihr Mund stand offen, und ihr blondes Haar breitete sich wie ein Fächer auf dem Kissen aus.

Hallo, Baby. Elena drängte die Tränen zurück. Es war ein so unschuldiges Bild: die Nachttischlampe, das kleine Mädchen im Bett, die Plüschtiere auf den Regalen, die über es zu wachen schienen. Und da kommt auch noch das weiße Kätzchen durch die offene Tür, um die Szene komplett zu machen, dachte Elena.

Snowball sprang auf Margarets Bett. Das Kätzchen gähnte, zeigte seine kleine, rosa Zunge und streckte sich, die winzigen Krallen ausfahrend. Dann ging es geschmeidig nach vorn, bis es auf Margarets Brust stand.

Etwas bewirkte, dass sich Elena die Haare im Nacken sträubten.

Sie wusste nicht, ob es ihr neuer Jagdinstinkt oder nur bloße Vorahnung war. Aber plötzlich hatte sie Angst. Gefahr drohte in diesem Zimmer. Margaret war in Gefahr.

Das Kätzchen stand immer noch dort. Sein Schwanz peitschte hin und her. Und auf einmal wusste Elena, woran es sie erinnerte. An die Hunde. Es blickte in der Art, wie Chelsea Doug Carson betrachtet hatte, bevor sie ihn angriff. Oh, nein. Die Stadt hatte die Hunde unter Quarantäne gestellt, aber niemand hatte an die Katzen gedacht!

Elenas Verstand arbeitete auf Hochtouren, ohne dass es ihr viel nutzte. Er zeigte ihr nur Bilder davon, was eine Katze mit ihren spitzen Zähnen und nadelscharfen Krallen auf zarter Haut anrichten konnte. Und Margaret lag da und atmete sanft, ohne sich der Gefahr bewusst zu sein.

Snowballs Rückenfell sträubte sich, ihr Schwanz schwoll an wie eine Flaschenbürste. Sie legte die Ohren zurück und öffnete das Maul zu einem lautlosen Fauchen. Ihr Blick war starr auf Margarets Gesicht gerichtet, genauso wie bei Chelsea und Doug Carson.

„Nein!“ Elena sah sich verzweifelt nach etwas um, das sie auf das Fenster werfen konnte, nach etwas, das Lärm machte. Sie konnte nicht näher heran. Die äußeren Zweige des Baums würden ihr Gewicht nicht tragen. „Margaret, wach auf!“

Aber der Schnee, der sich wie eine Decke um sie herum ausbreitete, erstickte ihr Rufen. Ein leises, drohendes Zischen erklang aus Snowballs Kehle, während ihr Blick zwischen dem Fenster und Margarets Gesicht hin- und herwanderte.

„Margaret, wach auf!“ schrie Elena. In dem Moment, in

dem das Kätzchen mit ausgefahrenen Krallen die Pfote zum Angriff hob, warf sie sich gegen die Scheibe.

Später konnte sie nicht mehr sagen, wie es ihr gelungen war, sich festzuhalten. Auf dem schmalen Fenstersims war kein Platz zum Knien. Aber ihre Fingernägel krallten sich in das weiche, alte Holz, und mit einer Stiefelspitze fand sie darunter einen Halt. Mit ihrer ganzen Kraft klopfte sie gegen das Fenster und schrie.

„Mach, dass du von ihr wegkommst! Margaret, wach auf!"

Margarets Augen flogen auf, sie fuhr hoch und schleuderte Snowball nach hinten. Die Krallen des Kätzchens verfingen sich in der gehäkelten Bettdecke, als es versuchte, sich aufzurichten.

Elena schrie wieder. „Schnell aus dem Bett, Margaret! Öffne das Fenster! Beeil dich!"

Das Gesicht der Vierjährigen war voll schläfriger Überraschung, aber es zeigte keine Angst. Sie stand auf und stolperte zum Fenster, während Elena die Zähne zusammenbiss.

„Braves Mädchen ... jetzt sage: Komm herein. Schnell, sag es!"

„Komm herein", wiederholte Margaret brav, blinzelte und trat einen Schritt zurück.

Das Kätzchen sprang hinaus, als Elena ins Zimmer fiel. Sie wollte danach greifen, aber es war zu schnell. Einmal draußen, kletterte es blitzartig die Äste des Ahorns hinunter, machte einen Satz in den Schnee und verschwand.

Eine kleine Hand zog an Elenas Pullover. „Du bist zurückgekommen!" Margaret umarmte Elenas Hüften. „Ich habe dich vermisst."

„Oh, Margaret. Ich habe dich auch vermisst ..." begann Elena und erstarrte. Tante Judiths Stimme klang von der Treppe herauf.

„Margaret, bist du wach? Was geht da oben vor?“

Elena hatte nur eine Sekunde, um ihre Entscheidung zu treffen. „Verrate ihr nicht, dass ich hier bin“, flüsterte sie und ließ sich auf die Knie fallen. „Es ist ein Geheimnis, verstehst du? Sag, dass du das Kätzchen rausgelassen hast, aber nicht, dass ich hier bin.“ Die Zeit reichte nicht für mehr. Elena kroch unter das Bett und konnte nur noch beten.

Von dort unten sah sie Tante Judiths bestrumpfte Füße ins Zimmer kommen. Sie presste ihr Gesicht in die Dielenbretter und wagte kaum zu atmen.

„Margaret! Was machst du da? Komm sofort zurück ins Bett“, sagte Tante Judith. Dann knarrte das Bett unter Margarets Gewicht, und Elena hörte, wie die Tante Margaret zudeckte. „Deine Hände sind ja eiskalt. Warum, um alles in der Welt, steht das Fenster auf?“

„Ich hab es aufgemacht, und Snowball ist rausgesprungen“, erklärte Margaret. Elena atmete erleichtert auf.

„Und jetzt ist der ganze Boden voller Schnee. Ich kann es nicht fassen ... Mach das Fenster ja nicht wieder auf, hörst du!“ Tante Judith schloss das Fenster, machte sich noch einmal kurz an Margarets Bettwäsche zu schaffen, dann verließ sie das Zimmer.

Elena wand sich unter dem Bett hervor.

„Braves Mädchen“, flüsterte sie, während Margaret sich aufsetzte. „Ich bin stolz auf dich. Morgen wirst du Tante Judith sagen, dass du das Kätzchen weggeben willst. Erklär ihr einfach, dass es dir Angst macht. Ich weiß, du willst das nicht ...“ Sie hob die Hand, um Margarets protestierendes Geheul im

Keim zu ersticken. „... Aber es muss sein. Denn ich weiß, dass es dir wehtun wird, wenn du es weiter behältst. Und das willst du doch nicht, oder?“

„Nein“, antwortete Margaret mit Tränen in den blauen Augen. „Aber ...“

„Und du möchtest doch auch nicht, dass das Kätzchen Tante Judith wehtut, oder? Sag Tante Judith, dass du kein Kätzchen, keinen Hund, nicht mal einen Vogel haben willst, bis ... Na, jedenfalls für eine Weile. Du darfst ihr nicht verraten, dass du mich gesehen hast. Erkläre ihr, dass du dich fürchtest, nach dem, was mit den Hunden vor der Kirche passiert ist.“ Es ist besser, einem kleinen Mädchen Alpträume zu verschaffen, als dass diese Alpträume in seinem Schlafzimmer zur schrecklichen Wirklichkeit werden, dachte Elena grimmig.

„Okay“, erwiderte Margaret traurig.

„Es tut mir Leid, Herzchen.“ Elena setzte sich und umarmte sie. „Aber es muss sein.“

„Du bist so kalt.“ Margaret blickte Elena ins Gesicht. „Bist du ein Engel?“

„Uh ... nicht direkt.“ Eher das genaue Gegenteil, dachte sie spöttisch.

„Tante Judith hat gesagt, du bist zu Mommy und Daddy gegangen. Hast du sie gesehen?“

„Ich ... das ist schwer zu erklären, Margaret. Ich habe sie noch nicht gesehen. Und ich bin auch kein Engel, aber ich wäre gern dein Schutzengel, einverstanden? Ich werde über dich wachen, auch wenn du mich nicht sehen kannst. Okay?“

„Gut.“ Margaret spielte mit ihren Fingern. „Heißt das, dass du nicht mehr hier wohnen kannst?“

Elena sah sich in dem pink- und weißfarbenen Schlafzimmer um, blickte auf die Stofftiere auf den Regalen, auf den kleinen Schreibtisch und das Schaukelpferd in der Ecke, das einmal ihr gehört hatte. „Das heißt es wohl“, antwortete sie leise.

„Als sie gesagt haben, dass du zu Mommy und Daddy gegangen bist, wollte ich auch dorthin.“

Elena blinzelte hart. „Oh, Schätzchen. Für dich ist noch nicht der richtige Zeitpunkt gekommen, glaub mir. Und Tante Judith liebt dich so sehr. Sie wäre schrecklich einsam ohne dich.“

Margaret nickte. Ihre Lider senkten sich. Aber als Elena sie sanft niederlegte und die Decke über sie zog, stellte Margaret ihr noch eine Frage: „Aber ... liebst du mich denn nicht?“

„Natürlich! Ich liebe dich sehr ... bis eben habe ich gar nicht gewusst, wie sehr. Aber ich komme schon zurecht, und Tante Judith braucht dich mehr. Und ...“ Elena musste tief Luft holen, um sich zu beruhigen. Als sie nach unten sah, waren Margarets Augen geschlossen, und ihr Atem ging gleichmäßig. Sie war eingeschlafen.

Dumm, dumm, dumm, schalt Elena sich, während sie sich einen Weg durch den angehäuften Schnee zur anderen Seite der Maple-Street bahnte. Sie hatte die Gelegenheit verpasst, Margaret zu fragen, ob Robert zum Abendessen da gewesen war. Jetzt war es zu spät.

Robert. Ihre Augen verengten sich plötzlich. Bei der Kirche war er draußen gewesen, und dann hatten die Hunde verrückt gespielt. Und heute Abend war Margarets Kätzchen bösartig geworden. Nur einen kleinen Augenblick, nachdem Roberts Wagen aus der Einfahrt gefahren war.

Robert wird eine Menge zu erklären haben, dachte sie.

Aber Traurigkeit überfiel sie und lenkte ihre Gedanken ab. Sie kehrten zu dem hellen Haus zurück, das sie gerade verlassen hatte, zu den Dingen, die sie nie wiedersehen würde. All ihre Kleider, ihr Krimskrams, ihr Schmuck, was würde Tante Judith damit machen? Ich besitze gar nichts mehr, dachte sie. Ich bin eine Bettlerin.

Elena?

Erleichtert erkannte Elena die telepathische Stimme und den dunklen Schatten am Ende der Straße. Sie eilte auf Stefan zu, der die Hände aus dem Taschen nahm, um ihre Hände zu wärmen.

„Meredith hat mir gesagt, wo du hin wolltest."

„Ich bin nach Hause gegangen." Das war alles, was sie hervorbrachte. Aber als sie sich Trost suchend gegen ihn lehnte, spürte sie, dass er sie verstand.

„Komm, lass uns einen Ort finden, an dem wir uns setzen können", begann er und hielt frustriert inne. Alle Plätze, zu denen sie bisher gegangen waren, waren entweder zu gefährlich oder für Elena jetzt verschlossen. Die Polizei hatte Stefans Auto immer noch beschlagnahmt.

Schließlich gingen sie zur High School, wo sie sich unter ein Vordach setzten und den herabfallenden Schnee beobachteten.

Elena erzählte ihm, was in Margarets Zimmer vorgefallen war.

„Ich werde Bonnie und Meredith bitten, überall zu verbreiten, dass auch die Katzen angreifen können. Die Leute sollten das wissen. Und ich glaube, jemand sollte Robert beobachten", schloss sie.

„Wir werden ihn beschatten“, sagte Stefan, und Elena musste lächeln.

„Es ist komisch, wie sehr du dich schon der modernen Zeit angepasst hast“, sagte sie. „Ich habe länger nicht darüber nachgedacht, aber als du hier ankamst, warst du viel fremdländischer, ja exotischer. Jetzt würde keiner mehr auf die Idee kommen, dass du nicht schon dein ganzes Leben hier wohnst.“

„Wir passen uns schnell an. Wir müssen es“, erwiderte Stefan. „Es gibt immer neue Länder, neue Zeitalter, neue Situationen. Du wirst es auch schaffen.“

„Werde ich das?“ Elenas Blick blieb auf die glitzernden Schneeflocken gerichtet. „Ich weiß nicht ...“

„Du wirst es lernen. Nach und nach. Wenn es etwas Gutes daran gibt ... an der Art, wie wir sind ... dann ist es Zeit. Wir haben so viel Zeit, wie wir wollen. Bis in alle Ewigkeit.“

„Vergnügte Gefährten für immer. Hat Katherine das nicht zu dir und Damon gesagt?“ fragte Elena leise.

Sie konnte fühlen, wie Stefan erstarrte und sich innerlich zurückzog. „Sie hat von uns dreien gesprochen. Ich nicht.“

„Oh, Stefan. Bitte nicht ausgerechnet jetzt. Ich habe keinen Gedanken an Damon verschwendet, nur an die Ewigkeit. Das macht mir Angst. Alles macht mir Angst. Manchmal wünsche ich mir nur noch, einfach einzuschlafen und nie mehr aufzuwachen ...“

Im Schutz seiner Umarmung fühlte sie sich sicherer, und sie merkte, dass ihre neu gefundenen Sinne in der Nähe genauso erstaunlich ausgeprägt reagierten wie auf Entfernung. Sie konnte jeden einzelnen Herzschlag von Stefan hören und das Rauschen des Bluts in seinen Adern. Sie nahm seinen ganz eigenen Geruch wahr, in den sich der Duft seiner Lederjacke, der des Schnees draußen und der Geruch der Wolle seiner Kleider mischten.

„Bitte vertrau mir", flüsterte sie. „Ich weiß, dass du auf Damon böse bist, aber versuche, ihm wenigstens noch eine Chance zu geben. Ich glaube, es steckt mehr in ihm, als es den Anschein hat. Ich brauche seine Hilfe, um die ‚andere Macht' zu finden. Und das ist alles, was ich von ihm will."

In diesem Moment war das die reine Wahrheit. Elena wollte heute Nacht nichts mit dem Leben des Jägers zu tun haben. Die Dunkelheit hatte nichts Faszinierendes für sie. Sie wünschte sich, sie könnte zu Hause vor dem Kaminfeuer sitzen.

Aber es war auch schön, so gehalten zu werden, selbst, wenn sie und Stefan dafür im Schnee sitzen mussten. Stefans Atem war warm, als er ihren Hals küsste, und sie merkte, dass er sich nicht mehr innerlich von ihr zurückzog. Und sie fühlte auch keinen Hunger in ihm. Jedenfalls nicht die Art, die sie sonst gespürt hatte, wenn sie so nah zusammengewesen waren. Jetzt war sie ein Jäger wie er, und sein Verlangen war ein anderes. Es war mehr das Verlangen nach Nähe als nach Nahrung.

Sie hatten etwas verloren, aber auch etwas gewonnen.

Elena verstand Stefan jetzt so wie nie zuvor. Und das brachte sie noch näher zusammen, bis sich ihre Gedanken berührten, ja fast miteinander verschmolzen, in tiefer, wortloser Verständigung. So, als ob sie beide völlig eins wären.

„Ich liebe dich", flüsterte Stefan gegen ihren Nacken, und sie drängte sich enger an ihn. Sie verstand jetzt, warum er sich so lange gefürchtet hatte, die Worte auszusprechen. Wenn der Gedanke an das Morgen einem vor Angst fast den Verstand raubt, ist es schwer, ein solches Geständnis zu machen. Weil man den anderen nicht mit in den Abgrund ziehen will.

Besonders jemandem, den man liebt. Und so ging es jetzt ihr.

„Ich liebe dich auch", zwang sie sich zu sagen und löste sich von ihm. Ihre friedliche Stimmung war zerstört. „Wirst du Damon mir zuliebe eine Chance geben? Und versuchen, mit ihm zusammenzuarbeiten?"

„Ich werde mit ihm zusammenarbeiten, aber ich werde ihm nicht trauen. Das kann ich nicht. Ich kenne ihn zu gut."

„Ich frage mich manchmal, ob jemand ihn überhaupt richtig kennt. Also gut. Tu, was du kannst. Vielleicht können wir ihn bitten, morgen Robert zu folgen."

„Ich habe heute Mrs. Flowers beobachtet." Stefans Lippen zuckten belustigt. „Den ganzen Nachmittag und Abend. Weißt du, was sie gemacht hat?"

„Was?"

„Drei Ladungen Wäsche gewaschen – in einer alten Maschine, die aussah, als würde sie jeden Moment explodieren. Sie besitzt keinen Wäschetrockner, nur eine wacklige Schleuder. Es steht alles unten im Keller. Dann ist sie nach draußen gegangen und hat so ungefähr zwei Dutzend Vogelhäuschen mit Futter gefüllt. Dann wieder zurück in den Keller, um Einmachgläser abzuwischen. Sie verbringt ihre meiste Zeit da unten und redet mit sich selbst."

„Nur eine verrückte, alte Frau", sagte Elena. „Gut. Vielleicht hat Meredith sich geirrt, und sie ist wirklich nichts anderes." Sie bemerkte Stefans Reaktion bei Meredith' Namen und fügte hinzu: „Was ist?"

„Nun, Meredith selbst wird auch einiges erklären müssen. Ich habe sie bisher noch nicht danach gefragt. Ich dachte, das kommt vielleicht besser von dir. Aber sie hatte nach der Schule ein Gespräch mit Alaric Saltzman. Und sie wollte nicht, dass es jemand merkt."

Elena wurde unruhig. „Und?"

„Später hat sie deswegen gelogen – oder zumindest ist sie dem Thema ausgewichen. Ich habe versucht, ihre Gedanken zu lesen. Aber meine Kräfte sind fast ausgebrannt. Außerdem hat sie einen starken Willen."

„Du hattest kein Recht dazu! Stefan, hör mir mal gut zu! Meredith würde nie etwas tun, was uns schaden könnte, oder uns verraten. Was immer sie vor uns verbirgt ..."

„Also musst du zugeben, dass sie etwas verbirgt."

„Ja", erwiderte Elena widerstrebend. „Aber es ist nichts, was uns schaden wird, da bin ich sicher. Seit der Grundschule ist Meredith meine beste Freundin ..." Unbewusst sprach Elena nicht zu Ende. Sie dachte an eine andere Freundin aus der Kindheit, an eine, die ihr seit Kindergartentagen sehr nahe gestanden hatte. Und die letzte Woche versucht hatte, Stefan zu vernichten und Elena vor der ganzen Stadt bloßzustellen. An Caroline.

Und was hatte in Carolines Tagebuch über Meredith gestanden? *Meredith tut nichts. Sie beobachtet nur. Es ist so, als sei sie unfähig zu handeln und könnte nur auf Dinge reagieren. Außerdem habe ich meine Eltern über ihre Familie sprechen hören. Kein Wunder, dass sie sie niemals erwähnt.*

Elenas Blick wanderte von der schneebedeckten Landschaft zu Stefans abwartendem Gesicht. „Es ist unwichtig", sagte sie leise. „Ich kenne Meredith, und ich vertraue ihr. Ich vertraue ihr bis zum Ende."

„Ich hoffe, sie ist es wert, Elena", erwiderte er. „Ich hoffe es wirklich."

10. KAPITEL

12. Dezember, Donnerstagmorgen
Liebes Tagebuch,
so, was haben wir nun nach einer Woche Arbeit erreicht? Unseren drei Verdächtigen sind wir fast rund um die Uhr die letzten sechs oder sieben Tage gefolgt. Und die Resultate? Robert hat die letzte Woche wie ein normaler Geschäftsmann verbracht. Alaric hat auch nichts für einen Geschichtslehrer Ungewöhnliches getan. Und Mrs. Flowers verbringt die meiste Zeit in ihrem Keller. Etwas Brauchbares haben wir nicht herausgefunden.
Stefan erzählte, dass Alaric sich einige Male mit dem Direktor getroffen habe, aber er kam nicht nahe genug heran, um zu hören, was gesprochen wurde.
Meredith und Bonnie haben verbreitet, dass auch andere Haustiere außer den Hunden gefährlich sind. Sie mussten sich dabei nicht sehr anstrengen. Es scheint, als ob sich fast jeder in der Stadt sowieso schon am Rand der Hysterie befindet. Es wird laufend von anderen Tierangriffen berichtet, aber es ist schwer festzustellen, welche man ernst nehmen sollte. Ein paar Kinder haben ein Eichhörnchen gezankt, und es hat sie gebissen. Das Kaninchen der Familie Massases hat den jüngsten Sohn gekratzt. Die alte Mrs. Coomber will Kupferkopfschlangen in ihrem Garten gesehen haben, obwohl Schlangen doch Winterschlaf halten.
Das einzige, was mir Sorgen macht, ist der Angriff auf den Tierarzt, der die Hunde in Gewahrsam hielt. Er wurde von ihnen gebissen, und die meisten Hunde konnten daraufhin aus ihren Zwingern ausbrechen. Danach sind sie einfach

verschwunden. Die Leute spielen die Sache herunter und hoffen, dass sie in den Wäldern verhungern werden. Aber ich bin mir da nicht so sicher.
Und es schneit immer noch. Zwar hat es keinen Sturm gegeben, aber es hört auch nicht auf. Ich habe noch nie so viel Schnee gesehen.
Stefan macht sich Sorgen wegen des Winterballs morgen Abend.
Was uns wieder zum Anfang bringt. Was haben wir bisher herausgefunden? Keiner der Verdächtigen war in der Nähe der Familie Massases oder bei Mrs. Coomper oder dem Tierarzt, als die Angriffe stattfanden. Seit wir mit unseren Nachforschungen begonnen haben, sind wir der ‚anderen Macht' noch kein Stückchen näher gekommen.
Alarics kleine Zusammenkunft ist heute Abend. Meredith meint, wir sollten hingehen. Ich weiß auch nicht, was wir sonst noch tun könnten.

Damon streckte seine langen Beine aus, blickte sich in der Scheune um und sagte lässig: „Nein, ich halte es nicht für besonders gefährlich, hinzugehen. Ich sehe allerdings auch nicht, was du damit erreichen willst."

„Ich auch nicht", gab Elena zu. „Aber ich habe keine bessere Idee. Du etwa?"

„Was genau meinst du? Eine andere Art, sich die Zeit zu vertreiben? Oh, da gibt es viele Möglichkeiten, du kannst sicher sein, ich kenne einige. Soll ich dir ein paar nennen?" Damon lächelte.

Elena brachte ihn mit einer Handbewegung zum Schweigen. Er fügte sich gut gelaunt. „Ich meine natürlich nützliche

Dinge, die wir zu diesem Zeitpunkt tun könnten. Robert ist aus der Stadt. Mrs. Flowers ist unten ..."

„... in ihrem Keller", beendeten die anderen im Chor den Satz.

„Und wir sitzen hier dumm rum. Hat denn niemand von euch einen Geistesblitz?"

Meredith brach das Schweigen. „Wenn ihr euch Sorgen macht, dass es für Bonnie und mich zu gefährlich werden könnte, warum kommt ihr dann nicht alle mit zu Alaric? Ihr braucht euch ja nicht zu zeigen. Versteckt euch auf dem Speicher. Wenn etwas passieren sollte, rufen wir um Hilfe, und ihr seid dann gleich da."

„Ich sehe gar nicht ein, warum überhaupt jemand schreien sollte", erklärte Bonnie. „Da wird schon nichts passieren."

„Vielleicht nicht. Aber es ist besser, auf Nummer sicher zu gehen", beharrte Meredith. „Was meint ihr?"

Elena nickte langsam. „Richtig." Sie blickte sich um, ob jemand etwas dagegen hatte, aber Stefan zuckte nur mit den Achseln, und Damon flüsterte etwas, das Bonnie zum Lachen brachte.

„Okay, dann ist es beschlossen. Gehen wir."

Als sie aus der Scheune traten, begrüßte sie der unvermeidliche Schnee.

„Bonnie und ich fahren mit meinem Auto", sagte Meredith. „Was euch drei betrifft ..."

„Oh, wir werden unseren eigenen Weg finden, schöne Frau", erklärte Damon und lächelte sie an. Meredith nickte völlig unbeeindruckt. Komisch, dachte Elena, als die beiden Mädchen sich entfernten. Meredith schien immun gegen Damon zu sein. Sein Charme ließ sie völlig kalt.

Sie wollte gerade erwähnen, dass sie hungrig war, als Stefan sich an Damon wandte.

„Bist du bereit, jede Minute, aber auch jede, die ihr dort seid, bei Elena zu bleiben?“ fragte er eindringlich und sah seinem Bruder fest in die Augen.

„Versuch mich davon abzuhalten“, erklärte Damon fröhlich. Dann wurde er ernst. „Warum?“

„Wenn du es tust, könnt ihr zwei allein rübergehen, und ich komme später nach. Ich hab noch etwas zu erledigen, aber es wird nicht lange dauern.“

Elena fühlte, wie Wärme in ihr aufstieg. Er versuchte, seinem Bruder zu vertrauen. Sie lächelte Stefan zustimmend an, als er sie zur Seite zog.

„Was ist los?“

„Ich habe heute eine Nachricht von Caroline bekommen. Sie will mich nach der Schule vor dem Treffen bei Alaric sehen. Um sich zu entschuldigen.“

Elena lag eine scharfe Bemerkung auf der Zunge, aber sie schluckte sie hinunter. Von dem, was sie gehört hatte, bot Caroline in diesen Tagen einen schlimmen Anblick. Vielleicht würde es Stefans Gewissen erleichtern, wenn er mit ihr redete.

„Du brauchst dich jedenfalls nicht zu entschuldigen“, sagte sie. „Alles, was passiert ist, hat sie sich selbst zuzuschreiben. Glaubst du, dass sie gefährlich werden könnte?“

„Nein. So viel Kraft habe ich außerdem noch übrig. Caroline ist okay. Ich werde sie treffen, und später können sie und ich zusammen zu Alaric gehen.“

„Sei vorsichtig!“ rief Elena ihm nach, während er durch den Schnee davonlief.

Der Speicher war so, wie sie ihn in Erinnerung hatte. Dunkel, staubig und voller geheimnisvoller, mit Wachstüchern bedeckter Gegenstände. Damon, der auf normale Weise durch die Tür eingetreten war, hatte die Läden aufgemacht, um Elena durch das Fenster hereinzulassen. Danach setzten sie sich nebeneinander auf die alte Matratze und lauschten auf die Stimmen, die durch die Röhren nach oben drangen.

„Ich könnte mir eine romantischere Umgebung vorstellen", murmelte Damon und wischte sich angewidert Spinnweben vom Ärmel. „Bist du sicher, dass du nicht lieber ...?"

„Ja", erwiderte Elena. „Jetzt sei still."

Es war wie ein Spiel, den Bruchstücken der einzelnen Gespräche zuzuhören, zu versuchen, sie zusammenzufügen und den Stimmen ein Gesicht zuzuordnen.

„Und dann habe ich gesagt, es ist mir egal, wie lange du den Papagei schon hast. Entweder du wirst ihn los, oder ich gehe mit Mike Feldman zum Winterball. Dann hatte er doch tatsächlich den Nerv zu sagen ..."

„... hast du schon gehört? Tanners Grab soll gestern Nacht geöffnet worden sein. Echt gruslig ..."

„... alle, außer Caroline natürlich, haben ihre Namen zur Wahl der Schneekönigin zurückgezogen. Aber die war ja immer schon ..."

„... tot? Nein, ich schwöre dir, ich habe sie gesehen! Es war kein Traum. Sie trug ein silbernes Kleid. Ihr langes, blondes Haar wehte ..."

Elena blickte Damon mit hochgezogenen Augenbrauen an. Er warf einen bedeutungsvollen Blick auf ihre einfachen, schwarzen Klamotten und grinste.

„Typisch romantische Verklärung der Tatsachen", meinte

er. „Mir persönlich gefällst du in Schwarz. Ich finde das sehr sexy."

„Das sieht dir ähnlich", gab Elena zurück. Es war komisch, wie wohl sie sich seit kurzem in Damons Nähe fühlte. Sie blieb ruhig sitzen, ließ die Gespräche an sich vorüberziehen und verlor fast jedes Gefühl für Zeit. Dann drang eine bekannte Stimme an ihr Ohr. Sie klang sauer und war näher als der Rest.

„Okay, okay, ich gehe ja schon. Mach dir nicht ins Hemd."

Elena und Damon tauschten einen Blick und standen auf, als sich die Klinke der Speichertür bewegte. Eine Sekunde später spähte Bonnie um die Ecke.

„Meredith hat gesagt, ich soll raufkommen. Der Himmel weiß, warum. Sie hat Alaric total mit Beschlag belegt, und die ganze Party stinkt mir sowieso."

Bonnie ließ sich seufzend auf die Matratze fallen. Nach ein paar Minuten setzte Elena sich neben sie. Sie wünschte sich, Stefan würde endlich kommen. Ein ungutes Gefühl stieg in ihr auf. Als die Tür sich erneut öffnete und Meredith hereinkam, sah sie ihre Befürchtungen bestätigt.

„Meredith, was ist los?"

„Nichts. Oder nichts, worüber du dir Sorgen machen müsstest. Wo ist Stefan?" Merediths Wangen waren unnatürlich gerötet, und in ihren Augen lag ein merkwürdiger Ausdruck, als würde sie sich mit Mühe unter Kontrolle halten.

„Er kommt später ...", begann Elena, aber Damon unterbrach sie.

„Egal, wo er steckt. Wer kommt da die Stufen hoch?"

„Was meinst du, wer kommt da die Stufen hoch?" Bonnie stand auf.

„Bleibt alle ganz ruhig“, sagte Meredith und stellte sich vor das Fenster, als wollte sie es bewachen. Dabei sieht sie selbst überhaupt nicht ruhig aus, dachte Elena.

„Alles klar“, rief Meredith. Die Tür öffnete sich, und Alaric Saltzman trat ein.

Damon reagierte so blitzartig, dass selbst Elena ihm nicht folgen konnte. Mit einer Bewegung hatte er ihr Handgelenk gepackt, sie hinter sich gezogen und sich gleichzeitig so gestellt, dass er Alaric direkt gegenüberstand. Er wartete sprungbereit wie ein gefährlicher schwarzer Panther, jeden Muskel gespannt zum tödlichen Angriff.

„Oh, nein“, rief Bonnie außer sich. Sie warf sich auf Alaric, der sich bereits stolpernd einen Schritt von Damon zurückgezogen hatte. Dabei verlor er fast die Balance und tastete hinter sich blind nach der Tür, während seine andere Hand an seinen Gürtel griff.

„Hört auf! Hört auf!“ schrie Meredith. Elena sah den Umriss unter Alarics Jackett und erkannte eine Pistole.

Wieder konnte sie das, was dann geschah, kaum mit den Augen verfolgen. Damon ließ ihr Handgelenk los und packte das von Alaric. Plötzlich fand Alaric sich mit verblüfftem Gesichtsausdruck auf dem Fußboden wieder. Damon stand über ihm und leerte seelenruhig nacheinander die Patronen aus der Pistole.

„Ich hab dir doch gesagt, das ist albern, und dass du sie nicht brauchen wirst“, schimpfte Meredith mit Alaric. Elena fiel auf, dass sie ihre Freundin bei den Armen gepackt hatte. Sie musste es getan haben, um zu verhindern, dass Meredith Damon angriff, aber sie konnte sich nicht daran erinnern.

„Diese Dinger mit den Holzspitzen sind eklig, sie könnten

jemanden verletzen“, erklärte Damon mit mildem Tadel. Er steckte eine Patrone in die Waffe zurück, entsicherte sie und zielte nachdenklich auf den Geschichtslehrer.

„Hör auf!“ bat Meredith eindringlich. Sie wandte sich an Elena. „Mach, dass er damit aufhört, Elena. Er richtet nur noch mehr Schaden an. Alaric wird euch nichts tun. Ich verspreche es. Ich habe die ganze Woche damit verbracht, ihn zu überzeugen, dass ihr ihm nichts antut.“

„Und jetzt ist mein Handgelenk gebrochen. Fürchte ich zumindest“, erklärte Alaric ziemlich gelassen vom Fußboden aus. Das dunkelblonde Haar fiel ihm in die Augen.

„Das hast du nur dir selbst zuzuschreiben, mein Lieber“, erwiderte Meredith bitter. Bonnie, die besorgt Alarics Schultern gepackt hatte, sah bei Meredith’ vertrautem Tonfall auf, trat einen Schritt zurück und setzte sich.

„Na, auf die Erklärung bin ich aber gespannt“, meinte sie sauer.

„Bitte vertrau mir“, bat Meredith Elena.

Elena schaute ihr in die dunklen Augen. Sie vertraute Meredith, sie hatte es selbst gesagt. Und die Worte riefen eine andere Erinnerung in ihr hervor. Sie hörte, wie sie selbst Stefan um Vertrauen gebeten hatte, und nickte.

„Damon?“ sagte sie. Er warf die Pistole lässig weg, lächelte charmant in die Runde und machte schulterzuckend allen klar, dass er auf solche künstlichen Hilfsmittel sowieso nicht angewiesen war.

„Wenn ihr mir jetzt bitte mal zuhört, werdet ihr alles schnell verstehen“, ergriff Meredith das Wort.

„Oh, da bin ich sicher“, murmelte Bonnie ätzend.

Elena ging zu Alaric Saltzman. Sie hatte keine Angst vor

ihm, doch aus der Art, wie er sie langsam von Kopf bis Fuß musterte, erkannte sie, dass er sich vor ihr fürchtete.

Sie blieb kurz vor ihm stehen, kniete sich zu ihm auf den Boden und sah ihm ins Gesicht.

„Hallo", sagte sie.

Er hielt immer noch sein Handgelenk. „Hallo", erwiderte er und schluckte.

Elena sah zu Meredith und dann wieder zu ihm hin. Ja, er hatte Angst. Und so, wie ihm das Haar in die Augen fiel, sah er sehr jung aus. Er war vielleicht vier Jahre älter als Elena, höchstens fünf. Aber nicht mehr.

„Wir werden dir nichts tun", versicherte sie ihm.

„Das habe ich ihm auch schon gesagt", erklärte Meredith leise. „Und dass du anders bist, egal, was er vorher erlebt oder welche Geschichten er gehört haben mag. Ich habe ihm das erzählt, was du mir von Stefan erzählt hast, und wie er all die Jahre gegen seine Natur angekämpft hat. Ich habe versucht, ihm klarzumachen, was du durchmachst, Elena, und dass du dir dein Schicksal nicht ausgesucht hast."

Aber warum hast du ihm so viel erzählt? dachte Elena bei sich. Sie wandte sich an Alaric: „Okay, Sie wissen alles über uns. Aber wir wissen nur, dass Sie kein Geschichtslehrer sind."

„Er ist ein Jäger", warf Damon leise und drohend ein. „Ein Vampirjäger."

„Nein!" protestierte Alaric. „Jedenfalls nicht in dem Sinne, wie du es meinst." Er schien zu einer Entscheidung zu kommen. „Gut. Aus dem, was ich über euch drei weiß ..." Er hielt inne und sah sich in dem dunklen Raum um, als würde ihm plötzlich etwas auffallen. „Wo ist Stefan?"

„Er kommt noch. Eigentlich sollte er längst hier sein. Er

wollte bei der Schule vorbeigehen und Caroline mitbringen." Elena war auf Alarics Reaktion nicht vorbereitet.

„Caroline Forbes?" sagte er scharf und setzte sich auf. Sein Tonfall war hart und bestimmt, so wie bei dem Gespräch mit Dr. Feinberg, das sie mitgehört hatte.

„Ja. Sie hat ihm heute eine Nachricht geschickt, dass sie sich bei ihm entschuldigen will oder so etwas. Sie wollte ihn nach der Schule vor der Party treffen."

„Er darf da nicht hin. Ihr müsst ihn aufhalten." Alaric rappelte sich hektisch hoch und wiederholte eindringlich: „Ihr müsst ihn aufhalten!"

„Er ist schon weg. Warum? Warum sollte er nicht gehen?" fragte Elena.

„Weil ich Caroline vor zwei Tagen hypnotisiert habe. Ich habe es vorher schon mit Tyler versucht, aber ohne Erfolg. Caroline war ein gutes Medium. Sie erinnerte sich ein wenig an das, was in der Quonset-Hütte geschehen ist. Und sie hat Stefan Salvatore als Täter identifiziert."

Die schockierte Stille, die folgte, dauerte nur den Bruchteil einer Sekunde. Dann sagte Bonnie: „Aber was kann Caroline ausrichten? Sie kann ihm doch nichts antun ..."

„Verstehst du denn nicht? Wir haben es nicht mehr nur mit Schülern der High School zu tun", erklärte Alaric. „Das Ganze hat zu große Ausmaße angenommen. Carolines Vater weiß davon und auch Tylers Vater. Sie machen sich Sorgen um die Sicherheit der Stadt ..."

„Psst! Seid still." Elena suchte mit allen Sinnen nach einem Zeichen von Stefans Anwesenheit. Er hat zugelassen, dass er zu schwach wird, dachte sie. Ein Teil von ihr blieb eiskalt inmitten der Furcht und Panik, die sie zu überwältigen drohten.

Schließlich spürte sie etwas. Es war nur eine winzige Spur, aber sie glaubte, dass sie von Stefan stammte. Und sie strahlte große Not und Bedrängnis aus.

„Da stimmt was nicht“, bestätigte Damon, und sie erkannte, dass auch er gesucht haben musste, mit Sinnen, die viel stärker waren als ihre. „Gehen wir.“

„Lasst uns erst reden. Stürzt euch da nicht Hals über Kopf hinein.“ Aber Alaric hätte genausogut versuchen können, die Kräfte des Windes mit seinen Worten zu zügeln. Damon war bereits aus dem Fenster, und im nächsten Moment ließ Elena sich hinunterfallen und landete sicher neben ihm im Schnee. Alarics Stimme folgte ihnen von oben.

„Wir kommen nach. Wartet dort auf uns. Lasst mich erst mit ihnen sprechen. Ich kann alles regeln ...“

Elena hörte ihn kaum. Sie kannte nur noch ein Ziel, einen Gedanken. Nämlich die Leute zu verletzen, die Stefan bedrohten. Es ist alles schon zu weit gegangen, nun gut, dachte sie. Jetzt werde ich es ihnen zeigen. Und wenn sie wagen sollten, ihn auch nur anzurühren ... Szenen, von dem, was sie seinen Feinden antun würde, erschienen blitzartig vor ihrem geistigen Auge. Zu jedem anderen Zeitpunkt hätte sie der plötzliche, heftige Adrenalinstoß und die Erregung, die sie bei diesen grausigen Bildern empfand, schockiert.

Sie konnte Damons Gedanken neben sich spüren, während sie durch den Schnee rasten. Sie waren wie eine lodernde Flamme aus rotem Feuer und Wut. Die Wildheit in Elena hieß diese Gefühle willkommen, sie war froh, sie so dicht bei sich zu fühlen. Doch dann fiel ihr etwas ein.

„Ich halte dich nur auf“, sagte sie. Selbst das Laufen durch den Tiefschnee hatte sie kaum außer Atem gebracht, und sie kamen sehr gut voran. Aber nichts auf zwei oder sogar vier Beinen konnte es mit der Geschwindigkeit von Flügeln aufnehmen. „Geh vor. So schnell du kannst. Ich treffe dich dort."

Sie blieb nicht stehen, um das plötzliche Verschwimmen seiner Gestalt wahrzunehmen, das Rauschen der Luft oder die wirbelnde Dunkelheit, die in Flügelschlagen endete. Aber sie sah hoch zu der Krähe, die in den Himmel schoss, und hörte Damons telepathische Stimme. *Viel Glück,* sagte sie, und damit wandte sich die schwarze Gestalt am Himmel in Richtung Schule.

Elena meinte es ehrlich. Sie verdoppelte ihre Geschwindigkeit, ihre Gedanken die ganze Zeit fest auf die winzige Spur von Stefans Anwesenheit gerichtet.

Stefan lag auf dem Rücken und wünschte, seine Sicht wäre nicht so verschwommen und er wäre klarer bei Bewusstsein. Das verzerrte Blickfeld kam zum Teil von den Schmerzen und vom herabfallenden Schnee, aber auch von dem kleinen Blutrinnsal, das aus einer etwa drei Zentimeter großen Wunde auf seinem Kopf lief.

Zu dumm, dass er sich auf dem Schulgelände nicht gründlich umgesehen hatte. Dann wären ihm die verdunkelten, parkenden Autos auf der anderen Seite aufgefallen. Der größte Fehler war natürlich gewesen, überhaupt hierher zu kommen. Und dafür musste er jetzt bezahlen.

Wenn er nur seine Gedanken genug sammeln könnte, um Hilfe herbeizurufen ... aber die Schwäche, die es diesen Männern erlaubt hatte, ihn zu überwältigen, verhinderte das ebenfalls mit Leichtigkeit. Seit der Nacht, in der er Tyler angegriffen hatte, hatte er kaum Nahrung zu sich genommen.

Irgendwie war das die Ironie des Schicksals. Sein eigenes schlechtes Gewissen war schuld an der schrecklichen Lage, in der er sich jetzt befand.

Ich hätte niemals versuchen sollen, meine Natur zu ändern, dachte er. Damon hatte am Ende doch recht. Alle sind gleich – Alaric, Caroline, alle. Jeder will dich verraten. Ich hätte sie alle jagen und es genießen sollen.

Er hoffte, dass Damon sich um Elena kümmerte. Sie würde bei ihm in Sicherheit sein. Damon war stark und rücksichtslos. Er würde sie lehren, zu überleben. Stefan war froh darüber.

Aber etwas in ihm weinte.

Die scharfen Augen der Krähe erspähten die Scheinwerfer, und ihr Blick senkte sich. Aber Damon brauchte im Grunde keine Bestätigung der Szene, die sich unten abspielte. Er schaltete sich in das kaum wahrnehmbare Pulsieren ein, aus dem Stefans Lebenskraft noch bestand. Es war so schwach, weil Stefan keine Kraft mehr besaß und weil er fast aufgegeben hatte.

Wirst du es denn nie lernen, Bruder? Damon schickte ihm seine Gedanken. *Ich sollte dich eigentlich dort liegen lassen.* Aber noch während er den Boden mit Blicken absuchte, änderte er seine Gestalt und verwandelte sich in etwas, das mehr Schaden anrichten würde als eine Krähe.

Der schwarze Wolf sprang mitten in die Männer, die Stefan in der Zwischenzeit umrundet hatten, und warf sich genau auf den, der einen angespitzten Holzpflock über Stefans Brust hielt. Die Wucht des Aufpralls schleuderte den Mann zehn Meter weit weg, der Pfahl fiel ins Gras. Damon widerstand mit Mühe dem Drang, dem Mann seine Zähne in den Hals zu bohren. Er drehte sich um und raste zu den anderen, die noch standen.

Sein zweiter Ansturm trieb sie auseinander, aber einer von ihnen erreichte den Rand des Lichtkreises und hob etwas an seine Schulter. Ein Gewehr, dachte Damon. Vermutlich geladen mit den gleichen speziellen Patronen wie Alarics Pistole.

Es gab keine Möglichkeit für ihn, den Mann am Schuss zu hindern. Der Wolf knurrte und duckte sich trotzdem zum Sprung. Der Mann lächelte überlegen und zuversichtlich.

Schnell wie eine Schlange fuhr eine weiße Hand aus der Dunkelheit und schlug das Gewehr fort. Der Mann schaute sich hektisch und verwirrt um. Die Schnauze des Wolfs öffnete sich wie zu einem breiten Grinsen. Elena war eingetroffen.

11. KAPITEL

Elena beobachtete, wie Mr. Smallwoods Gewehr ins Gras fiel. Sie genoss den Ausdruck auf seinem Gesicht, als er herumfuhr, um festzustellen, wer ihm die Waffe entrissen hatte. Und sie spürte Damons warme Zustimmung aus dem Lichtkreis heraus zu sich dringen, heiß und heftig, wie der Stolz, den ein Wolf beim ersten Jagdglück seines Jungen empfindet. Aber als sie Stefan auf dem Boden liegen sah, vergaß sie alles andere. Weiß glühender Zorn raubte ihr den Atem. Sie wollte auf ihn zulaufen.

„Achtung! Bleibt alle stehen! Alle bleiben stehen, wo sie sind! Stehen bleiben!“

Die Menge hörte den Schrei zusammen mit dem Quietschen von Bremsen. Alaric Saltzmans Auto drehte sich fast um die eigene Achse, als es in den Parkplatz einbog und mit qualmenden Reifen zum Stehen kam. Alaric sprang heraus.

„Was geht hier vor?“ fragte er voller Autorität und schritt auf die Männer zu.

Bei seinem Rufen hatte sich Elena automatisch in den Schatten zurückgezogen. Jetzt betrachtete sie die Gesichter der Männer, die sich ihm zuwandten. Neben Mr. Smallwood erkannte sie Mr. Forbes und Mr. Bennett, Vickies Vater. Die Übrigen müssen die Väter der anderen Typen sein, die mit Tyler in der Quonset-Hütte waren, dachte sie.

Es war einer der Fremden, der die Frage beantwortete. Sein gewollt forscher Tonfall konnte seine Nervosität nicht verbergen. „Nun, wir waren es leid, länger zu warten, und wollten die Dinge ein wenig beschleunigen.“

Der Wolf knurrte, ein dumpf grollendes Geräusch, das sich zum drohenden Zähnefletschen steigerte. Alle Männer zuckten einen Schritt zurück, und auch in Alarics Augen trat unwillkürlich Furcht, als er das Tier bemerkte.

Es gab noch ein anderes Geräusch, leiser und beständiger, und es kam von der Gestalt, die neben einem der Autos kauerte. Caroline Forbes wiederholte schluchzend immer wieder: „Sie haben gesagt, sie wollten nur mit ihm reden. Sie haben mir nicht gesagt, was sie wirklich vorhatten.“

Vorsichtig den Wolf im Blick behaltend, zeigte Alaric auf Caroline. „Und Sie lassen zu, dass sie das mit ansieht? Ein junges Mädchen? Haben Sie denn keinen blassen Schimmer, welche psychologischen Schäden das bei ihr anrichten kann?“

„Was ist mit den psychologischen Schäden, wenn ihr die Kehle rausgerissen wird?“ gab Mr. Forbes zurück. Zustimmende Rufe erklangen.

„Dann kümmern Sie sich besser darum, den richtigen Täter zu schnappen“, erwiderte Alaric trocken. „Caroline“, fügte er sanfter hinzu und wandte sich an das weinende Mädchen. „Ich möchte, dass du genau nachdenkst. Wir waren mit deinen Sitzungen noch nicht fertig. Ich weiß, wir hatten aufgehört, als du Stefan identifiziert hast. Aber bist du ganz sicher, dass er es auch wirklich war? Könnte es nicht jemand gewesen sein, der ihm ähnlich sah?“

Caroline richtete sich auf, lehnte sich gegen das Auto und hob ihr tränenverschmiertes Gesicht. Sie blickte zu Stefan, der sich gerade mühsam aufgesetzt hatte, und dann zu Alaric. „Ich ...“

„Denk nach, Caroline. Du musst dir ganz sicher sein. Gibt es jemand anderen, der es hätte sein können. Jemand wie ...“

„Wie der Typ, der sich Damon Smith nennt“, erklang Meredith’ feste Stimme. Sie stand hinter Alarics Auto. „Erinnerst du dich, Caroline? Er kam zu Alarics erster Fete. In mancher Weise ähnelt er Stefan.“

Die Anspannung hielt Elena in ihrem Griff, während Caroline verwirrt vor sich hinstarrte. Dann nickte das Mädchen langsam. „Ja ... das könnte sein, glaube ich. Alles geschah so schnell ... aber es könnte sein.“

„Und du bist wirklich nicht sicher, welcher es war?“ drängte Alaric.

„Nein ... nicht absolut sicher.“

„Da“, sagte Alaric. „Ich habe Ihnen gleich gesagt, dass sie mehr Sitzungen braucht, dass wir jetzt noch nichts Sicheres haben. Sie ist immer noch sehr durcheinander.“ Er ging vorsichtig auf Stefan zu. Elena fiel auf, dass der Wolf sich langsam mehr und mehr in den Schatten zurückgezogen hatte. Sie konnte ihn noch sehen, aber die Männer vermutlich nicht mehr.

Sein Verschwinden ließ sie wieder aggressiver werden. „Wovon reden Sie? Wer ist dieser Smith? Den hab ich hier noch nie gesehen.“

„Aber Ihre Tochter Vickie hat ihn vermutlich kennen gelernt, Mr. Bennett“, erklärte Alaric. „Das könnte in meiner nächsten Sitzung mit ihr herauskommen. Wir werden morgen darüber reden. Die Sache kann so lange warten. Zuerst sollte ich Stefan besser ins Krankenhaus bringen.“ Unruhe kam in die Menge.

„Ja, und während wir warten, kann alles Mögliche passieren“, begann Mr. Smallwood. „Jederzeit, überall ...“

„Deshalb wollen Sie einfach so das Gesetz in die eigene Hand nehmen?“ Alarics Stimme wurde scharf. „Egal, ob Sie den richtigen Verdächtigen haben oder nicht? Wo sind denn Ihre Beweise, dass dieser junge Mann übernatürliche Kräfte besitzt? Wie sehr hat er sich denn gewehrt?“

„Hier läuft irgendwo ein Wolf herum, der sich recht heftig gewehrt hat“, verteidigte sich Mr. Smallwood, rot im Gesicht. „Vielleicht gehören sie zusammen.“

„Ich sehe keinen Wolf. Ich sah einen Hund. Vielleicht einen von denen, die aus der Quarantäne ausgerissen sind. Aber was hat das damit zu tun? Meiner Meinung nach haben Sie den falschen Mann.“

Die Männer schwankten, aber in ihren Gesichtern standen noch Zweifel.

Schließlich meldete sich Meredith zu Wort. „Ich glaube, Sie sollten alle wissen, dass es in diesem Gebiet schon früher Angriffe von Vampiren gegeben hat. Und zwar eine lange Zeit, bevor Stefan herkam. Mein Großvater war eins der Opfer. Vielleicht haben einige von Ihnen schon davon gehört.“ Sie blickte Caroline an.

Das war das Ende. Elena konnte sehen, wie die Männer unbehagliche Blicke tauschten und sich zu ihren Autos zurückzogen. Plötzlich schienen es alle sehr eilig zu haben wegzukommen.

Mr. Smallwood wandte sich vor dem Gehen an Alaric. „Okay, verschieben wir die Sache auf morgen, Saltzman. Aber ich möchte das nächste Mal, wenn mein Sohn hypnotisiert wird, mithören, was er sagt.“

Carolines Vater packte seine Tochter ins Auto und stieg selbst schnell ein, während er vor sich hinmurmelte, dass alles ein Irrtum war und niemand den Vorfall zu ernst nehmen sollte.

Als der letzte Wagen weggefahren war, lief Elena zu Stefan. „Bist du okay? Haben sie dich verletzt?“

Er befreite sich aus Alarics stützendem Griff. „Jemand hat mich von hinten niedergeschlagen, während ich mit Caroline sprach. Mir geht's gut – jetzt.“ Er warf Alaric einen Blick zu. „Danke. Aber, warum ...?“

„Er ist auf unserer Seite“, erklärte Bonnie und trat heran. „Hab ich euch doch gleich gesagt. Oh, Stefan, bist du wirklich okay? Ich dachte eben einen Moment lang, ich kippe um. Die haben doch nicht im Ernst vorgehabt, dir den Pflock ... Ich meine, die können doch nicht ernsthaft ...“

„Ernsthaft oder nicht. Ich glaube, wir sollten schnell von hier weg“, warf Meredith ein. „Muss Stefan wirklich ins Krankenhaus?“

„Nein!“ protestierte Stefan, während Elena besorgt die

Wunde auf seinem Kopf untersuchte. „Ich brauche nur Ruhe. Einen Platz, an dem ich mich setzen kann."

„Ich habe die Schlüssel für die Schule dabei. Gehen wir ins Geschichtsklassenzimmer."

Bonnie sah sich misstrauisch in der Dunkelheit um. „Der Wolf auch?" Und fuhr erschrocken zusammen, als einer der Schatten sich verdichtete und zu Damon wurde.

„Welcher Wolf?" fragte er unschuldig. Stefan drehte sich vorsichtig zu ihm um. Der Schmerz ließ ihn kurz aufstöhnen.

„Danke." Seine Stimme klang völlig nüchtern, doch seine Augen blieben mit einem Ausdruck der Verwunderung auf seinen Bruder gerichtet, während sie in die Schule gingen.

Auf dem Flur zog Elena ihn beiseite. „Stefan, wieso hast du nicht gemerkt, dass sie hinter dir waren? Warum warst du so schwach?"

Er schüttelte ausweichend den Kopf, und sie fügte hinzu: „Wann hast du zum letzten Mal Nahrung zu dir genommen, Stefan? Wann? Du findest immer irgendwelche Entschuldigungen, wenn ich in der Nähe bin. Was versuchst du, dir selbst anzutun?"

„Ich bin okay, Elena", sagte er. „Wirklich. Ich werde später jagen."

„Versprichst du es?"

„Ich verspreche es."

Es fiel Elena in diesem Moment nicht auf, dass sie sich nicht darauf geeinigt hatten, was „später" heißen sollte. Hinter den anderen her gingen sie den Flur hinunter.

Das Klassenzimmer sah nachts anders aus. Es herrschte eine merkwürdige Atmosphäre, als ob die Lichter zu grell wären. Die Tische der Schüler waren alle zurückgesetzt worden und fünf Stühle an Alarics Pult herangeschoben. Alaric, der gerade damit fertig war, die Möbel zu verrutschen, drängte Stefan in seinen eigenen, gepolsterten Lehrerstuhl.

„Okay, setzt euch", befahl er.

Sie sahen ihn nur an. Nach einem Moment ließ Bonnie sich auf einen Stuhl fallen, aber Elena blieb neben Stefan stehen. Damon zog es vor, irgendwo zwischen der Gruppe und der Tür Stellung zu beziehen. Er lehnte sich lässig an die Wand. Meredith legte ein paar Papiere auf die Mitte von Alarics Schreibtisch und hockte sich auf eine Ecke.

Alaric hörte auf, den Lehrer zu spielen. „Gut", sagte er und nahm selbst auf einem der Schülersitze Platz. „Also."

„Also", forderte Elena ihn auf.

Jeder sah den anderen an. Elena holte ein Stück Mullverband aus dem Erste-Hilfe-Kasten, den sie im Vorbeigehen aus dem Flurschrank genommen hatte, und begann, Stefans Wunde abzutupfen. „Ich glaube, es wird Zeit für eine Erklärung", sagte sie.

„Stimmt. Ja. Nun, ihr habt sicher alle schon erraten, dass ich kein Geschichtslehrer ..."

„In den ersten fünf Minuten", unterbrach Stefan. Seine Stimme war ruhig und gefährlich. Überrascht erkannte Elena, dass der Tonfall sie an Damon erinnerte. „Also, was bist du dann?"

Alaric machte eine entschuldigende Geste und sagte fast schüchtern: „Ein Psychologe. Kein Seelenklempner im üblichen Sinne", fügte er hastig hinzu, während die anderen Blicke tauschten. „Ich bin Forscher, mit experimenteller Psychologie beschäftigt. An der Duke-Universität. Da, wo die ersten Experimente mit Parapsychologie stattgefunden haben."

„Diese Sachen, wo man raten sollte, was auf bestimmten Karten steht, ohne sie zu sehen?" fragte Bonnie.

„Nun, es ist schon ein wenig mehr als das, natürlich."

Er räusperte sich. „Was wollte ich gleich sagen? Ach, ja. Es begann alles vor ein paar Jahren, als ich an einem Referat über solche Phänomene und ihre Auswirkungen arbeitete. Ich wollte nicht beweisen, dass übernatürliche Kräfte wirklich existieren, sondern nur studieren, welche psychologischen Auswirkungen sie auf die Menschen haben, die damit in irgendeiner Form zu tun haben. Bonnie hier, wäre ein gutes Fallbeispiel." Alarics Stimme wurde dozierend. „Was bedeutet es für sie, geistig und gefühlsmäßig mit diesen Kräften fertig werden zu müssen?"

„Es ist schrecklich!" unterbrach Bonnie ihn heftig. „Ich will sie nicht mehr. Ich hasse sie!"

„Da habt ihr es", fuhr Alaric fort. „Ein geradezu klassischer Fall. Nach mehreren Fehlversuchen hörte ich von einer Frau in South Carolina, die behauptete, von einem Vampir gebissen worden zu sein und seither Ereignisse vorauszuträumen. Nachdem ich wirklich überzeugt war, dass der Überfall auf die Frau stattgefunden hatte, suchte ich nach ähnlichen Fällen. Es gab nicht viele, aber doch ein paar Leute, die tatsächlich Vampiren begegnet waren. Ich ließ alle meine anderen Nachforschungen ruhen und konzentrierte mich darauf, die Opfer von Vampiren zu finden und zu untersuchen. Und so wurde ich, wenn ich das sagen darf, der herausragendste Experte auf diesem Gebiet", schloss Alaric. „Ich habe eine Menge Studien zu diesem Thema veröffentlicht ..."

„Aber du hattest nie wirklich mit einem Vampir zu tun", unterbrach Elena ihn. „Bis jetzt, meine ich. Stimmt das?"

„Nun ... ja. Nicht in Fleisch und Blut. Aber ich habe Bücher geschrieben und Artikel ..." Seine Stimme verklang.

Elena biss sich auf die Lippe. „Was hast du mit den Hunden gemacht? Bei der Kirche, als du so mit den Händen gewedelt hast?"

„Ach ..." Alaric sah peinlich berührt aus. „Ich habe hier und da ein paar Dinge aufgeschnappt. Das war ein Zauberspruch eines alten Indianers. Er hat mir gezeigt, wie man das Böse abwehrt. Ich dachte, es könnte klappen."

„Mann, da hast du aber noch viel zu lernen", meintc Damon ironisch.

„Anscheinend", antwortete Alaric steif. Dann verzog er das Gesicht. „Das ist mir schon klar geworden, kurz, nachdem ich hergekommen bin. Euer Direktor, Brian Newcastle, hatte von mir gehört. Er wusste von meinen Untersuchungen. Als Tanner ermordet wurde und Dr. Feinberg kein Blut im Körper fand, dafür aber Bissspuren von Zähnen am Hals ... nun, da hat man mich angerufen. Ich dachte, das könnte der große Durchbruch für mich sein. Ein Fall, bei dem der Vampir sich noch in der Gegend aufhält. Das einzige Problem bestand darin, dass ich, als ich herkam, schnell merkte, was man von mir erwartete. Nämlich, dass ich mich um den Vampir kümmern sollte. Man wusste nicht, dass ich mich vorher nur mit den Opfern beschäftigt hatte. Und ... na, ja, dann steckte ich plötzlich bis zum Hals drin. Aber ich hab mein Bestes getan, um ihr Vertrauen zu rechtfertigen ..."

„Du hast ihnen was vorgemacht", beschuldigte Elena ihn. „Das hast du jedenfalls getan, als ich dich in deinem Haus zu ihnen sprechen hörte. Du hast was gefaselt von ‚den Bau der Vampire finden' und so weiter. Alles reine Augenwischerei."

„Nicht ganz", verteidigte Alaric sich. „Theoretisch bin ich ein Experte. Nur in der Praxis ..." Dann fiel ihm etwas auf. „Was soll das heißen, du hast mich mit ihnen reden hören?"

„Während du draußen in der Prärie nach unserem ‚Bau' gesucht hast, hat Elena auf deinem Speicher geschlafen", informierte Damon ihn trocken. Alaric öffnete den Mund und schloss ihn wieder.

„Ich möchte gern wissen, wie Meredith in das ganze Bild passt", sagte Stefan, ohne zu lächeln.

Meredith, die während der ganzen Zeit nachdenklich auf den Papierberg auf Alarics Schreibtisch gestarrt hatte, blickte hoch.

Sie sprach ruhig, ohne Gefühle. „Ihr müsst wissen, ich habe Alaric erkannt. Ich konnte mich zunächst nicht daran erinnern, wo ich ihn zuerst gesehen habe, weil das schon fast drei Jahre her war. Dann fiel es mir ein. Bei Großvater im Krankenhaus. Was ich den Männern vorhin erzählt habe, ist die Wahrheit, Stefan. Mein Großvater ist von einem Vampir angefallen worden."

Es entstand kurzes Schweigen, dann fuhr Meredith fort: „Es geschah lange, bevor ich geboren wurde. Großvater war nicht schwer verletzt, aber er hat sich nie davon erholt. Er wurde ... nun, ähnlich verwirrt wie Vickie, nur viel gewalttätiger. Schließlich war es so schlimm, dass die Familie Angst bekam, er würde sich oder jemand anderem etwas antun. Also brachte man ihn ins Krankenhaus, an einen Ort, wo er in Sicherheit war."

„Genauer, in ein Irrenhaus", sagte Elena leise. Sie spürte

Mitgefühl für die Freundin. „Oh, Meredith, warum hast du nie etwas gesagt? Uns hättest du es doch erzählen können."

„Ich weiß. Ich hätte ... aber ich konnte es nicht über mich bringen. Die Familie hatte es so lange geheim gehalten oder es zumindest versucht. Aus dem, was Caroline in ihr Tagebuch geschrieben hat, geht hervor, dass sie es anscheinend gehört hatte. Der springende Punkt ist, dass niemand Großvaters Vampirgeschichte glaubte. Jeder hielt sie für ein weiteres Hirngespinst von ihm. Selbst ich ... bis Stefan kam. Und dann ... begann ich zwei und zwei zusammenzuzählen. Aber meinen Vermutungen richtig geglaubt habe ich erst, als du zurückkamst, Elena."

„Ich bin überrascht, dass du mich nicht hasst", flüsterte Elena.

„Wie könnte ich das? Ich kenne dich, und ich kenne Stefan. Ihr seid nicht böse." Meredith warf keinen Blick auf Damon. Es schien, als wäre er für sie gar nicht vorhanden. „Aber ich erinnerte mich daran, Alaric im Krankenhaus gesehen zu haben, wie er mit Großvater sprach. Und ich wusste, dass auch er kein schlechter Mensch war. Ich hatte nur keine Ahnung, wie ich euch alle zusammenbringen konnte, um es zu beweisen."

„Ich habe dich nicht erkannt", sagte Alaric. „Kann sein, dass ich dich im Wartezimmer mal gesehen habe, aber du warst damals noch ein Kind mit dürren Beinen. Du hast dich verändert", fügte er bewundernd hinzu.

Bonnie hustete scharf.

Elena versuchte, ihre Gedanken zu ordnen. „Was haben die Männer also da draußen mit ihrem Holzpflock gewollt, wenn du sie nicht dazu angestiftet hast?" fragte sie Alaric misstrauisch.

„Ich musste Carolines Eltern natürlich wegen der Hypnose um Erlaubnis fragen. Und ich habe ihnen gesagt, was dabei herausgekommen ist. Aber wenn du denkst, dass ich irgendwas mit der Sache von heute Abend zu tun habe, dann irrst du dich. Ich wusste nicht mal davon."

„Ich habe ihm erzählt, was wir machen. Wie wir nach der ‚anderen Macht' suchen", warf Meredith ein. „Und er will uns helfen."

„Vielleicht", verbesserte Alaric vorsichtig.

„Falsch", erklärte Stefan. „Du bist entweder für oder gegen uns. Ich bin dir dankbar für das, was du da draußen getan hast, und dass du mit den Männern geredet hast. Aber Tatsache bleibt, dass eine Menge von dem Ärger, den wir jetzt haben, erst durch dich angefangen hat. Jetzt musst du dich entscheiden. Auf welcher Seite bist du? Auf ihrer oder auf unserer?"

Alaric sah sie der Reihe nach an. Er betrachtete Meredith' dunkle, ruhige Augen und Bonnies hochgezogene, fragende Augenbrauen. Sein Blick glitt über Elena, die auf dem Boden kniete, über Stefans Wunde, die schon verheilte. Und dann wandte er sich um zu Damon, der dunkel und geschmeidig gegen die Wand lehnte, ein spöttisches Lächeln auf den Lippen.

„Ich werde euch helfen", entschied er schließlich. „He, bessere Studienobjekte bekomme ich nie mehr!"

„Gut", sagte Elena. „Du bist dabei. Erste Frage: Was wird morgen mit Mr. Smallwood? Was machst du, wenn er möchte, dass du Tyler wieder hypnotisierst?"

„Ich werde ihn hinhalten. Das klappt zwar nicht ewig, aber es wird uns Zeit verschaffen. Ich werde ihm erzählen, dass ich bei den Vorbereitungen für den Ball helfen muss ..."

„Warte", unterbrach Stefan ihn. „Es sollte überhaupt keinen Ball geben. Nicht, wenn es einen Weg gibt, es zu verhindern. Du hast doch einen guten Draht zum Direktor. Du kannst mit dem Schulkomitee reden. Bringe sie dazu, den Winterball abzusagen.“

Alaric sah überrascht aus. „Glaubst du, dass etwas passieren wird?“

„Ja“, erwiderte Stefan fest. „Nicht nur, weil es bei allen anderen Veranstaltungen so war, sondern, weil sich etwas zusammenbraut. Die ganze Woche schon. Ich kann es fühlen.“

„Ich auch“, sagte Elena. Sie hatte es bis zu diesem Moment nicht erkannt, aber die Anspannung, die sie spürte, das Drängen kam nicht nur aus ihrem Inneren heraus. Es war draußen, überall um sie herum, und lud die Atmosphäre elektrisch auf. „Etwas wird geschehen, Alaric.“

Alaric stieß mit einem leisen Pfeifton die Luft aus. „Ich kann versuchen, sie zu überzeugen. Viel Erfolg verspreche ich mir allerdings nicht. Der Direktor ist total darauf fixiert, alles so normal wie möglich aussehen zu lassen. Und ich kann ihm keine logische Erklärung für eine Absage geben.“

„Streng dich an“, bat ihn Elena.

„Das werde ich. In der Zwischenzeit solltest du mal an deinen eigenen Schutz denken. Wenn das, was Meredith mir erzählt hat, stimmt, haben die meisten Überfälle auf dich und auf Menschen, die dir nahe stehen, stattgefunden. Dein Freund ist in einen Brunnen geworfen worden, dein Auto wurde gejagt, dein Trauergottesdienst gestört. Ja, sogar deine kleine Schwester bedroht. Wenn es also morgen zu einem erneuten Gewaltausbruch kommt, solltest du lieber außerhalb der Stadt sein.“

Jetzt war Elena an der Reihe, überrascht zu sein. Sie hatte

die Überfälle nie unter diesem Gesichtspunkt betrachtet, aber Alaric hatte recht. Sie hörte, wie Stefan scharf den Atem einzog, und fühlte, wie sich der Griff seiner Finger um ihre Hand verstärkte.

„Er hat recht“, sagte Stefan. „Du solltest fortgehen, Elena. Ich kann hier bleiben, bis ...“

„Nein. Ich gehe nicht ohne dich. Und ...“, fuhr Elena langsam fort und spann den Gedanken weiter. „... ich gehe nirgendwohin, bis wir die ‚andere Macht‘ gefunden und aufgehalten haben.“ Sie sah ihn ernst an und sprach schneller. „Oh, Stefan. Merkst du denn nicht, dass niemand sonst eine Chance gegen sie hat? Mr. Smallwood und seine Freunde haben keine Ahnung, was überhaupt vorgeht. Alaric glaubt, er kann sie mit ein paar Handbewegungen bekämpfen. Keiner weiß, womit wir es zu tun haben. Wir sind die einzigen, die helfen können.“

Sie konnte den Widerstand in seinem Blick erkennen. Aber als sie ihm weiter gerade in die Augen sah, merkte sie, wie eins seiner Argumente nach dem anderen wich. Aus dem einfachen Grund, weil sie die Wahrheit sprach und Stefan es hasste zu lügen.

„Gut“, stimmte er schließlich langsam zu. „Aber sobald das alles vorbei ist, gehen wir fort. Ich werde nicht zulassen, dass du in einer Stadt bleibst, in der der Lynchmob mit angespitzten Pfählen durch die Gegend läuft.“

„Ja.“ Elena erwiderte den Druck seiner Finger. „Wenn alles vorbei ist, gehen wir fort.“

Stefan wandte sich an Alaric. „Und wenn es keinen Weg gibt, ihnen den Ball morgen auszureden, sollten wir alles genau im Auge behalten. Sollte etwas geschehen, sind wir so vielleicht in der Lage, es zu stoppen, bevor es außer Kontrolle gerät."

„Das ist eine gute Idee." Alarics Laune hob sich. „Wir können uns morgen nach Einbruch der Dunkelheit wieder im Klassenzimmer treffen. Hier verirrt sich niemand her. Wir könnten die ganze Nacht Wache halten."

Elena warf einen zweifelnden Blick auf Bonnie. „Nun ... das würde bedeuten, dass ihr alle den Winterball versäumt. Die, die hätten gehen können, meine ich."

Bonnie zuckte mit den Schultern. „Ach, wen kümmert jetzt noch der blöde Ball? Wir haben Wichtigeres zu tun", sagte sie verächtlich.

„Richtig", erwiderte Stefan ernst. „Dann ist es abgemacht." Ein scharfer Schmerz durchfuhr ihn. Er ließ den Kopf sinken und stöhnte.

Elena beugte sich besorgt über ihn. „Du musst nach Hause und dich ausruhen", drängte sie ihn. „Alaric, kannst du uns fahren? Es ist nicht weit."

Stefan protestierte, dass er genauso gut laufen könnte, gab aber am Ende nach. Als sie bei der Pension bereits ausgestiegen waren, lehnte sich Elena für eine letzte Frage in Alarics Wagenfenster. Sie hatte ihr keine Ruhe gelassen, seit Alaric ihnen seine Geschichte erzählt hatte.

„Was die Leute angeht, die mit Vampiren zu tun hatten", begann sie. „Wie waren die psychologischen Auswirkungen? Sind sie alle verrückt geworden oder hatten Alpträume? Hat niemand es normal überstanden?"

„Das hängt vom Einzelnen ab", erklärte Alaric. „Und davon, wie viele Begegnungen er mit Vampiren hatte und welcher Art die wiederum waren. Aber am meisten von der jeweiligen Persönlichkeit und davon, wie gut der Verstand des Opfers damit fertig wird."

Elena nickte und schwieg, bis die Lichter von Alarics Auto von der schneerfüllten Nacht verschluckt worden waren. Dann wandte sie sich an Stefan.

„Matt."

12. KAPITEL

Stefan sah Elena an. Weiße Schneekristalle lagen auf seinem schwarzen Haar. „Was ist mit Matt?"

„Ich erinnere mich an ... etwas. Nur undeutlich. Aber in jener ersten Nacht, als ich nicht ich selbst war ... habe ich Matt da getroffen? Habe ich ...?"

Angst und Entsetzen stiegen in ihr hoch und schnürten ihr die Kehle zu.

Aber sie brauchte den Satz nicht zu beenden, und es war auch nicht nötig, dass Stefan antwortete. Sie sah es an seinen Augen.

„Es war der einzige Weg, Elena", sagte er schließlich. „Ohne menschliches Blut wärst du gestorben. Hättest du lieber jemanden angegriffen, der sich wehrt, ihn dabei verletzt oder vielleicht sogar getötet? Wäre dir das lieber gewesen?"

„Nein!" erwiderte Elena heftig. „Aber musste es Matt sein? Nein, antworte nicht. Mir fällt auch niemand anderer ein." Sie holte zitternd Luft. „Aber jetzt mache ich mir Sorgen um ihn, Stefan. Seit dieser Nacht habe ich ihn nicht mehr gesehen. Ist er okay? Was hat er zu dir gesagt?"

„Nicht viel." Stefan wandte den Blick ab. „Im Grunde nur

‚Lass mich in Ruhe'. Er streitet außerdem ab, dass etwas passiert ist, und behauptet, dass du tot bist."

„Hört sich ganz nach einem der willensschwachen Opfer an, die nicht damit fertig werden", warf Damon ein.

„Ach, sei still", fuhr Elena ihn an. „Du hältst dich da gefälligst raus. Und wo wir gerade bei Opfern sind, könntest du ruhig mal einen Gedanken an die arme Vickie Bennett verschwenden. Was glaubst du, wie sie sich zurzeit fühlt?"

„Es würde mir sehr helfen, wenn ich wüsste, wer diese Vickie Bennett überhaupt ist. Vielleicht stellst du sie mir einmal vor. Du redest andauernd von ihr, aber ich habe das Mädchen noch nie getroffen."

„Doch, hast du! Spiel keine Spielchen mit mir, Damon. Der Friedhof, erinnerst du dich? Die Kirchenruine? Das Mädchen, das du in seiner Unterwäsche dort hast herumwandern lassen?"

„Tut mir Leid, nein. Und ich habe eigentlich ein sehr gutes Gedächtnis für Mädchen, die ich in ihrer Unterwäsche zurücklasse."

„Also willst du Stefan wohl wieder die Schuld in die Schuhe schieben", sagte Elena ironisch.

Zorn flammte in Damons dunklen Augen auf. Er verdeckte ihn schnell mit einem Lächeln. „Vielleicht war er's ja. Oder du. Mir kann's egal sein. Außer, dass ich die ständigen Anschuldigungen allmählich ein wenig leid werde. Und jetzt ..."

„Warte", unterbrach Stefan ihn überraschend sanft. „Geh noch nicht. Wir sollten reden ..."

„Es tut mir Leid, aber ich habe schon eine Verabredung." Flügel schlugen, und Stefan und Elena waren allein.

Elena biss sich auf den Fingerknöchel. „Mist. Ich wollte ihn nicht wütend machen. Nachdem er sich den ganzen Abend fast zivilisiert benommen hat."

„Mach dir nichts draus", tröstete Stefan sie. „Er liebt es, in Wut zu geraten. Was wolltest du über Matt sagen?"

Elena sah die Müdigkeit in Stefans Gesicht und legte den Arm um ihn. „Lass uns jetzt nicht davon sprechen, aber morgen sollten wir zu ihm gehen. Um ihm zu erklären ..." Elena hob die andere Hand in einer hilflosen Geste. Sie wusste nicht, was sie Matt eigentlich sagen wollte, nur, dass sie etwas tun musste.

„Ich glaube", sagte Stefan langsam, „dass du dich besser statt meiner mit ihm getroffen hättest. Ich habe versucht, mit ihm zu reden, aber er wollte mir nicht zuhören. Das kann ich verstehen. Vielleicht hast du mehr Erfolg. Und ..." Er hielt kurz inne und fuhr dann entschlossen fort. „... du solltest allein mit ihm sein. Du könntest jetzt gleich gehen."

Elena sah ihn forschend an. „Bist du sicher?"

„Ja."

„Kommst du denn allein zurecht? Ich sollte bei dir bleiben ..."

„Keine Sorge, Elena", drängte er sie sanft. „Jetzt geh."

Elena zögerte, dann nickte sie. „Ich werde nicht lange wegbleiben", versprach sie ihm.

Ohne gesehen zu werden, schlich Elena um das Holzhaus mit der abblätternden Farbe und dem schiefen Briefkasten mit der Aufschrift „Honeycutt". Matts Fenster war unverschlossen. Unvorsichtiger Junge, dachte sie tadelnd. Weißt du denn nicht, was da alles hereinkriechen könnte? Sie öffnete es leise. Aber weiter konnte sie natürlich nicht gehen. Eine unsichtbare Barriere, die sich anfühlte wie eine weiche Wand aus fester Luft, blockierte ihren Weg.

„Matt“, flüsterte sie. Im Zimmer war es dunkel, aber sie konnte eine undeutliche Gestalt im Bett erkennen. Die grünen Leuchtziffern der Uhr sagten ihr, dass es Viertel nach zwölf war. „Matt“, flüsterte sie wieder.

Die Gestalt bewegte sich. „Hmm?“

„Matt, ich will dich nicht erschrecken.“ Sie sprach mit ganz ruhiger, dunkler Stimme und versuchte, ihn sanft zu wecken, statt ihn brutal aus dem Schlaf zu reißen. „Ich bin's, Elena. Ich möchte mit dir reden. Doch du musst mich zuerst hereinbitten. Kannst du das tun?“

„Komm herein.“ Elena war erstaunt, wie wenig überrascht er klang. Erst als sie über die Fensterbank geklettert war, merkte sie, dass er immer noch schlief.

„Matt, Matt“, flüsterte sie und hatte Angst, zu nahe heranzugehen. Im Zimmer war es stickig und heiß. Die Heizung lief auf Hochtouren. Sie konnte einen nackten Fuß, der unter dem Deckenberg hervorlugte, und das blonde Haar auf dem Kopfkissen sehen.

„Matt?“ Vorsichtig lehnte sie sich hinüber und berührte ihn.

Er reagierte. Und wie! Mit einem lauten Keuchen schoss Matt hoch und fuhr herum. Er starrte Elena mit weit aufgerissenen Augen ungläubig an.

Elena versuchte, ganz klein und unscheinbar zu wirken. Sie zog sich gegen die Wand zurück. „Ich wollte dich nicht erschrecken. Ich weiß, es ist ein Schock für dich. Aber willst du mit mir reden?“

Er starrte sie nur weiter an. Sein blondes Haar war verschwitzt und durcheinander. Es stand vom Kopf ab wie nasse Hühnerfedern. Elena konnte den Puls an seinem nackten Hals sehen. Sie hatte Angst, Matt könnte aufspringen und aus dem Zimmer stürzen.

Dann entspannte er sich. Seine Schultern fielen zusammen, und er schloss langsam die Augen. Er atmete tief, aber in kurzen Stößen. „Elena."

„Ja", flüsterte sie.

„Du bist tot."

„Nein. Ich bin hier."

„Tote kommen nicht zurück. Mein Dad ist auch nicht zurückgekommen."

„Ich bin nicht richtig gestorben. Ich habe nur ... eine Verwandlung durchgemacht." Matts Augen waren immer noch abwehrend geschlossen, und Elena fühlte, wie sie kalte Hoffnungslosigkeit überkam. „Aber du wünschst dir, ich wäre gestorben, nicht wahr? Ich werde jetzt gehen", sagte sie mit leiser Stimme.

Da verlor Matt die Fassung. Er begann zu weinen.

„Nein. Nicht doch. Bitte, Matt, nicht." Sie trat zu ihm, wiegte ihn in ihren Armen und musste selbst gegen die Tränen ankämpfen. „Es tut mir Leid. Ich hätte gar nicht erst herkommen sollen."

„Geh nicht weg", schluchzte er. „Geh nicht weg."

„Ich bleibe." Elena hatte den Kampf verloren, und ihre Tränen fielen in Matts feuchtes Haar. „Ich wollte dir nicht wehtun, niemals. Niemals, Matt. Alle die Male ... all die Dinge, die ich tat ... ich wollte dich nie verletzen. Ehrlich ..." Dann hörte sie auf zu reden und hielt ihn nur.

Nach einer Weile ging sein Atem ruhiger. Er setzte sich zurück und wischte sich das Gesicht mit dem Bettlaken ab. Sein Blick wich ihr aus. Sein Ausdruck spiegelte nicht nur Verlegenheit, sondern auch Argwohn wider, so als wollte er sich für etwas wappnen, vor dem er sich fürchtete.

„Okay, du bist hier. Du lebst“, sagte er hart. „Was willst du also?“

Elena war wie vor den Kopf geschlagen.

„Komm schon. Da muss doch was sein. Was ist es?“

Neue Tränen stiegen ihr in die Augen, doch Elena drängte sie zurück. „Das habe ich wohl verdient. Aber dieses eine Mal will ich absolut nichts, Matt. Ich bin gekommen, um mich zu entschuldigen, um zu sagen, dass es mir Leid tut, wie ich dich benutzt habe. Nicht nur in der einen Nacht, sondern immer. Ich mag dich, und es macht mir etwas aus, wenn du verletzt bist. Ich dachte, vielleicht könnte ich die Dinge dadurch ein wenig besser machen.“ Es entstand bedeutungsvolles Schweigen. Schließlich fügte sie hinzu. „Ich werde wohl jetzt besser gehen.“

„Nein. Warte eine Sekunde.“ Matt rieb sich wieder das Gesicht mit dem Laken. „Es nur war blödes Gerede, und ich bin ein Idiot ...“

„Es war die Wahrheit, und du bist ein echter Freund. Sonst hättest du mich schon vor langer Zeit in die Wüste geschickt.“

„Nein, ich bin ein blöder Idiot. Ich sollte vor Freude mit dem Kopf gegen die Wand schlagen, weil du nicht tot bist. In einer Minute werde ich es auch tun. Hör mir zu.“ Er packte ihr Handgelenk, und Elena sah ihn leicht überrascht an. „Es ist mir egal, ob du die Kreatur aus der Schwarzen Lagune, Godzilla und Frankensteins Monster in einer Person bist. Ich ...“

„Matt.“ Voller Angst legte Elena ihre freie Hand auf seinen Mund.

„Ich weiß, du bist verlobt mit dem Typen in dem schwarzen Umhang. Keine Sorge, ich erinnere mich an ihn. Ich mag ihn sogar. Obwohl der liebe Himmel weiß, warum.“ Matt holte tief Luft und schien sich zu beruhigen. „Schau, ich weiß nicht, ob Stefan es dir gesagt hat. Er hat mir jedenfalls eine ganze Menge Zeug erzählt, dass er schlecht sei, dass er kein bisschen bereut, was er mit Tyler gemacht hat ... und, und, und. Weißt du, wovon ich rede?“

Elena schloss die Augen. „Er hat seit jener Nacht kaum Nahrung zu sich genommen. Einmal hat er gejagt, glaube ich. Heute Abend wäre er beinahe getötet worden, weil er so schwach ist.“

Matt nickte. „Das ist es also. Ich hätte es wissen müssen.“

„Die Not ist so groß, größer, als du es dir je vorstellen kannst.“ Es fiel Elena auf, dass sie heute noch nichts zu sich genommen und schon Hunger gehabt hatte, bevor sie zu Alaric gegangen waren. „Tatsache ist, dass ich mich besser davonmache, Matt. Nur noch eins. Sollte der Ball morgen stattfinden, gehe nicht hin. Es wird etwas passieren. Wir werden versuchen, alle zu schützen, aber ich weiß nicht, was wir tun können.“

„Wer ist ‚wir‘?“ fragte Matt scharf.

„Stefan, Damon – ich nehme jedenfalls an, dass Damon noch mit von der Partie ist – und ich. Meredith, Bonnie und Alaric Saltzman. Stell keine Fragen über Alaric. Das ist eine lange Geschichte.“

„Aber gegen was wollt ihr den Ball schützen?“

„Ach ja, du weißt es ja noch nicht. Auch das ist eine lange

Geschichte ... Die kürzeste Antwort lautet, vor dem, was mich getötet hat. Und was die Hunde dazu brachte, die Menschen bei meinem Trauergottesdienst anzugreifen. Es ist etwas schrecklich Böses, Matt, und es treibt sich schon eine Weile in Fell's Church herum. Wir müssen es daran hindern, morgen Nacht zuzuschlagen." Sie versuchte, ruhig zu bleiben. „Tut mir leid, aber ich muss jetzt wirklich weg." Ohne es verhindern zu können, glitt ihr Blick zu der großen, blauen Vene in seinem Hals.

Als es ihr gelang, die Augen abzuwenden und in sein Gesicht zu sehen, entdeckte sie, wie der Schock plötzlichem Verständnis Platz machte. „Ist schon in Ordnung", sagte Matt.

Elena war nicht sicher, ob sie richtig gehört hatte. „Bitte?"

„Ich sagte, ist schon in Ordnung. Es hat mich das erste Mal auch nicht umgebracht."

„Nein, Matt, wirklich. Dafür bin ich nicht gekommen ..."

„Ich weiß. Deshalb möchte ich es. Ich möchte dir etwas geben, nach dem du nicht gefragt hast." Nach einem kurzen Moment fügte er hinzu: „Um der alten Freundschaft willen."

Stefan, dachte Elena. Aber Stefan hatte ihr geraten, zu ihm zu gehen, und zwar allein. Stefan hatte es gewusst. Und es war okay. Es war sein Geschenk an Matt ... und an sie.

Aber ich komme zu dir zurück, Stefan, dachte sie, du kannst mir vertrauen.

Als sie sich über ihn beugte, sagte Matt: „Ich werde kommen und euch morgen helfen. Selbst, wenn ich nicht eingeladen bin."

Dann berührten ihre Lippen seinen Hals.

Freitag, 13. Dezember

Liebes Tagebuch,

heute ist die Nacht der Nächte.

Ich weiß, das habe ich schon früher geschrieben oder es zumindest gedacht. Aber heute ist die Nacht, in der es zum Höhepunkt kommt.

Stefan fühlt es auch. Er kam heute aus der Schule zurück und hat mir erzählt, dass der Ball stattfinden wird. Mr. Newcastle möchte keine Panik auslösen, indem er ihn absagt. Man wird für „Sicherheitskräfte" sorgen. Das heißt im Klartext wahrscheinlich, die Polizei wird da sein. Und vielleicht Mr. Smallwood und einige seiner Freunde mit Gewehren. Was immer auch passieren wird, ich glaube nicht, dass sie es aufhalten können.

Und ich weiß auch nicht, ob wir es können.

Es hat den ganzen Tag geschneit. Der Bergpass ist völlig blockiert. Niemand kann mit dem Auto in die Stadt hinein oder heraus, bis der Schneepflug kommt, und das wird nicht vor morgen sein. Dann ist es zu spät.

Die Luft fühlt sich merkwürdig an. Das liegt nicht nur am Schnee. Es scheint, als ob da noch etwas Kälteres ist, das wartet. Noch hält es sich zurück, wie das Meer sich vor einer riesigen Flutwelle zurückzieht. Aber wenn es zuschlägt ...

Ich habe heute an mein anderes Tagebuch gedacht, das unter den Dielenbrettern in meinem Schlafzimmerschrank liegt. Wenn mir noch etwas gehört, dann dieses Tagebuch. Ich habe schon mit dem Gedanken gespielt, es herauszuholen, aber ich will nicht mehr nach Hause. Ich habe Zweifel, ob ich es selbst ertragen könnte, und ich weiß sicher, dass es über Tante Judiths Kräfte ginge, wenn sie mich sehen würde.

Ich bin überrascht, dass überhaupt jemand meiner alten Freunde mit meinem neuen Zustand klarkommt. Meredith, Bonnie – besonders Bonnie. Aber Meredith auch, wenn man bedenkt, was ihre Familie durchgemacht hat. Matt. Eigentlich alle.

Sie sind gute und treue Freunde. Es ist komisch, ich habe einmal gedacht, dass ich ohne eine ganze Armee von Freunden und Bewunderern nicht existieren könnte. Jetzt bin ich sehr glücklich mit den dreien. Weil sie wahre Freunde sind.

Ich habe vorher nicht erkannt, wie viel sie mir bedeuten. Oder Margaret, oder sogar Tante Judith. Und die Bekannten in der Schule ... Ich weiß, vor ein paar Wochen habe ich noch gesagt, dass es mir egal wäre, wenn die ganze Belegschaft und alle Schüler der Robert E. Lee High School tot umfallen würden. Aber das stimmt nicht. Heute Abend werde ich mein Bestes tun, um sie zu schützen.

Ich weiß, dass ich von einem Thema zum anderen springe, aber ich spreche eben von Dingen, die wichtig für mich sind. Ich sammle sie sozusagen in meinem Kopf zusammen. Nur für den Fall ...

Nun, es wird Zeit. Stefan wartet. Ich werde den letzten Satz beenden und aufbrechen.

Ich glaube, wir werden gewinnen. Ich hoffe es.

Wir werden es versuchen.

Der Geschichtsraum war warm und hell erleuchtet. Auf der anderen Seite der Schule, in der Cafeteria, war es noch heller. Die Weihnachtsbeleuchtung und die glitzernden Dekorationen strahlten um die Wette. Aus vorsichtiger Entfernung hatte Elena den Raum gründlich gemustert und die Paare betrachtet, die zum Ball kamen und an den Beamten des Sheriffs an der Tür vorbeigingen. Als sie Damon schweigend hinter sich spürte, hatte sie auf ein Mädchen mit langem, hellbraunem Haar gezeigt.

„Vickie Bennett", erklärte sie.

„Wenn du es sagst", hatte er nur geantwortet.

Jetzt sah Elena sich in ihrem behelfsmäßigen Hauptquartier für die Nacht um. Alarics Pult war freigeräumt worden, und er beugte sich über eine grobe Grundrisskarte der Schule. Meredith lehnte neben ihm. Ihr langes, dunkles Haar streifte seinen Ärmel. Matt und Bonnie hatten sich unter die Ballbesucher draußen auf dem Parkplatz gemischt. Stefan und Damon durchstreiften abwechselnd das Schulgelände.

„Du bleibst besser drinnen", hatte Alaric Elena geraten. „Alles, was uns noch fehlt, ist nämlich, dass dich jemand sieht und dich mit einem angespitzten Holzpflock zu jagen beginnt."

„Ich bin die ganze Woche in der Stadt herumgewandert", hatte Elena leicht belustigt gesagt. „Wenn ich nicht entdeckt werden will, sieht mich auch keiner." Aber sie hatte zugestimmt, im Geschichtsklassenzimmer zu bleiben und bei der Koordination zu helfen.

Die Schule kommt mir vor wie ein Schloss, dachte sie, während sie beobachtete, wie Alaric auf dem Plan die Stellungen der Polizeibeamten und der anderen Männer eintrug. Und wir verteidigen es. Ich und meine treuen Ritter.

Auf der großen, runden Uhr vergingen langsam die Minuten. Elena beobachtete die Zeiger, während sie die Tür öffnete, um Helfer herein- oder wieder hinauszulassen. Sie goss heißen Kaffee ein und hörte sich die Berichte der Freunde an.

„Auf der Nordseite der Schule ist alles ruhig."

„Caroline ist gerade zur Schneekönigin gekrönt worden. Welch eine Überraschung!"

„Ein paar Kids haben auf dem Parkplatz Randale gemacht. Der Sheriff hat sie einkassiert."

Mitternacht kam und ging.

„Vielleicht haben wir uns geirrt", meinte Stefan ungefähr eine Stunde später. Es war das erste Mal, dass sie seit Beginn des Abends alle zusammen drinnen waren.

„Oder es passiert irgendwo anders." Bonnie leerte einen ihrer Stiefel aus und schaute hinein.

„Es gibt keine Möglichkeit zu erfahren, wo es passieren wird", erklärte Elena fest. „Aber wir haben uns bestimmt nicht damit geirrt, dass etwas geschehen wird."

„Doch, es könnte eine Möglichkeit geben", sagte Alaric nachdenklich. „Herauszufinden, wo es passiert, meine ich." Als alle fragend die Köpfe hoben, fuhr er fort: „Wir brauchen nur eine Prophezeiung."

Alle Blicke wandten sich Bonnie zu.

„Oh, nein", stöhnte Bonnie. „Damit bin ich fertig. Ich hasse es."

„Es ist eine große Gabe ...", begann Alaric.

„Quatsch, es ist eine große Last. Ihr könnt das nicht verstehen. Die normalen Weissagungen sind schon schlimm genug. Die meiste Zeit erfahre ich Dinge, die ich gar nicht wissen will. Aber dieses Übernommenwerden ... das ist entsetzlich. Und hinterher erinnere ich mich nicht einmal mehr, was ich gesagt habe. Fürchterlich."

„Dieses Übernommenwerden?" wiederholte Alaric. „Was ist das?"

Bonnie seufzte. „Das, was mir in der Kirche passiert ist“, erklärte sie geduldig. „Ich kann ja auch andere Prophezeiungen machen, wie zum Beispiel aus Wasser oder Handflächen lesen ...“ Sie blickte kurz zu Elena und dann wieder weg. „...und solche Dinge. Aber dann gibt es auch Zeiten, wenn ... jemand ... mich übernimmt und nur als Sprachrohr benutzt. Das ist, als ob ein Fremder in meinem Körper steckt.“

„Wie auf dem Friedhof, als du sagtest, dass dort etwas auf mich wartet“, erinnerte sich Elena. „Oder als du mich warntest, nicht zur Brücke zu gehen. Oder als du zum Abendessen kamst und prophezeit hast, dass der Tod, mein Tod, im Haus sei.“ Sie sah sich automatisch zu Damon um, der ihren Blick gleichmütig erwiderte.

Und doch, das war falsch gewesen, dachte sie. Damon hatte nicht ihren Tod verursacht. Was hatte also diese Prophezeiung bedeutet? Einen flüchtigen Moment lang tauchte etwas in ihrem Gedächtnis auf. Bevor sie es festhalten konnte, lenkte Meredith sie ab.

„Es ist wie eine andere Stimme, die aus Bonnie spricht“, erklärte sie Alaric. „Sie sieht dann sogar anders aus. Vielleicht warst du in der Kirche nicht nahe genug dabei, um es zu bemerken.“

„Warum hast du mir nichts davon erzählt?“ Alaric war ganz aus dem Häuschen. „Das könnte wichtig sein. Dieses ... Wesen ... was immer es ist, könnte uns die nötigen Informationen geben. Es könnte das Geheimnis der ‚anderen Macht‘ lüften oder uns zumindest einen Hinweis geben, wie wir sie bekämpfen können. Bitte, Bonnie, du musst es versuchen, du allein hast die Fähigkeit dazu.“

Bonnie schüttelte den Kopf. „Nein. Das ist nichts, was ich

auf Befehl herbeirufen kann, und es beantwortet keine Fragen. Es geschieht einfach mit mir. Und ich hasse es. Ich will es loswerden. Wenn ich nur könnte ..."

„Du meinst, du kannst dir nicht vorstellen, was diese Übernahme bewirken könnte? Gibt es denn nichts, was vorher schon dazu geführt hat?"

Elena und Meredith, die beide sehr wohl wussten, was diesen Zustand bei Bonnie auslösen konnte, sahen sich an.

Aber es war Bonnies Entscheidung. Es musste Bonnies Entscheidung sein.

Bonnie, die den Kopf in den Händen hielt, warf durch ihre roten Locken einen Seitenblick auf Elena. Dann schloss sie die Augen und stöhnte.

„Kerzen", sagte sie.

„Was?"

„Kerzen! Eine Kerzenflamme könnte es bewirken. Ich bin nicht sicher, versteht ihr. Ich verspreche nichts ..."

„Los, jemand durchsucht das Chemielabor", befahl Alaric.

Es war eine Szene, die an den Tag erinnerte, an dem Alaric zum ersten Mal in die Schule gekommen war. Damals hatte er die Schüler gebeten, die Stühle im Kreis aufzustellen. Elena musterte jetzt die Runde der Gesichter, die von unten gespenstisch von der Kerze beleuchtet wurden.

Da war Matt, das Kinn energisch vorgeschoben. Neben ihm Meredith, ihre langen, dunklen Wimpern warfen Schatten nach oben. Und Alaric, der sich gespannt nach vorn lehnte. Dann Damon. Licht und Schatten tanzten auf seinem aristokratischen Gesicht. Und Stefan, seine hohen Wangenknochen stachen in Elenas Augen zu sehr aus den schmalen Wangen hervor. Und schließlich Bonnie, die sogar im goldenen Licht der Kerze zerbrechlich und bleich wirkte.

Wir sind miteinander verbunden, dachte Elena. Dasselbe Gefühl überkam sie wie damals in der Kirche, als sie Stefans und Damons Hand genommen hatte. Sie erinnerte sich an einen dünnen weißen Kreis aus Wachs, der in einer Schüssel mit Wasser schwamm. *Wir können es schaffen, wenn wir zusammenhalten.*

„Ich werde einfach in die Flamme schauen", sagte Bonnie mit leicht zitternder Stimme. „Und an nichts denken. Ich werde versuchen, mich zu öffnen für ... es." Sie begann tief zu atmen und starrte in die Kerze.

Und da geschah es wie schon zuvor. Bonnies Gesicht wurde völlig ausdruckslos, ihr Blick leer wie der eines steinernen Engels auf dem Friedhof.

Sie sagte kein Wort.

Alle im Kreis warteten gespannt.

In dem Moment fiel Elena auf, dass sie sich nicht darauf geeinigt hatten, was sie fragen wollten. Sie zerbrach sich den Kopf, eine Frage zu finden, bevor Bonnie den Kontakt verlor. „Wo können wir die ‚andere Macht' finden?" sagte sie, als Alaric gerade hervorstieß: „Wer bist du?" Ihre Stimmen mischten sich, die Fragen überschnitten sich.

Bonnies blicklose Augen schweiften über den Kreis. Dann sagte eine Stimme, die nicht Bonnie gehörte: „Kommt und seht."

„Warte eine Minute", warf Matt ein, während Bonnie, immer noch in Trance, aufstand und zur Tür ging. „Wo will sie hin?"

Meredith griff nach ihrem Mantel. „Wollen wir ihr nach?"

„Fass sie nicht an“, warnte Alaric und sprang auf, als Bonnie aus der Tür ging.

Elena sah zu Stefan und dann zu Damon. In stillem Einverständnis folgten sie Bonnie den leeren, hallenden Flur entlang.

„Wo gehen wir hin? Welche Frage beantwortet sie?“ wollte Matt wissen. Elena konnte nur mit dem Kopf schütteln. Alaric lief fast, um mit Bonnies schnellen Schritten mitzukommen.

Als sie in den Schnee hinauskamen, wurde sie langsamer, ging zu Elenas Überraschung auf Alarics Auto auf dem Parkplatz zu und stellte sich daneben.

„Wir passen da nicht alle rein. Ich komme mit Matt nach“, sagte Meredith schnell. Elena fror, sowohl aus Kälte wie aus böser Vorahnung. Als Alaric ihr die Tür aufhielt, stieg sie hinten ins Auto. Stefan und Damon setzten sich rechts und links neben sie. Bonnie nahm auf dem Beifahrersitz Platz. Sie blickte starr vor sich hin und redete nicht. Aber als Alaric vom Parkplatz fuhr, hob sie eine weiße Hand und deutete die Richtung. Rechts in die Lee Street und dann links zur Arbor Green Street. Geradewegs zu Elenas Haus und dann wieder rechts. In Richtung der Old Creek Road.

Da ahnte Elena, wo sie hinfuhren.

Sie nahmen die andere Brücke zum Friedhof. Die Brücke, die immer die „neue“ genannt wurde, um sie von der Wickery-Brücke zu unterscheiden, die es jetzt nicht mehr gab. Sie näherten sich von der Seite des Tores, die Tyler auch hochgefahren war, als er Elena zur Kirchenruine gebracht hatte. Elena erinnerte sich plötzlich überdeutlich an alle Einzelheiten.

Alarics Auto hielt genau dort, wo damals Tyler gehalten hatte. Meredith war direkt hinter ihm.

Mit einem schrecklichen Gefühl, alles schon einmal erlebt zu haben, stieg Elena den Pfad zum Hügel hoch und folgte Bonnie durch das Tor zu der Kirchenruine, deren Glockenturm wie ein mahnender Finger in den sturmverhangenen Himmel ragte. An dem gähnenden Loch, wo einmal die Tür gewesen war, weigerte sie sich weiterzugehen.

„Wohin bringst du uns?“ drängte sie. „Hör mir zu! Willst du uns wenigstens sagen, welche Frage du beantwortest?“

„Kommt und seht.“

Hilflos blickte Elena zu den anderen. Dann trat sie über die Schwelle. Bonnie ging langsam zu dem weißen Marmorgrab und blieb stehen.

Elena schaute das Grab an und dann in Bonnies geisterhaftes Gesicht. Die Haare auf ihren Armen und in ihrem Nacken sträubten sich. „Oh, nein“, flüsterte sie. „Nicht das.“

„Elena, wovon redest du?“ fragte Meredith.

Leicht schwindlig blickte Elena auf die Marmorgestalten von Thomas und Honoria Fell, die auf dem Deckel ihres Sarkophages ruhten. „Das Ding hier öffnet sich“, flüsterte sie.

13. KAPITEL

„Meinst du, wir sollten ... da reinschauen?“ fragte Matt.

„Ich weiß es nicht“, erwiderte Elena unglücklich. Sie wollte jetzt ebenso wenig sehen, was sich in dem Grab befand, wie damals, als Tyler vorgeschlagen hatte, es zu öffnen, um es zu schänden. „Vielleicht kriegen wir's gar nicht auf“, fügte sie hinzu. „Dick und Tyler ist es nicht gelungen. Der Deckel begann erst zur Seite zu rutschen, als ich mich dagegen lehnte."

„Versuch es. Könnte doch sein, dass es eine Art verborgenen Mechanismus gibt", schlug Alaric vor.

Doch Elena schaffte es nicht.

„Okay", redete Alaric aufgeregt weiter, „packen wir alle an und versuchen es mit vereinten Kräften. Nun kommt schon, eins, zwei ..." Von seiner halb gebeugten Position schaute er zu Damon hoch, der bewegungslos neben dem Grab stand und leicht belustigt aussah.

„Darf ich mal?" bat Damon lässig, und Alaric trat stirnrunzelnd einen Schritt zurück. Damon und Stefan griffen je ein Ende des Steindeckels und hoben ihn an.

Der Deckel löste sich und machte ein knirschendes Geräusch, als Damon und Stefan ihn neben dem Grab auf den Boden gleiten ließen.

Elena konnte es nicht über sich bringen, näher heranzugehen.

Stattdessen beobachtete sie mit einem flauen Gefühl im Magen Stefans Gesicht. Sein Ausdruck würde ihr verraten, was dort drin zu finden war. Bilder von pergamentartigen, mumifizierten Körpern, verwesten Leichen und grinsenden Totenköpfen stiegen vor ihrem geistigen Auge auf. Wenn Stefans Ausdruck entsetzt, voller Abscheu oder Übelkeit war ...

Aber als er in das offene Grab schaute, zeigte sich auf seiner Miene nur fassungslose Überraschung.

Elena hielt es nicht mehr länger aus. „Nun?"

Er lächelte sie leicht an und sagte mit einem Seitenblick auf Bonnie: „Kommt und seht."

Elena näherte sich langsam dem Grab und sah hinunter.

Dann flog ihr Kopf hoch, und sie betrachtete Stefan mit großen Augen.

„Was ist das?“

„Keine Ahnung“, erwiderte er und wandte sich an Alaric und Meredith. „Hat einer von euch eine Taschenlampe? Oder ein Stück Seil?“

Nach einem Blick in den Steinsarg liefen beide zu ihren Autos. Elena blieb, wo sie war, starrte nach unten und bemühte sich, ihre Nachtsicht voll auszuschöpfen. Sie konnte es immer noch nicht glauben.

Das Grab war kein Grab, sondern ein Eingang.

Jetzt verstand sie, wieso sie den kalten Windstoß gespürt hatte, als es sich unter ihrer Hand in jener Nacht bewegt hatte. Da unten war eine Art Verlies oder Keller in der Erde. Sie konnte nur eine Wand erkennen, diejenige, die direkt unter ihr abfiel. Eiserne Ringe waren in die Steine getrieben worden wie eine Art Leiter.

„Hier“, sagte Meredith zu Stefan, als sie zurückkam. „Alaric hat eine Taschenlampe, und da ist meine. Und da ist das Seil, das Elena in mein Auto gelegt hat, als wir nach dir suchten.“

Der schmale Strahl von Meredith' Taschenlampe durchschnitt die Dunkelheit unten.

„Ich kann nicht sehr weit sehen, aber die Gruft scheint leer zu sein“, erklärte Stefan. „Ich gehe als erster runter.“

„Da runter?“ rief Matt. „Hör mal, bist du sicher, dass wir da runter sollen? Bonnie, was ist?“

Bonnie hatte sich nicht bewegt.

Sie stand immer noch mit völlig abwesender Miene da, als würde sie nichts um sich herum wahrnehmen. Jetzt schwang sie ohne ein Wort ein Bein über den Rand des Grabes, drehte sich und begann hinabzusteigen.

„Wow!“ staunte Stefan. Er verstaute die Taschenlampe in seiner Jackentasche, legte eine Hand auf das Unterteil des Grabes und sprang.

Elena blieb keine Zeit, sich an Alarics fassungslosem Gesichtsausdruck zu erfreuen. Sie lehnte sich hinunter und rief: „Bist du okay?“

„Alles klar.“ Das Licht der Taschenlampe winkte von unten. „Bonnie wird auch zurechtkommen. Die Eisenringe gehen bis unten. Bring trotzdem besser das Seil mit.“

Elena schaute zu Matt, der am nächsten stand. Seine blauen Augen betrachteten sie mit Hilflosigkeit und einer gewissen Resignation. Dann nickte er. Sie holte tief Luft und legte eine Hand auf das Unterteil des Grabes, wie Stefan es getan hatte. Eine andere Hand griff plötzlich nach ihrem Handgelenk.

„Mir ist gerade etwas eingefallen“, sagte Meredith ernst. „Was ist, wenn das Wesen, das Bonnie beherrscht, die ‚andere Macht‘ ist?“

„Daran habe ich schon vor längerer Zeit gedacht.“ Elena tätschelte Meredith’ Hand, löste sich aus ihrem Griff und sprang.

Sie richtete sich in Stefans auffangendem Griff auf und sah sich um. „Mein Gott ...“

Es war ein merkwürdiger Ort. Die Wände waren mit Steinen verkleidet. Sie waren glatt und sahen beinahe wie poliert aus. In sie hineingetrieben waren Kerzenhalter aus Eisen. In einigen befanden sich noch die Überreste von Wachskerzen. Elena konnte das andere Ende des Verlieses nicht erkennen, aber der Schein der Taschenlampe zeigte ihr in der Nähe ein schmiedeeisernes Gitter, wie es in manchen Kirchen angebracht war, um den Bereich des Altars abzutrennen.

Bonnie hatte gerade das Ende der eisernen Leiter erreicht. Sie wartete schweigend, während die anderen herabstiegen. Erst Matt, dann Meredith und zum Schluss Alaric mit der anderen Taschenlampe.

Elena schaute hoch. „Damon?“

Sie konnte seine Gestalt sehen, die sich schwarz an der Öffnung des Grabes gegen den weniger dunklen Nachthimmel abhob.

„Was ist?“

„Bist du dabei?“ fragte sie. Nicht „Kommst du mit uns?“. Sie wusste, er würde den Unterschied verstehen.

Sie wartete fünf Herzschläge lang in dem Schweigen, das folgte. Sechs, sieben, acht ...

Ein heftiger Luftzug entstand, und Damon landete geschmeidig neben ihr. Aber er sah Elena nicht an. Sein Blick war merkwürdig abwesend, und sie konnte nichts auf seinem Gesicht lesen.

„Es ist eine Krypta“, stellte Alaric erstaunt fest, während das Licht seiner Taschenlampe die Dunkelheit durchschnitt. „Ein unterirdischer Raum unter einer Kirche, der als Grabstätte benutzt wird. Normalerweise werden sie unter größeren Kirchen angelegt.“

Bonnie ging geradewegs auf das verzierte Gitter zu, legte ihre schmale, weiße Hand darauf und öffnete es. Es schwang von ihr fort.

Elenas Herz schlug heftig. Etwas zwang sie, die Beine vorwärts zu bewegen und Bonnie zu folgen. Ihre geschärften Sinne waren fast schmerzhaft gespannt, aber sie konnten ihr trotzdem nicht verraten, was auf sie wartete. Der Strahl von Stefans Taschenlampe war so schmal, dass er nur den Steinboden vor ihnen und Bonnies geheimnisvolle Gestalt zeigte.

Bonnie blieb stehen.

Das ist es, dachte Elena. Ihr Atem stockte. Oh, mein Gott, das ist es. Sie hatte plötzlich das Gefühl, sich mitten in einem Traum zu befinden. Sie wusste, sie träumte, aber sie konnte weder etwas ändern noch aufwachen. Ihre Muskeln erstarrten.

Sie konnte die Furcht der anderen riechen, konnte die intensive Anspannung spüren, die von Stefan neben ihr ausging. Seine Taschenlampe fuhr über Gegenstände hinter Bonnie. Doch zunächst ergaben sie in Elenas Augen keinen Sinn. Sie sah Kanten, Umrisse, Flächen, und dann sprang etwas in ihr Sichtfeld. Ein totenweißes Gesicht, das grotesk zu einer Seite hing ...

Der Schrei blieb ihr im Hals stecken. Es war nur eine Statue, und ihre Züge kamen Elena bekannt vor. Es waren dieselben wie auf dem Deckel des Sarkophages oben. Dieses Grab war das Gegenstück zu dem Grab, durch das sie herabgestiegen waren. Nur, dass dieses hier geschändet worden war. Der Steindeckel war in zwei Hälften gebrochen und gegen die Wand der Krypta geschleudert worden. Etwas lag auf dem Boden verstreut, das aussah wie brüchige Elfenbeinstäbchen. Marmorstückchen, versuchte Elena sich verzweifelt einzureden. Das ist nur Marmor.

Es waren menschliche Knochen, zersplittert und zertreten.

Bonnie drehte sich um, bis sie Elena direkt gegenüberstand.

Dann überlief sie ein Schauder, sie stolperte und stürzte so heftig nach vorn wie eine Marionette, deren Schnüre man durchgeschnitten hat.

Elena konnte sie gerade noch auffangen und verlor selbst fast den Halt. „Bonnie? Bonnie?“ Die braunen Augen, die sie mit erweiterten Pupillen verwirrt ansahen, waren wieder Bonnies eigene verängstigte Augen. „Aber was ist passiert?“ wollte Elena wissen. „Wo ist das Wesen hingegangen?“

„Ich bin hier.“

Über dem geschändeten Grab zeigte sich ein verschwommenes Licht. Nein, kein Licht, dachte Elena. Etwas Übernatürliches, das für die menschlichen Sinne nicht fassbar war. Es wurde ihr enthüllt, ihrem Verstand aufgezwungen, von einer Kraft außerhalb dieser Welt.

„Die ‚andere Macht‘“, flüsterte Elena, und das Blut gefror ihr in den Adern.

„Nein, Elena.“

Die Stimme hatte keinen Klang, genauso wie die Vision kein Licht war. Sie war still wie der Schein der Sterne und unendlich traurig. Sie erinnerte Elena an etwas.

Mutter? dachte sie voll wilder Hoffnung. Aber es war nicht die Stimme ihrer Mutter. Das Leuchten über dem Grab schien zu wirbeln und sich zu verdichten. Einen Moment lang erhaschte Elena den Blick auf ein Gesicht, ein sanftes, trauriges Gesicht. Und dann wusste sie es.

„Ich habe auf dich gewartet“, sagte Honoria Fells Stimme leise. „Hier kann ich endlich in meiner eigenen Gestalt mit dir sprechen und nicht aus Bonnies Mund. Hör mir zu. Deine Zeit ist knapp bemessen, und die Gefahr ist riesengroß.“

Elena fand die Sprache wieder. „Was ist das für ein Raum? Warum hast du uns hierhergebracht?“

„Du hast mich darum gebeten. Vorher konnte ich ihn dir nicht zeigen. Das ist dein Schlachtfeld."

„Ich verstehe nicht."

„Die Krypta wurde für mich von den Menschen in Fell's Church errichtet. Ein Ruheplatz für meinen Körper. Ein geheimer Ort für jemanden, der im Leben über geheime Kräfte verfügt hatte. Wie Bonnie wusste ich Dinge, die niemand sonst wissen konnte. Und sah Dinge, die niemand sonst sehen konnte."

„Sie waren ein Medium", flüsterte Bonnie heiser.

„Damals nannte man es Hexerei. Aber ich habe meine Kräfte nie dazu genutzt, um Schaden zuzufügen, und als ich starb, hat man mir dieses Grabmal gebaut, damit mein Mann und ich in Frieden ruhen konnten. Doch dann, nach so vielen Jahren, wurde unser Friede gestört."

Das Gespensterlicht leuchtete auf und wurde wieder schwächer. Honorias Gestalt verschwamm. „Eine ‚andere Macht' kam nach Fell's Church, voller Hass und Zerstörung. Sie schändete meine Ruhestätte, verstreute meine Knochen und richtete ihr Lager ein. Von hier zog sie hinaus, um Böses in meiner Stadt zu tun. Ich erwachte. Von Anfang an habe ich versucht, dich vor ihr zu warnen, Elena. Sie lebt unter dem Friedhof, hat auf dich gewartet und dich beobachtet. Manchmal in Gestalt einer Eule ..."

Eine Eule. Elenas Gedanken überschlugen sich. Eine Eule, wie die Eule, die sie im Glockenturm der Kirche gesehen hatte. Wie die Eule in der Scheune. Wie die Eule im schwarzen Johannisbrotbaum bei ihrem Haus.

Weiße Eule ... Jagdvogel ... Fleischfresser ..., dachte sie. Und dann erinnerte sie sich an riesige, weiße Flügel, die den ganzen

Horizont auszufüllen schienen. Ein großer Vogel aus Nebel oder Schnee, der sie jagte, voll Blutdurst und wildem Hass ...

„Nein!" schrie sie, als die Erinnerung sie zu überwältigen drohte.

Sie fühlte Stefans Hände auf ihren Schultern. Seine Finger bohrten sich fast schmerzhaft in ihr Fleisch. Das brachte sie in die Gegenwart zurück. Honoria Fell sprach immer noch.

„Und dich, Stefan. Sie hat auch dich beobachtet. Sie hasste dich, bevor sie Elena hasste. Sie hat dich gequält und mit dir gespielt, wie eine Katze mit einer Maus. Sie hasst die, die du liebst. Und ist selbst von vergifteter Liebe erfüllt."

Elena schaute unwillkürlich hinter sich. Sie sah Meredith, Alaric und Matt wie erstarrt dastehen. Bonnie und Stefan waren neben ihr. Aber Damon? Wo war Damon?

„Der Hass dieser bösen Macht ist so groß geworden, dass jeder Tod ihr genügt. Jedes Blut, das vergossen wird, erfüllt sie mit Freude. Im Augenblick verlassen die Tiere, die sie kontrolliert, den Wald. Sie nähern sich der Stadt, den Lichtern."

„Der Winterball!" rief Meredith.

„Ja. Und dieses Mal werden sie morden, bis das letzte von ihnen tot ist."

„Wir müssen die Menschen warnen", sagte Matt. „Jeden auf dem Ball ..."

„Ihr werdet nie sicher sein, bis die Macht zerstört ist, die sie in ihrem Bann hält. Das Morden wird weitergehen. Ihr müsst die Kraft vernichten, die hasst. Deshalb habe ich euch hergebracht."

Wieder schwankte das Licht. Es schien sich zurückzuziehen. „Ihr habt den Mut, wenn ihr sie finden könnt. Seid stark. Das ist die einzige Hilfe, die ich euch geben kann."

„Warte, bitte ...“, begann Elena.

Die Stimme fuhr fort, ohne auf sie zu achten. „Bonnie, du hast die Wahl. Deine geheimen Kräfte bedeuten eine große Verantwortung. Sie sind aber eine Gabe, die wieder von dir genommen werden kann. Möchtest du sie aufgeben?“

„Ich ...“ Bonnie schüttelte verängstigt den Kopf. „Ich weiß es nicht. Ich brauche Zeit ...“

„Es ist keine Zeit. Wähle.“ Die Vision wurde immer schwächer, schien in sich zusammenzusinken.

Bonnies suchte mit unsicheren, verwirrten Augen Hilfe bei Elena. „Es ist deine Entscheidung“, flüsterte Elena. „Du musst sie selbst treffen.“

Langsam wich die Unsicherheit aus Bonnies Gesicht, und sie nickte. Sie befreite sich aus Elenas stützendem Griff und trat einen Schritt auf das Licht zu. „Ich behalte sie“, sagte sie heiser. „Irgendwie werde ich schon damit fertig. Meine Großmutter hat's schließlich auch geschafft.“

Das Licht zitterte leicht, als lachte es leise. „Du hast eine kluge Wahl getroffen. Mögest du deine Talente weise nutzen. Das ist das letzte Mal, dass ich zu euch spreche.“

„Aber ...“

„Ich habe meine Ruhe verdient. Der Kampf gehört euch.“ Und das Glühen verschwand wie die letzten Funken eines verlöschenden Feuers.

Als es fort war, konnte Elena den Druck um sie herum spüren. Etwas würde passieren. Eine erdrückende Kraft kam auf sie zu, hing über ihnen. „Stefan ...“

Stefan fühlte es auch, das wusste sie.

„Kommt“, drängte Bonnie mit angsterfüllter Stimme. „Wir müssen hier raus.“

„Wir müssen zum Ball“, keuchte Matt. Sein Gesicht war weiß. „Wir müssen ihnen helfen ...“

„Feuer!“ schrie Bonnie plötzlich. „Feuer wird sie nicht töten, aber aufhalten ...“

„Habt ihr nicht zugehört? Wir müssen uns der ‚anderen Macht‘ stellen. Und sie ist hier. Direkt hier, in diesem Moment. Wir können nicht gehen!“ rief Elena. In ihrem Kopf drehte sich alles. Bilder, Erinnerungen und eine schreckliche Vorahnung. Blutdurst ... sie konnte es fühlen ...

„Alaric.“ Stefans Stimme hatte einen befehlenden Ton angenommen. „Du gehst zurück. Nimm die anderen mit. Tut, was ihr könnt. Ich werde bleiben ...“

„Wir sollten alle von hier fliehen!“ schrie Alaric. Er musste so laut werden, um über den ohrenbetäubenden Lärm um sie herum gehört zu werden.

Seine flackernde Taschenlampe zeigte Elena etwas, das ihr vorher nicht aufgefallen war. In der Wand neben ihr befand sich ein gähnendes Loch, als ob die Steinverkleidung weggerissen worden war. Und dahinter erstreckte sich schwarz und endlos ein Gang in die nackte Erde.

Wo führt er wohl hin? fragte sich Elena, aber der Gedanke ging im Tumult ihrer Angst unter. Weiße Eule ... Jagdvogel ... Fleischfresser ... Krähe ... Und plötzlich wusste sie mit erschreckender Klarheit, wovor sie sich fürchtete.

„Wo ist Damon?“ schrie sie und riss Stefan herum, während sie sich umsah. „Wo ist Damon?“

„Raus hier!“ Bonnies Stimme war schrill vor Angst. Sie warf sich auf das Tor genau in dem Moment, als das Geräusch wieder die Dunkelheit zerriss.

Es war ein Knurren, aber nicht das eines Hundes. Man

konnte es unmöglich damit verwechseln. Es klang viel tiefer, kräftiger und vibrierender. Es roch nach Dschungel und nach der Blutlust des Jägers. Und es traf Elena bis ins Mark.

Sie war wie gelähmt.

Das Geräusch ertönte wieder, hungrig und wild, aber irgendwie auch fast ein wenig nachlässig. So siegesbewusst. Und mit ihm näherten sich schwere Schritte aus dem Tunnel.

Bonnie versuchte zu schreien. Doch nur ein schwaches Pfeifen entrann ihrer Kehle. Aus der Schwärze des Gangs kam etwas. Eine Gestalt, die sich mit katzenhafter Geschmeidigkeit bewegte. Elena erkannte das Grollen jetzt. Es war die Stimme der größten und kräftigsten aller Raubkatzen. Die Augen des Tigers leuchteten gelb, als er das Ende des Gangs erreichte.

Und dann passierte alles auf einmal.

Elena fühlte, wie Stefan sie nach hinten zu ziehen versuchte, um sie aus dem Weg zu haben. Aber ihre erstarrten Muskeln machten es ihm fast unmöglich, und sie wusste, dass es zu spät war.

Der Sprung des Tigers war voller Anmut, kraftvolle Muskeln katapultieren ihn in die Luft. Elena sah ihn in diesem Moment grell und klar wie in einem Blitzlicht. Ihr Verstand registrierte die schlanken, glänzenden Flanken und das gekrümmte Rückgrat. Aber ihre Stimme schrie wie von selbst.

„Damon, nein!“

Erst als der schwarze Wolf aus der Dunkelheit dem Tiger entgegensprang, fiel ihr auf, dass der Tiger weiß war.

Der Angriff der großen Katze wurde durch den Wolf abgelenkt, und Elena fühlte, wie Stefan sie zur Seite in Sicherheit zerrte. Ihre Glieder waren plötzlich weich wie Butter, und sie gab voller Schwäche nach, als er sie gegen die Wand drängte. Der Deckel des Grabes lag jetzt zwischen ihr und der fauchenden weißen Gestalt, aber das rettende Gitter befand sich auf der anderen Seite des Kampfplatzes.

Elenas Hilflosigkeit kam zum Teil aus Entsetzen, zum Teil aus Erstaunen. Sie verstand überhaupt nichts mehr.

Einen Moment zuvor war sie noch sicher gewesen, dass Damon die ganze Zeit mit ihnen gespielt hatte und dass er in Wahrheit die ‚andere Macht' war. Aber die Bosheit und Blutlust, die von dem Tiger ausgingen, waren unverkennbar. Diese Macht hatte sie auf dem Friedhof gejagt und später von der Pension zum Fluss und in den Tod. Diese weiße Macht bekämpfte der Wolf jetzt bis auf den Tod.

Es war ein ungleicher Wettkampf. Der schwarze Wolf, so wild und angriffslustig er auch sein mochte, hatte keine Chance. Ein Streich der riesigen Krallen des Tigers rissen seine Schulter auf bis auf die Knochen. Die Fänge der Raubkatze öffneten sich, und sie versuchte, den Hals des Wolfs zwischen die Zähne zu bekommen, um ihn zu brechen.

Aber Stefan war da, leuchtete mit der Taschenlampe dem Tiger in die Augen und schleuderte den verwundeten Wolf aus dem Weg. Elena wünschte sich, sie könnte schreien, sie könnte irgend etwas tun, um die Qual in ihrem Inneren herauszulassen. Sie verstand es nicht. Sie verstand überhaupt nichts mehr. Stefan war in Gefahr. Aber sie konnte sich nicht bewegen. Sie war wie gelähmt.

„Flieht!" schrie Stefan den anderen zu. „Jetzt! Schnell!"

Schneller, als es ein Mensch vermochte, wich er der riesigen weißen Pfote aus, die zum tödlichen Schlag ausgeholt hatte, und blendete den Tiger weiter. Meredith war jetzt auf der anderen Seite des Gitters. Matt trug und zog Bonnie halb. Jetzt war Alaric hindurch.

Der Tiger sprang, und das Gitter schlug zu. Stefan warf sich auf die Seite und rutschte aus, als er wieder aufstehen wollte.

„Wir lassen euch nicht allein ...!“ rief Alaric.

„Raus!“ rief Stefan erneut. „Geht zum Ball. Tut, was ihr könnt! Raus!“

Der Wolf griff wieder an, trotz der blutenden Wunden auf seinem Kopf und seiner Schulter, wo Muskeln und Sehnen offen lagen. Der Tiger schlug zurück. Die Tiergeräusche erreichten einen solchen Lärmpegel, dass Elena es kaum mehr aushalten konnte. Meredith und die anderen waren weg. Das Licht von Alarics Taschenlampe verglühte in der Dunkelheit.

„Stefan!“ schrie sie, als sie sah, dass er sich wieder in den Kampf stürzen wollte.

Wenn er starb, würde sie auch sterben. Und wenn es denn sein musste, wollte sie bei ihm sein.

Die Schwäche verließ sie. Sie stolperte auf ihn zu. Schluchzend umarmte sie ihn fest. Sie fühlte seine Arme um sie, als er sie mit seinem Körper vor dem Lärm und der Gewalt des Kampfes schützen wollte. Aber sie war stur, genauso stur wie er. Sie drehte sich, und dann stellten sie sich gemeinsam der blutigen Szene.

Der Wolf war am Boden. Er lag auf dem Rücken. Sein Fell war zu dunkel, um das Blut darauf zu erkennen, doch unter ihm hatte sich bereits eine rote Lache gebildet. Die weiße Katze stand über ihm, ihre riesigen Fänge nur Zentimeter von seiner verwundbaren, schwarzen Kehle entfernt.

Aber der Todesbiss kam nicht. Stattdessen hob der Tiger den Kopf und sah Elena und Stefan an.

Mit merkwürdiger Ruhe bemerkte Elena, wie sie auch die kleinsten Einzelheiten seines Aussehens registrierte. Die Schnurrbarthaare waren glatt und schmal, wie silberne Drähte. Das Fell schneeweiß, von schwachen Mustern durchzogen, glänzend wie unpoliertes Gold. Weiß und gold, dachte sie und erinnerte sich an die Eule in der Scheune. Und dann überkam sie eine andere Erinnerung ... an etwas, das sie gesehen oder gehört hatte.

Mit einem mächtigen Pfotenschlag riss die Katze die Taschenlampe aus Stefans Hand. Elena hörte, wie er vor Schmerz aufstöhnte, aber sie konnte in der Dunkelheit nichts mehr erkennen. Wenn es kein Licht gab, war selbst ein Jäger blind. Sie klammerte sich an Stefan und wartete auf den Schmerz des tödlichen Schlags.

Plötzlich wurde ihr schwindlig. Grauer, wirbelnder Nebel füllte ihren Kopf, und sie konnte sich nicht länger an Stefan festhalten. Sie konnte weder denken noch sprechen. Der Boden schien sich unter ihren Füßen zu öffnen. Schwach erkannte sie, dass telepathische Kräfte riesigen Ausmasses gegen sie benutzt wurden und ihren Verstand überwältigten.

Elena spürte, wie Stefans Körper nachgab, zusammensackte und von ihr wegkippte. Sie konnte nicht länger gegen den Nebel ankämpfen. Sie fiel ins Unendliche und merkte nicht mehr, wie sie am Boden aufschlug.

14. KAPITEL

Weiße Eule ... Jagdvogel ... Jäger ... Tiger. Spielt mit dir wie eine Katze mit einer Maus. Wie eine Katze ... eine große Katze ... ein Kätzchen. Ein weißes Kätzchen.

Der Tod im Haus.

Und das Kätzchen. Das Kätzchen, das vor Damon geflohen war. Nicht aus Angst, sondern aus Furcht, entlarvt zu werden. Genauso wie damals, als es auf Margarets Brust gestanden und beim Anblick Elenas hinter der Fensterscheibe wütend miaut hatte.

Elena stöhnte und wäre fast aus der Bewusstlosigkeit erwacht, aber der graue Nebel zog sie wieder hinab, bevor sie die Augen öffnen konnte. Ihre Gedanken verwirrten sich erneut.

Vergiftete Liebe ... Stefan, sie hasste dich, bevor sie Elena hasste ... Weiß und gold ... etwas Weißes ... etwas Weißes unter dem Baum.

Als sie diesmal darum kämpfte, die Augen offen zu halten, gelang es ihr. Und noch bevor sie in dem dämmrigen und flackernden Licht etwas erkennen konnte, wusste sie es. Endlich wusste sie es.

Die Gestalt in dem langen, weißen Kleid drehte sich von der Kerze weg, die sie anzündete, und Elena sah ein Gesicht, das ihr eigenes hätte sein können. Aber es war leicht verzerrt, zwar bleich und wunderschön, wie das einer Eisstatue, doch irgendwie falsch. Wie die endlosen Reflexionen, die Elena in ihrem Traum in dem Spiegelsaal gesehen hatte. Grausam, hungrig und spöttisch.

„Hallo, Katherine“, flüsterte sie.

Katherine lächelte hinterlistig und raubtierhaft. „Aha, du bist gar nicht so dumm, wie ich dachte", sagte sie.

Ihre Stimme war leicht und süß ... silbrig, dachte Elena. Wie ihre Wimpern. Auch auf ihrem Kleid schimmerten silberne Lichter, wenn sie sich bewegte. Aber ihr Haar war golden, fast so hellgold wie Elenas eigenes. Ihre Augen glichen denen eines Kätzchens: Sie waren rund und blau wie Edelsteine. Um ihren Hals trug sie eine Kette mit einem Stein derselben lebhaften Farbe.

Elenas eigener Hals fühlte sich so rau an, als hätte sie geschrien. Außerdem war er trocken. Als sie den Kopf langsam zur Seite wandte, tat selbst diese kleine Bewegung weh.

Stefan lag neben ihr. Er war nach vorn gesackt und mit den Armen an die Spitzen des schmiedeeisernen Gitters gebunden. Sein Kopf war auf die Brust gesunken, doch von dem, was sie erkennen konnte, war sein Gesicht totenbleich. Seine Kehle war aufgerissen, und das Blut war auf seinen Kragen getropft und getrocknet.

Elena wandte sich so schnell zu Katherine um, dass sich ihr alles im Kopf drehte. „Warum? Warum hast du das getan?"

Katherine lächelte und zeigte spitze, weiße Zähne. „Weil ich ihn liebe", sagte sie mit kindlicher, singender Stimme. „Liebst du ihn nicht auch?"

Erst da fiel Elena auf, warum sie sich nicht bewegen konnte und ihre Arme so schmerzten. Sie war genauso gefesselt wie Stefan. Fest und sicher an das Gitter gebunden. Ein schmerzhaftes Drehen zur anderen Seite zeigte ihr Damon.

Er war in einem weit schlimmeren Zustand als sein Bruder. Seine Jacke und sein Arm darunter waren aufgerissen. Beim Anblick der Wunde drehte sich Elena der Magen um. Sein

Hemd hing in Fetzen herunter, und sie konnte die schwachen Bewegungen seiner Rippen sehen, wenn er atmete. Nur daran erkannte sie, dass er noch lebte. Sonst hätte sie ihn für tot gehalten. Blut klebte in seinem Haar und rann in seine geschlossenen Augen.

„Welchen magst du lieber?“ fragte Katherine in vertraulichen Tonfall. „Du kannst es mir ruhig sagen. Welcher von beiden ist der Bessere?“

Elena schaute sie an und empfand Abscheu. „Katherine“, flüsterte sie. „Bitte. Bitte, hör mir zu ...“

„Verrate es mir. Komm schon.“ Die juwelenblauen Augen erfüllten Elenas ganzes Blickfeld, als Katherine sich so nah über sie beugte, dass ihre Lippen fast Elenas Mund berührten. „Ich finde sie beide spaßig. Du hast doch gern Spaß, Elena?“

Angewidert schloss Elena die Augen und wandte das Gesicht ab. Wenn nur das Schwindelgefühl in ihrem Kopf aufhören würde!

Katherine trat mit einem hellen Auflachen zurück. „Ich weiß, die Wahl fällt schwer.“ Sie machte eine kleine Pirouette, und Elena erkannte, dass das, was sie für die Schleppe des Kleides gehalten hatte, in Wirklichkeit Katherines Haar war. Es fiel wie geschmolzenes Gold ihren Rücken hinunter bis auf den Boden, wo es hinter ihr herschleifte.

„Es kommt alles auf deinen Geschmack an“, fuhr Katherine fort, machte ein paar graziöse Tanzschritte und kam vor Damon zum Stehen. Sie sah Elena spitzbübisch an, bevor sie Damon am Haar griff, seinen Kopf hochriss und ihre Zähne in seinen Hals senkte.

„Nein! Tu das nicht! Verletze ihn nicht noch mehr ...“ Elena versuchte, nach vorn zu stürzen, aber sie war zu fest gebunden.

Das Gitter war aus Eisen, in Stein eingelassen, und das Seil war dick. Katherine gab Tierlaute von sich, bohrte ihre Zähne weiter in das Fleisch, und Damon stöhnte auf, obwohl er bewusstlos war. Elena sah, wie sein Körper vor Schmerzen zuckte.

„Bitte, hör auf! Oh, bitte, hör auf!“

Katherine hob den Kopf. Blut rann ihr das Kinn hinunter. „Aber ich bin hungrig, und er ist so gut.“ Sie schlug wieder zu, und Damons Körper krampfte sich erneut zusammen. Elena schrie auf.

Ich war auch so, dachte sie verzweifelt. Am Anfang, in jener ersten Nacht im Wald. Ich war auch so. Ich wollte Stefan genauso verletzen, wollte ihn töten ...

Dunkelheit umfing sie, und sie ließ sich dankbar ins Nichts fallen.

Alarics Wagen schleuderte auf einem Stück Eis, als sie die Schule erreichten, und Meredith wäre fast in ihn hineingefahren. Sie und Matt sprangen aus dem Auto und ließen die Türen offen. Vor ihnen taten Bonnie und Alaric dasselbe.

„Was ist mit dem Rest der Stadt?“ schrie Meredith, als sie auf die beiden zurannte. Der Wind wurde rasch stärker, und ihr Gesicht brannte vor Kälte.

„Nur Elenas Familie – Tante Judith und Margaret.“ Bonnies Stimme war schrill und angsterfüllt, aber ihr Blick war voller Konzentration. Sie legte den Kopf zurück, als versuchte sie sich an etwas zu erinnern. „Ja. Sie sind die anderen, hinter denen die Hunde her sein werden. Seht zu, dass sie sich irgendwohin verschanzen. Vielleicht im Keller. Und dort bleiben.“

„Ich mach das. Ihr drei kümmert euch um das Fest!“ Meredith rannte zurück zu ihrem Auto.

Bonnie drehte sich um und folgte Alaric, so schnell es ging.

Der Ball lag in den letzten Zügen. Alles war kurz vor dem Aufbruch. Viele Paare drängten bereits auf den Parkplatz. Alaric versuchte sie zu warnen, als er, Bonnie und Matt heranstürmten.

„Alles wieder rein! Alle müssen rein und dann die Türen zu!“ schrie er den Männern des Sheriffs zu.

Aber es blieb keine Zeit. Er erreichte die Cafeteria im gleichen Moment wie die erste lauernde Gestalt aus der Dunkelheit. Der große Hund sprang einem der Polizisten an die Kehle. Dieser ging zu Boden ohne einen Laut oder die Chance, seine Waffe zu feuern.

Ein anderer der Männer war schneller, und ein Schuss ertönte, der in dem zementierten Hof laut widerhallte. Die Schüler begannen zu schreien und liefen in entgegengesetzter Richtung zum Parkplatz. Alaric rannte hinter ihnen her und versuchte, sie zurückzuholen.

Andere Tiere kamen aus den Schatten, zwischen den parkenden Autos her, von allen Seiten näherten sie sich drohend und zähnefletschend. Panik brach aus. Alaric schrie weiter und bemühte sich, die entsetzten Schüler in das Gebäude zu treiben. Hier draußen waren sie leichte Beute.

Im Hof wandte sich Bonnie an Matt. „Wir brauchen Feuer!“ Matt raste in die Cafeteria und kam mit einer Schachtel heraus, die halb gefüllt war mit Veranstaltungskalendern. Er warf sie auf den Boden und suchte in seinen Taschen nach einem Streichholz.

Das Papier fing sofort Feuer und brannte hell. Es bildete eine Insel der Sicherheit. Matt half jetzt dabei, die Menschen zurück in die Cafeteria zu winken. Bonnie drängte sich hinein und fand drinnen das gleiche Chaos vor wie draußen.

Sie sah sich nach einer Respektperson um, konnte aber keine Erwachsenen entdecken, nur total verängstigte Kids. Dann fielen ihr die grünen und roten Crêpepapierdekorationen ins Auge.

Der Lärm war ohrenbetäubend. Selbst Schreien war zwecklos. Sie bahnte sich einen Weg zur anderen Seite des Raums. Caroline war dort. Ohne ihre sommerliche Bräune sah sie blass aus. Sie trug noch die Krone der Schneekönigin. Bonnie schleppte sie ans Mikrophon.

„Du bist doch so gut im Reden. Sag ihnen, sie sollen reinkommen und drinnen bleiben! Und die Dekorationen runterholen. Wir brauchen alles, was brennt. Holzstühle, Zeug aus den Papierkörben, alles. Mach ihnen klar, dass das unsere einzige Chance ist!"

Als Caroline sie verständnislos und verängstigt ansah, fügte sie hinzu: „Du wolltest die Krone, jetzt hast du sie. Also, mach was draus!"

Sie wartete nicht ab, ob Caroline gehorchte, und stürzte sich wieder ins Getümmel. Einen Moment später hörte sie Carolines Stimme erst zögernd, dann drängend aus den Lautsprechern klingen.

Es war totenstill, als Elena wieder die Augen öffnete.

„Elena?"

Bei dem heiseren Flüstern versuchte sie, etwas zu erkennen, und blickte in schmerzerfüllte, grüne Augen.

„Stefan", sagte sie. Sehnsüchtig lehnte sie sich nach vorn und wünschte, sie könnte sich mehr bewegen. Es machte zwar keinen Sinn, aber sie fühlte, dass alles halb so schlimm wäre, wenn sie sich in den Armen liegen könnten.

Ein kindliches Lachen ertönte. Elena wandte sich nicht in seine Richtung, aber Stefan. Sie sah seine Reaktion, beobachtete, wie sich sein Mienenspiel so rasch änderte, dass man die aufeinander folgenden Gefühle fast nicht erkennen konnte. Tiefer Schock, Unglaube, aufkommende Freude – und dann Entsetzen. Ein so großes Entsetzen, dass es seine Augen blicklos und trüb werden ließ.

„Katherine", stammelte er. „Aber das ist unmöglich. Es kann nicht sein. Du bist tot ..."

„Stefan ..." begann Elena. Doch er achtete nicht auf sie.

Katherine kicherte hinter vorgehaltener Hand. „Du wachst auch auf", befahl sie und schaute auf Elenas andere Seite. Elena fühlte eine Welle von Kraft neben sich aufleben. Nach einem kurzen Moment hob Damon langsam den Kopf und blinzelte. Dann lächelte er. Es war ein schwaches und schmerzerfülltes Lächeln, aber man konnte es erkennen.

„Unser süßes, weißes Kätzchen", flüsterte er heiser. „Ich hätte es wissen müssen."

„Und trotzdem hast du es nicht gemerkt, stimmt's?" erklärte Katherine eifrig wie ein Kind, das ein Spiel spielt. „Selbst du hast es nicht erraten. Ich habe alle getäuscht." Sie lachte wieder. „Es hat so viel Spass gemacht, dich zu beobachten, während du Stefan beobachtet hast. Und keiner von euch beiden hatte eine Ahnung, dass ich da war. Ich habe dich sogar einmal gekratzt!" Sie krümmte ihre Finger zu Krallen und ahmte den Pfotenschlag eines Kätzchens nach.

„Bei Elena zu Hause. Ja, ich erinnere mich“, sagte Damon langsam. Er schien weniger ärgerlich als leicht belustigt zu sein. „Nun, du bist tatsächlich ein Jäger. Die Dame und der Tiger zugleich.“

„Und ich habe Stefan in den Brunnen geworfen“, prahlte Katherine. „Ich sah euch zwei kämpfen. Es hat mir gefallen. Ich folgte Stefan zum Waldrand und, schwupps ...“ Sie klappte ihre gewölbten Hände zusammen wie jemand, der eine Motte fängt. Dann öffnete sie sie langsam, schaute hinein, als sei wirklich etwas darin gefangen, und kicherte wieder. „Ich wollte ihn eigentlich dort behalten, um mit ihm zu spielen“, gestand sie. Dann schob sie die Unterlippe vor und schaute Elena rachsüchtig an. „Aber du hast ihn mir weggenommen. Das war gemein, Elena. Das hättest du nicht tun sollen.“

Die schreckliche, naive Verschlagenheit war aus ihrem Gesicht gewichen, und einen Moment erhaschte Elena den Blick auf eine von tödlichem Hass erfüllte Frau.

„Gierige Mädchen werden bestraft.“ Katherine trat drohend auf sie zu. „Und du bist ein gieriges Mädchen.“

„Katherine!“ Stefan war aus seiner Betäubung erwacht. „Willst du uns nicht erzählen, was du sonst noch getan hast?“

Abgelenkt ging Katherine einen Schritt zurück. Sie sah erst überrascht aus, dann geschmeichelt.

„Nun, wenn du es wirklich willst.“ Sie ergriff ihre Ellbogen mit den Händen und machte wieder eine Pirouette. Ihr goldenes Haar streifte über den Boden. „Nein“, entschied sie fröhlich, drehte sich um und zeigte auf ihre drei Gefangenen. „Ihr müsst raten. Ihr ratet, und ich sage euch, ob es richtig oder falsch ist. Fangt an!“

Elena schluckte und warf einen heimlichen Blick auf Stefan. Sie sah keinen Sinn darin, Katherine hinzuhalten. Am Ende würde doch alles auf dasselbe hinauslaufen. Aber ein innerer Instinkt riet ihr, so lange wie möglich am Leben festzuhalten.

„Du hast Vickie angegriffen“, begann sie vorsichtig. Ihre Stimme klang in ihren eigenen Ohren einschmeichelnd, dabei war sie ihrer Sache jetzt sicher. „Das Mädchen in jener Nacht in der Kirchenruine.“

„Gut! Ja“, rief Katherine entzückt. Sie machte eine weitere katzenhafte Handbewegung mit gekrümmten Fingern. „Schließlich war sie in meiner Kirche“, fügte sie nüchtern hinzu. „Und was sie und dieser Junge da trieben! Na, so etwas tut man nicht in einer Kirche. Also habe ich sie gekratzt!“ Katherine zog das Wort in die Länge und führte es mit einer Geste vor, als erzählte sie die Geschichte einem kleinen Kind. „Und ... ich habe das Blut aufgeleckt!“ Sie fuhr sich mit ihrer Zunge über die blassrosa Lippen. Dann deutete sie auf Stefan. „Du bist als nächster dran!“

„Seither ist sie besessen von dir“, erwiderte Stefan. Er spielte nicht, sondern sprach nur eine grässliche Tatsache aus.

„Ja. Aber damit sind wir fertig! Erzähl etwas anderes“, fauchte Katherine verstimmt. Dann spielten ihre Finger flink mit den Knöpfen ihres Kleides, und Elena wurde an Vickie erinnert, wie sie sich vor der voll besetzten Cafeteria auszog. „Ich habe sie dazu gebracht, dumme Sachen zu machen.“ Katherine lachte. „Es hat Spaß gemacht, mit ihr zu spielen.“

Elenas Arme waren taub und völlig verkrampft. Es fiel ihr auf, dass sie ständig gegen die Fesseln ankämpfte. Katherines Worte widerten sie so an, dass sie nicht stillhalten konnte. Sie zwang sich, damit aufzuhören und sich stattdessen zurückzulehnen, um etwas Gefühl in ihre erstarrten Hände zu bekommen. Was sie tun würde, wenn es ihr tatsächlich gelingen würde, sich zu befreien, wusste sie noch nicht, doch sie musste es zumindest versuchen.

„Neuer Versuch, neues Glück.“ Katherines Stimme hatte einen gefährlichen Klang angenommen.

„Warum behauptest du, es sei deine Kirche?“ fragte Damon. Er schien immer noch leicht belustigt, als würde ihm das alles nichts ausmachen. „Was ist mit Honoria Fell?“

„Ach, die alte Hexe!“ spottete Katherine. Sie schaute hinter Elena. Ihr Mund war verzogen, ihre Augen glühten vor Hass. Elena fiel zum ersten Mal auf, dass sie dem Eingang der Krypta mit dem geschändeten Grab gegenübersaßen. Vielleicht würde Honoria ihnen helfen ...

Aber dann erinnerte sie sich an jene ruhige, immer leiser werdende Stimme. *Das ist die einzige Hilfe, die ich euch geben kann.* Und sie wusste, dass keine Rettung von dort kommen würde.

Als ob sie Elenas Gedanken gelesen hätte, sagte Katherine: „Sie kann gar nichts tun. Sie ist nur noch ein Haufen alter Knochen.“ Die graziösen Hände machten Gesten, als würde Katherine diese Knochen zerbrechen. „Sie kann nur reden. Und oft genug habe ich verhindert, dass du sie hörst.“ Ihre Miene verdüsterte sich wieder, und Elena fühlte kurz Angst in sich aufsteigen.

„Du hast Bonnies Hund Yangtze getötet“, fuhr sie fort. Es war ein Schuss ins Blaue, ein Versuch, Katherine abzulenken. Aber es klappte.

„Ja! Das war lustig. Ihr kamt alle aus dem Haus gerannt und fingt an zu klagen und zu weinen ...“ Katherine spielte die

Szene in einer Pantomime nach: der kleine Hund, der vor Bonnies Haus lag, die Mädchen, die hinauseilten und seine Leiche fanden. „Er schmeckte schlecht, aber er war es wert. Ich bin Damon dorthin gefolgt. Er war in Gestalt einer Krähe. Wie oft bin ich ihm nachgeschlichen ... Wenn ich gewollt hätte, hätte ich die Krähe schnappen können und ...“ Sie machte eine wringende Handbewegung.

Bonnies Traum, dachte Elena, während es sie eiskalt überlief. Sie hatte nicht einmal gemerkt, dass sie laut gesprochen hatte, bis sie sah, dass Katherine und Stefan sie anblickten. „Bonnie hat von dir geträumt“, flüsterte sie. „Aber sie dachte, du seist ich. Sie erzählte mir, dass sie mich unter einem Baum stehen sah. Der Wind blies heftig. Und sie hatte Angst vor mir. Sie sagte, ich hätte so anders ausgesehen, bleich, und von meiner Haut ging ein merkwürdiges Leuchten aus. Dann flog eine Krähe vorbei, ich schnappte sie und drehte ihr den Hals um.“ Bittere Galle stieg in Elenas Kehle, und sie musste schlucken. „Aber das warst du.“

Katherine schien erfreut, als ob Elena damit ihre Taten noch aufwerten würde. „Man träumt oft von mir“, sagte sie stolz. „Deine Tante – sie träumt auch von mir. Ich rede ihr ein, dass es ihre Schuld sei, dass du gestorben bist. Sie glaubt, dass du selbst ihr das erzählst.“

„Oh, Gott ...“

„Ich wünschte, du wärst tatsächlich gestorben“, fuhr Katherine fort. Ihr Gesicht war voller Hass. „Du hättest sterben sollen. Schließlich habe ich dich lange genug im Fluss festgehalten. Aber du warst ein solches Flittchen, hast Blut von beiden getrunken, dass du zurückgekommen bist. Was soll's?“ Sie lächelte nachlässig. „So kann ich eben länger mit dir spielen. An jenem Tag habe ich die Beherrschung verloren, weil ich mit ansehen musste, wie Stefan dir meinen Ring gegeben hat. Meinen Ring!“ Sie wurde lauter. „Den Ring, den ich ihm hinterlassen habe, damit er sich an mich erinnert! Und er schenkt ihn dir! Da wusste ich, dass ich nicht mehr nur mit ihm spielen würde. Ich musste Stefan vernichten!“

Stefans Blick war leidend und verwirrt. „Aber ich hielt dich für tot“, sagte er. „Du warst tot. Vor fünfhundert Jahren bist du gestorben, Katherine ...“

„Oh, das war das erste Mal, dass ich euch hinters Licht geführt habe.“ Aber es lag jetzt keine Freude mehr in ihrem Tonfall. Sie klang mürrisch. „Ich hatte alles mit Gudren geplant, meiner Dienerin. Ihr zwei wolltet meine Wahl ja nicht akzeptieren“, brach es aus ihr heraus. Sie blickte wütend von Stefan zu Damon. „Ich wollte, dass wir alle zusammen glücklich werden. Ich liebte euch. Ich liebte euch beide. Aber das war nicht gut genug für euch!“

Katherines Miene hatte sich wieder geändert, und Elena erkannte jetzt das verletzte Kind von vor fünf Jahrhunderten. So also muss Katherine damals ausgesehen haben, dachte sie verwundert. Die großen, blauen Augen füllten sich tatsächlich mit Tränen.

„Ich wollte, dass ihr euch endlich wie Brüder liebt“, fuhr Katherine fort. Sie schien leicht verwirrt. „Aber ihr brachtet es nicht fertig. Und ich fühlte mich schrecklich. Ich dachte, wenn ihr mich für tot haltet, würdet ihr euch lieben. Und ich wusste, dass ich sowieso weggehen musste, bevor Papa einen Verdacht schöpfte, was ich war. So haben Gudren und ich alles in die Wege geleitet.“

Katherine schien völlig in ihre Erinnerungen verloren. „Ich

ließ mir einen zweiten Talisman gegen die Sonne machen, und gab Gudren meinen Ring. Und sie nahm mein weißes Kleid, mein bestes weißes Kleid und Asche vom Herd. Wir verbrannten Fett, damit die Asche den richtigen Geruch bekam. Dann legte sie alles in die Sonne unter den Baum, wo ihr es finden würdet, zusammen mit meiner Nachricht. Ich war nicht sicher, ob ihr euch täuschen lassen würdet, aber es geschah. Doch dann", Katherines Gesicht war voller Trauer, „habt ihr alles falsch gemacht. Ihr solltet um mich klagen, weinen und einander trösten. Ich hatte dieses Opfer doch für euch gebracht. Aber stattdessen ranntet ihr los und holtet eure Schwerter. Warum habt ihr das getan?"

Es war ein Aufschrei, der aus vollstem Herzen kam. „Warum habt ihr mein Geschenk nicht angenommen? Ihr habt es mit Füßen getreten! In meiner Nachricht habe ich euch mitgeteilt, dass ich eure Versöhnung wollte. Aber ihr habt nichts begriffen und eure Schwerter geholt. Ihr habt euch gegenseitig getötet! Warum?"

Tränen liefen ihr die Wangen hinunter, und auch Stefans Gesicht war nass. „Wir waren dumm", sagte er, genauso in der Vergangenheit gefangen wie sie. „Wir haben einander die Schuld an deinem Tod gegeben, und wir waren so dumm ... Katherine, hör mir zu. Es war mein Fehler. Ich war derjenige, der Damon angegriffen hat. Und es tut mir Leid. Du weißt gar nicht, wie sehr ich es seither bereut habe. Du weißt nicht, wie viele Male ich darüber nachgedacht und mir gewünscht habe, ich könnte etwas tun, um es rückgängig zu machen. Ich hätte alles dafür gegeben. Alles! Ich habe meinen Bruder getötet ..." Seine Stimme versagte, und er weinte hemmungslos. Elena, der vor Kummer fast das Herz brach, wandte sich hilflos an

Damon und merkte, dass er sie gar nicht wahrnahm. Der amüsierte Ausdruck war verschwunden, und sein Blick mit äußerster Konzentration auf Stefan geheftet.

„Katherine, hör mir zu." Stefan fand zitternd die Sprache wieder. „Wir haben uns alle genug verletzt. Bitte, lass uns jetzt gehen. Oder behalte mich, wenn du es willst, aber lass die anderen frei. Ich bin derjenige, den alle Schuld trifft. Halte mich gefangen, ich werde alles tun, was du willst ..."

Katherines feuchte blaue Augen waren mit unendlicher Trauer gefüllt. Elena wagte kaum zu atmen, um den Bann nicht zu brechen, unter dem sich das zierliche Mädchen zu Stefan wandte, einen Ausdruck von Verlangen und Sanftheit auf dem Gesicht.

Doch dann gewann das Eis in ihr wieder Überhand, und die Tränen froren auf ihren Wangen. „Das hättest du dir vor langer Zeit überlegen müssen", sagte sie. „Damals hätte ich auf dich gehört. Zuerst war ich traurig, dass ihr euch getötet hattet. Ganz allein floh ich zurück nach Hause, in mein altes Dorf nach Deutschland, und ließ sogar Gudren zurück. Aber ich besaß nichts mehr, nicht einmal ein neues Kleid, und ich war hungrig und fror. Ich wäre verhungert, wenn Klaus mich nicht gefunden hätte."

Klaus. Trotz ihres Ensetzens erinnerte sich Elena an etwas, das Stefan ihr erzählt hatte. Klaus war der Mann gewesen, der Katherine zu einem Vampir gemacht hatte. Der Mann, von dem die Dorfbewohner behauptet hatten, dass er abgrundtief böse war.

„Klaus hat mich die Wahrheit gelehrt", fuhr Katherine fort. „Er zeigte mir, wie die Welt wirklich ist. Du musst stark sein und dir die Dinge nehmen, die du haben willst. Du darfst nur an dich selbst denken. Und ich bin jetzt die Stärkste von allen. Wollt ihr wissen, wie ich so wurde?“

Sie beantwortete die Frage, ohne auf eine Reaktion zu warten. „Leben. So viele Leben. Von Menschen und Vampiren, und sie sind alle jetzt in mir. Ich habe Klaus nach einem oder zwei Jahrhunderten umgebracht. Er war sogar überrascht. Er hatte nicht erkannt, wie viel ich gelernt hatte. Ich war glücklich, Leben zu nehmen und mich selbst mit ihnen anzufüllen. Aber dann erinnerte ich mich an euch, euch beide, und an das, was ihr getan habt. Wie ihr mein Geschenk behandelt hattet. Und mir war klar, dass ich euch bestrafen musste. Schließlich fand ich heraus, wie ich es anstellen könnte.

Ich brachte euch beide hierher. Dir habe ich den Gedanken eingeflößt, hierher zu kommen, Stefan. Ich führte dich zu diesem Ort. Und dann ging ich sicher, dass Damon dir folgen würde. Elena war hier. Ich glaube, sie muss irgendwie mit mir verwandt sein. Sie gleicht mir. Ich wusste, dass du sie sehen und dich schuldig fühlen würdest. Aber du solltest dich nicht in sie verlieben!“ Das Bedauern in ihrer Stimme machte Wut Platz. „Du solltest mich nicht vergessen! Du solltest ihr nicht meinen Ring geben!“

„Katherine ...“

Katherines Worte überschlugen sich fast. „Oh, du hast mich so zornig gemacht! Und jetzt werde ich dafür sorgen, dass es dir Leid tut! Ich weiß, wen ich am meisten hasse, und das bist du, Stefan! Denn dich habe ich auch am meisten geliebt!“ Sie schien sich wieder unter Kontrolle zu bekommen, wischte die letzten Tränenspuren von ihren Wangen ab und richtete sich mit übertriebener Würde auf.

„Damon hasse ich nicht so sehr“, erklärte sie. „Es könnte

sogar sein, dass ich ihn am Leben lasse.“ Ihre Augen verengten sich und weiteten sich wieder, als sie einen Einfall hatte. „Hör zu, Damon“, flüsterte sie verschwörerisch. „Du bist nicht so dumm wie Stefan. Du weißt, wie die Dinge wirklich sind. Ich habe selbst gehört, wie du es gesagt hast. Ich habe die Dinge gesehen, die du getan hast.“

Sie lehnte sich nach vorn. „Ich bin so einsam gewesen, seit Klaus tot ist. Du könntest mir Gesellschaft leisten. Du brauchst nur zu sagen, dass du mich am liebsten magst. Wenn ich sie dann getötet habe, werden wir fortgehen. Du darfst sogar das Mädchen töten, wenn du willst. Was hältst du davon?“

Oh, Gott, dachte Elena, erneut von Abscheu erfüllt. Damons Blick war auf Katherines große, blaue Augen gerichtet. Er schien ihr Gesicht zu durchforschen. Und die leichte Belustigung war in seine Miene zurückgekehrt. Oh, Gott, dachte Elena. Bitte, nicht ...

Langsam und nachlässig begann Damon zu lächeln.

15. KAPITEL

Elena beobachtete Damon mit stummem Entsetzen. Sie kannte dieses hintergründige Lächeln nur zu gut. Doch während ihr das Herz schwer wurde, stellte ihr der Verstand eine spöttische Frage. Welchen Unterschied machte es schon? Sie und Stefan würden sowieso sterben. Es war nur vernünftig für Damon, sich selbst zu retten. Und es war falsch zu erwarten, dass er gegen seine Natur handeln würde.

Sie betrachtete das schöne, launenhafte Gesicht und fühlte Trauer wegen dem, was Damon hätte sein können.

Katherine erwiderte sein Lächeln erfreut. „Wir werden so glücklich miteinander sein. Wenn sie einmal tot sind, werde ich dich freilassen. Ich wollte dir nicht wehtun. Nicht wirklich. Ich war nur so zornig." Sie streckte ihre Hand aus und streichelte seine Wange. „Es tut mir Leid."

„Katherine", sagte er und lächelte immer noch.

„Ja." Sie lehnte sich näher heran.

„Ja, Damon?"

„Fahr zur Hölle."

Elena zuckte vor dem zurück, was als nächstes geschah, noch bevor es einsetzte. Sie fühlte den Ausbruch wilder Kraft. Bösartiger, ungezügelter Kraft. Sie schrie auf, als Katherine sich verwandelte. Das liebliche Gesicht verzerrte sich zu etwas, das weder Mensch noch Tier war. Ein rotes Glühen erschien in ihren Augen, als sie über Damon herfiel und ihre langen Fänge in seine Kehle senkte.

Messerscharfe Klauen fuhren aus ihren Fingernägeln, und sie zerriss damit Damons bereits verwundete Brust, zerfetzte seine Haut, während das Blut in Strömen floss. Elena schrie und schrie und spürte nur flüchtig den Schmerz in ihren Armen, während sie gegen die Fesseln ankämpfte. Sie hörte Stefan ebenfalls schreien, aber über allem den ohrenbetäubenden Klang von Katherines telepathischer Stimme.

Jetzt wird es dir Leid tun! Jetzt werde ich dafür sorgen, dass du es bereust! Ich werde dich töten! Ich werde dich töten! Töten! Töten!

Schon allein die Worte schmerzten. Sie waren wie Dolche, die sich in Elenas Verstand bohrten. Die unbändige Kraft dahinter lähmte sie und schleuderte sie zurück gegen die Eisenstäbe. Aber es gab kein Entkommen vor ihnen. Das Echo umgab sie von allen Seiten und hämmerte sich in ihren Kopf.

Ich töte dich! Töte dich! Töte dich!

Elena wurde ohnmächtig.

Meredith kauerte neben Tante Judith in der Abstellkammer, verlagerte ihr Gewicht und versuchte, die Laute draußen vor der Tür zu deuten. Die Hunde waren in den Keller eingedrungen. Sie war sich nicht sicher, wie, eigentlich konnten sie nur mit ihren Schnauzen die Kellerfenster zerbrochen haben. Jetzt waren sie vor der Abstellkammer, aber Meredith konnte nicht erkennen, was sie taten.

Es war totenstill.

Margaret, die auf Roberts Schoß saß, wimmerte kurz auf.

„Still“, flüsterte Robert schnell. „Es wird alles wieder gut, Liebling. Alles wird wieder gut.“

Meredith begegnete seinem entschlossenen Blick über Margarets blonden Locken. Und wir hatten dich schon beinahe zur ‚anderen Macht‘ gestempelt, dachte sie. Aber jetzt war nicht die Zeit, darüber nachzudenken.

„Wo ist Elena? Elena hat versprochen, dass sie mich beschützen wird“, fragte Margaret mit weit aufgerissenen, ernsten Augen. „Und dass sie sich immer um mich kümmern wird.“

Tante Judith legte sich entsetzt die Hand auf den Mund.

„Das tut sie auch“, flüsterte Meredith. „Sie hat mich nur als Stellvertreterin geschickt. Das ist die Wahrheit“, fügte sie heftig hinzu und sah, wie Roberts vorwurfsvoller Blick sich in Verwunderung wandelte.

Draußen hatte die Stille kratzenden und kauenden Geräuschen Platz gemacht. Die Hunde hatten begonnen, die Tür zu bearbeiten.

Robert drückte Margarets Kopf fester an seine Brust.

Bonnie wusste nicht, wie lange sie schon gearbeitet hatten. Stunden bestimmt. Eher eine Ewigkeit. Die wilden Hunde waren durch die Küche und durch die alten Holztüren an der Seite eingedrungen. Bisher war nur ungefähr ein Dutzend an den Barrikaden aus Feuer vorbeigekommen, die vor den Öffnungen errichtet worden waren. Und die Männer mit den Gewehren hatten sich um die meisten von ihnen gekümmert.

Aber Mr. Smallwood und seine Leute standen jetzt ohne Munition da. Und auch das brennbare Material drohte zur Neige zu gehen.

Vickie war irgendwann am Abend hysterisch geworden. Sie hatte geschrien und sich den Kopf gehalten, als hätte sie schreckliche Schmerzen. Schließlich war sie ohnmächtig geworden.

Bonnie ging zu Matt, der über das Feuer hinweg zu der demolierten Tür schaute. Sie wusste, er hielt nicht nach den Hunden Ausschau, sondern nach etwas, das viel weiter entfernt war. Etwas, das man von hier nicht erkennen konnte.

„Du musstest gehen, Matt", sagte sie. „Es gab nichts, was du noch hättest tun können." Er antwortete weder, noch drehte er sich um.

„Die Morgendämmerung bricht bald an. Vielleicht geben die Hunde dann auf." Aber selbst, während sie die Worte aussprach, glaubte sie nicht daran.

Matt schwieg immer noch. Bonnie berührte seine Schulter. „Stefan ist bei ihr. Stefan ist da."

Endlich gab Matt eine Regung von sich. Er nickte. „Stefan ist da."

Wild knurrend brach ein weiterer Schatten aus der Dunkelheit.

Es war viel später, als Elena langsam wieder zu Bewusstsein kam. Sie wusste es, weil sie jetzt sehen konnte. Graues, kaltes Dämmerlicht fiel von oben durch die Öffnung der Krytpa hinein und mischte sich in den Schein der Hand voll Kerzen, die Katherine vor einiger Zeit angezündet hatte.

Sie konnte Damon erkennen. Er lag auf dem Rücken, seine Fesseln waren genauso wie seine Kleider zerfetzt. Das Licht war hell genug, um das volle Ausmaß seiner Verletzungen zu sehen. Elena fragte sich, ob er überhaupt noch am Leben war. So reglos, wie er dalag, konnte er genauso gut tot sein.

Damon? dachte sie. Erst danach fiel ihr auf, dass sie den Namen nicht ausgesprochen hatte. Irgendwie hatte Katherines Schreien einen Kreis in ihrem Kopf geschlossen oder vielleicht etwas Schlafendes geweckt. Und Matts Blut hatte zweifellos mitgeholfen und ihr die Stärke gegeben, endlich ihre telepathische Stimme zu finden.

Sie wandte den Kopf zur anderen Seite. *Stefan?*

Sein Gesicht war schmerverzerrt, aber er war voll bei Bewusstsein. Fast zu bewusst. Elena wünschte sich beinahe, dass er dem, was passierte, so gefühllos wie Damon gegenüberstehen würde.

Elena, erwiderte er.

Wo ist sie? Elena ließ ihre Blicke langsam durch den Raum schweifen.

Stefan schaute zur Öffnung der Krypta. *Sie ist vor einer*

Weile dort hinaufgegangen. Vielleicht, um nachzusehen, was die Hunde machen.

Elena hatte geglaubt, das Maß an Furcht und Entsetzen sei für sie voll erreicht, aber das stimmte nicht. Sie hatte nicht an die anderen gedacht.

Elena, es tut mir Leid. Stefans Gesicht sagte, was er mit Worten nicht ausdrücken konnte.

Es ist nicht deine Schuld, Stefan. Du hast ihr das nicht angetan. Sie hat es selbst verursacht. Oder – es ist geschehen, weil sie ist, was sie ist. Was wir sind. Elena erinnerte sich daran, wie sie Stefan im Wald angegriffen und was sie gefühlt hatte, als sie zu Mr. Smallwood rannte und ihre Rache plante. *Ich hätte es sein können,* sagte sie.

Nein! Du hättest nie so werden können.

Elena schwieg. Wenn sie jetzt die Kraft hätte, was würde sie mit Katherine tun? Besser, was würde sie ihr nicht antun wollen? Aber sie wusste, es würde Stefan nur aufregen, wenn sie weiter darüber sprach.

Ich dachte, Damon würde uns verraten, sagte sie stattdessen.

Ich auch. Stefan betrachtete seinen Bruder mit einem merkwürdigen Gesichtsausdruck.

Hasst du ihn immer noch?

Stefans Blick verdüsterte sich. *Nein,* erwiderte er leise. *Nein, ich hasse ihn nicht mehr.*

Elena nickte. Irgendwie war das sehr wichtig. Dann zuckte sie zusammen. Alle Nerven waren zum Zerreißen angespannt, als etwas den Eingang zur Krypta verdunkelte. Stefan erstarrte ebenfalls.

Sie kommt, Elena ...

Ich liebe dich, Stefan, gestand Elena hoffnungslos, als ein nebelhafter, weißer Schatten herunterwirbelte.

Katherine nahm vor ihnen Gestalt an.

„Ich weiß nicht, wie das passieren konnte", erklärte sie verstimmt. „Aber du blockierst meinen Tunnel." Sie schaute hinter Elena zu dem Loch in der Wand. „Ich habe ihn benutzt, um zu kommen und zu gehen", fuhr sie fort und schien dabei Damons Körper zu ihren Füßen keinerlei Beachtung zu schenken. „Er verläuft unter dem Fluss. So muss ich fließendes Wasser nicht überqueren. Stattdessen unterlaufe ich es, wenn man so will." Sie schaute vom einen zum anderen, als erwarte sie Applaus für den Witz.

Natürlich, dachte Elena. Wie konnte ich nur so dumm sein. Damon ist in Alarics Wagen mit uns über den Fluss gefahren. Er hat damals fließendes Wasser überquert und sicher schon viele Male zuvor. Er konnte gar nicht die „andere Macht" sein.

Komisch, dass ihr jetzt so etwas einfiel, obwohl sie so verängstigt war. Es schien, als würde ein Teil ihres Verstandes das Schauspiel aus der Entfernung betrachten.

„Ich werde euch jetzt töten", verkündete Katherine im Plauderton. „Dann werde ich unter dem Fluss zur Stadt gehen und eure Freunde vernichten. Die Hunde haben es bisher, glaube ich, noch nicht geschafft. Aber ich werde mich selbst darum kümmern."

„Lass Elena frei", bat Stefan. Seine Stimme klang gedämpft, doch gleichzeitig zwingend.

„Ich habe mich noch nicht entschieden, wie ich es tun werde." Katherine achtete nicht auf ihn. „Ich könnte euch rösten. Das Licht ist jetzt fast hell genug. Und ich habe das hier." Sie griff in den Ausschnitt ihres Kleides. „Eins, zwei, drei“, sagte sie und ließ zwei silberne und einen goldenen Ring auf den Boden fallen. Ihre Steine waren so blau wie Katherines Augen, blau wie der Edelstein in dem Halsband um ihren Hals.

Elena verdrehte hektisch die Hand und fühlte die Blöße an ihrem Ringfinger. Es stimmte. Sie hätte niemals geglaubt, wie nackt sie sich ohne den kleinen Metallreif fühlen würde. Er war notwendig für ihr Leben, für ihr Überleben. Ohne ihn ...

„Ohne die werdet ihr sterben“, erklärte Katherine und schob die Ringe nachlässig mit der Fußspitze hin und her. „Aber ich weiß nicht, ob langsam genug.“

Sie ging fast bis zum anderen Ende der Krypta zurück. Ihr silbernes Kleid schimmerte im dämmrigen Licht.

Da kam Elena der Einfall.

Sie konnte ihre Hände bewegen. Jedenfalls genug, um die eine mit der anderen zu berühren, und genug, um zu wissen, dass sie nicht mehr taub waren. Die Fesseln hatten sich gelöst.

Aber Katherine war stark. Unglaublich stark. Und auch schneller als Elena. Selbst wenn Elena sich befreien konnte, hatte sie nur Zeit für eine blitzartig ausgeführte Tat.

Sie drehte das eine Handgelenk und fühlte, wie die Seile nachgaben.

„Es gibt noch andere Arten“, überlegte Katherine gerade. „Ich könnte euch schneiden und zusehen, wie ihr blutet. Ich spiele gern den Zuschauer.“

Elena biss die Zähne fest zusammen und verstärkte den Druck auf das Seil. Ihre Hand war auf qualvolle Art verdreht, aber sie machte dennoch weiter und fühlte, wie die Fesseln zur Seite glitten.

„Oder Ratten“, meinte Katherine nachdenklich. „Ratten

könnten auch Spaß machen. Ich könnte ihnen befehlen, wann sie anfangen sollen und wann aufhören."

Die andere Hand zu befreien, war viel einfacher. Elena versuchte, sich nicht anmerken zu lassen, was hinter ihrem Rücken geschah. Sie hätte gern Stefan auf telepathischem Weg gerufen, doch sie wagte es nicht. Nicht, wenn auch nur die geringste Chance bestand, dass Katherine es hören konnte.

Katherines Hin- und Herlaufen hatte sie geradewegs zu Stefan geführt. „Ich glaube, ich werde mit dir anfangen", sagte sie und schob ihr Gesicht nah an ihn heran. „Ich bin wieder hungrig. Und du bist so süß, Stefan. Ich hatte ganz vergessen, wie süß."

Auf dem Boden befand sich ein Rechteck aus grauem Licht. Die Morgendämmerung. Es fiel durch die Öffnung der Krypta herein. Katherine war bereits draußen in diesem Licht gewesen. Aber ...

Katherine lächelte plötzlich. Ihre blauen Augen strahlten. „Ich weiß! Ich werde dich fast aussaugen und dich dann zwingen zuzuschauen, wie ich sie töte. Ich werde gerade genug Kraft in dir übrig lassen, dass du sie sterben siehst, bevor du selbst stirbst. Ist das nicht ein guter Plan?" Sie klatschte fröhlich in die Hände, machte wieder eine Pirouette und tanzte davon.

Nur noch einen Schritt, dachte Elena. Sie beobachtete, wie sich Katherine dem Rechteck aus Licht näherte. Nur noch ein Schritt ...

Katherine machte den Schritt. „Das ist es!" Sie begann, sich zu drehen. „Was für eine gute ..."

Jetzt!

Elena riss ihre verkrampften Arme aus den letzten Schlingen der Fesseln und stürzte sich auf sie. Es war wie der Angriff einer verletzten Katze. Ein verzweifelter Sprung, um das Opfer zu erreichen. Nur ein Versuch. Nur eine Hoffnung.

Sie traf Katherine mit ihrem vollem Gewicht. Der Aufprall schleuderte beide in das Rechteck aus Licht. Sie fühlte, wie Katherines Kopf auf dem Steinboden aufschlug.

Und spürte einen entsetzlichen Schmerz, als ob ihr eigener Körper in Gift getaucht worden wäre. Es war ein Gefühl wie das brennende Ausgedörrtsein, das den Hunger begleitet, nur viel stärker. Tausendmal stärker. Und unerträglich.

„Elena!“ schrie Stefan.

Stefan, dachte sie. Unter ihr sammelte sich die Kraft, als Katherines erstaunter Blick sich auf sie konzentrierte. Ihr Mund verzog sich voll rasender Wut, die messerscharfen Fangzähne schossen hervor. Sie waren so lang, dass sie ihr in die Unterlippe schnitten. Das verzerrte Maul öffnete sich zu einem Heulen.

Elena tastete mit ungeschickter Hand nach Katherines Hals. Ihre Finger schlossen sich um das kühle Metall von Katherines Halsband. Mit all ihrer Kraft riss sie daran und fühlte, wie die Kette nachgab. Sie versuchte, sie an sich zu nehmen, doch ihre Finger waren zu dick und steif, und Katherine griff wie wild danach. Die Kette wurde in den Schatten geschleudert.

„Elena!“ schrie Stefan entsetzt.

Sie fühlte sich, als würde ihr Körper mit Licht erfüllt. Als ob sie durchsichtig würde. Nur, dass das Licht Schmerz bedeutete. Unter ihr schaute Katherines verzerrtes Gesicht direkt in den Winterhimmel. Statt eines Heulens erklang jetzt ein Schreien, das immer höher wurde.

Elena versuchte wegzurobben, aber ihr fehlte die Kraft. In Katherines Gesicht erschienen Risse aus Feuer und verzehrten es. Das Schreien erreichte einen schrecklichen Höhepunkt. Katherines Haar ging in Flammen auf, ihre Haut wurde schwarz. Elena spürte das Feuer über und unter sich.

Dann packte sie jemand bei den Schultern und riss sie fort. Die Kühle der Schatten war wie Eiswasser. Jemand drehte sie herum und umarmte sie behutsam.

Sie sah, dass Stefans Arme dort roh und blutig waren, wo sie der Sonne ausgesetzt gewesen waren und er sich von den Fesseln losgerissen hatte. Sie sah sein Gesicht, das erfüllt war von unermesslichem Entsetzen und Leid. Dann verschwamm ihr Blick, und sie sah nichts mehr.

Meredith und Robert, die auf die blutbefleckten Schnauzen der Hunde schlugen, die durch das Loch in der Tür drängten, hielten verwirrt inne. Die schrecklichen Zähne hatten aufgehört, nach ihnen zu schnappen. Eine der Schnauzen zuckte und drehte sich weg. Meredith sah, dass die Augen der Hunde benommen und milchig waren. Die Tiere bewegten sich nicht mehr. Sie blickte zu Robert, der keuchend innehielt.

Aus dem Keller drang kein Geräusch mehr. Alles war still.

Aber sie wagten noch nicht zu hoffen.

Vickies irres Schreien hörte abrupt auf. Der Hund, der seine Zähne in Matts Schenkel gesenkt hatte, erstarrte. Ein heftiges Zucken überlief ihn, dann gab er Matt frei. Nach Atem ringend, schaute Bonnie hinter das verlöschende Feuer. Es war gerade hell genug, um Körper anderer Hunde zu erkennen, die draußen lagen, wo sie hingefallen waren.

Sie und Matt lehnten sich aneinander und sahen sich verwirrt um.

Es hatte endlich aufgehört zu schneien.

Langsam öffnete Elena die Augen.

Alles war klar und ruhig.

Sie war froh, dass das kreischende Schreien vorbei war. Das war schlimm gewesen. Es hatte geschmerzt.

Jetzt tat nichts mehr weh. Sie fühlte sich, als sei ihr Körper wieder mit Licht erfüllt. Aber diesmal war kein Schmerz dabei. Es war, als ob sie schwebte, sehr hoch und leicht, auf großen Wogen von Luft. Sie fühlte sich fast, als hätte sie keinen Körper mehr.

Elena lächelte.

Den Kopf zu bewegen, tat nicht weh, obwohl es das leichte, schwebende Gefühl verstärkte. In dem bleichen Rechteck des Lichts auf dem Boden sah sie die rauchenden Überreste eines silbernen Kleides. Katherines Lüge von vor fünfhundert Jahren war Wirklichkeit geworden.

Das war es also. Elena schaute fort. Sie wünschte jetzt niemandem etwas Böses und wollte keine Zeit auf Katherine verschwenden. Es gab so viele wichtigere Dinge.

„Stefan“, begann sie, seufzte und lächelte. Oh, das war so schön. So musste ein Vogel sich fühlen.

„Ich wollte nicht, dass es so endet“, fuhr sie leise und ein wenig bedauernd fort. Seine grünen Augen waren nass. Sie füllten sich wieder, doch er erwiderte ihr Lächeln.

„Ich weiß“, sagte er. „Ich weiß, Elena.“

Er verstand. Und das war gut, das war wichtig. Es war jetzt leicht, die Dinge zu erkennen, die wirklich zählten. Und Stefans Verständnis bedeutete ihr mehr als alles andere auf der Welt.

Es schien ihr unendlich lange her zu sein, seit sie ihn richtig betrachtet hatte. Seit sie sich die Zeit genommen hatte, zu würdigen, wie schön er war, mit seinem dunklen Haar und den Augen, grün wie Eichenblätter. Aber sie erkannte es jetzt und sah seine Seele durch seine Augen scheinen. Es war es wert, dachte sie. Ich wollte nicht sterben, ich will es auch jetzt nicht. Aber ich würde es wieder so machen, wenn ich müsste.

„Ich liebe dich“, flüsterte er und drückte ihre ineinander verschlungenen Hände.

Diese merkwürdige, einschläfernde Leichtigkeit wiegte sie sanft. Sie konnte Stefans Umarmung kaum spüren.

Eigentlich hatte sie geglaubt, schreckliche Angst haben zu müssen. Aber sie fürchtete sich nicht. Nicht, solange Stefan bei ihr war.

„Die Menschen auf dem Ball. Sie sind jetzt in Sicherheit, nicht wahr?“ fragte sie.

„Sie sind in Sicherheit“, erwiderte Stefan. „Du hast sie gerettet.“

„Ich habe mich nicht von Bonnie und Meredith verabschiedet. Oder von Tante Judith. Du musst ihnen sagen, dass ich sie liebe.“

„Das werde ich“, versprach Stefan.

„Du kannst es ihnen selbst sagen“, keuchte eine andere Stimme. Sie klang heiser und wie aus der Übung. Damon hatte sich über den Boden an sie herangezogen. Sein Gesicht war verwüstet und blutverkrustet, aber seine dunklen Augen brannten sich in ihre. „Benutze deinen Willen, Elena. Halte durch. Du hast die Kraft ...“

Sie lächelte ihn unsicher an. Sie kannte die Wahrheit. Was jetzt geschah, war nur das Ende von dem, was vor zwei Wochen begonnen hatte. Sie hatte dreizehn Tage gehabt, um die Dinge in Ordnung zu bringen, sich bei Matt zu entschuldigen und sich von Margaret zu verabschieden. Und Stefan zu sagen, dass sie ihn liebte. Doch die Gnadenfrist war nun vorbei.

Trotzdem gab es keinen Grund, Damon zu verletzen. Sie liebte ihn ja auch. „Ich werde es versuchen", versprach sie ihm.

„Wir bringen dich nach Hause", sagte er.

„Aber noch nicht", wies sie ihn sanft ab. „Warten wir noch ein kleines Weilchen."

Etwas geschah in seinen unergründlichen, dunklen Augen und der Funke der Willenskraft in ihnen erlosch. Dann erkannte sie, dass Damon es auch wusste.

„Ich habe keine Angst", versicherte sie ihm. „Nun, vielleicht ein bisschen." Benommenheit hatte sie überfallen. Sie fühlte sich sehr wohl, aber auch so, als würde sie jeden Moment einschlafen. Die Dinge entglitten ihr.

Sie fühlte einen Schmerz in ihrer Brust. Keine Furcht, sondern Bedauern. Es gab so viel, was sie vermissen würde, so viele Dinge, die sie gern noch getan hätte.

„Oh", flüsterte sie. „Wie merkwürdig:"

Die Wände der Krypta schienen zu schmelzen. Sie waren jetzt grau und wolkig, und es gab so etwas wie einen Eingang dort, wie eine Tür, die sich zu einem unterirdischen Raum öffnet. Nur, dass es ein Eingang zu einem anderen Licht war.

„Wie wunderschön", murmelte sie. „Stefan? Ich bin so müde."

„Du kannst dich jetzt ausruhen", flüsterte er.

„Du wirst mich nicht verlassen?“

„Nein.“

„Dann werde ich keine Angst haben.“

Etwas glänzte auf Damons Gesicht. Sie beugte sich zu ihm, berührte es und hob verwundert ihre Finger.

„Sei nicht traurig“, tröstete sie ihn und fühlte die kühle Feuchtigkeit auf ihren Fingerspitzen. Doch etwas machte ihr Sorgen. Wer würde Damon jetzt verstehen? Wer würde da sein, um ihn voranzutreiben, und versuchen zu sehen, was wirklich in ihm steckte?

„Ihr müsst jetzt füreinander sorgen“, sagte sie, als sie das erkannte. Ein wenig Kraft kam zu ihr zurück, wie eine Kerzenflamme, die im Windstoß noch einmal aufflackert. „Stefan, willst du es mir versprechen? Versprechen, dass ihr euch umeinander kümmert?“

„Ich verspreche es. Oh, Elena.“

Wogen von Schläfrigkeit überfielen sie. „Das ist gut, Stefan. Das ist gut.“

Der Eingang rückte näher, so nah, dass sie ihn jetzt berühren konnte. Sie fragte sich, ob ihre Eltern irgendwo dahinter waren.

„Zeit, nach Hause zu gehen“, flüsterte sie.

Und dann verschwanden die Schatten und die Dunkelheit, und es gab nur noch Licht.

Stefan hielt sie, während sich ihre Augen schlossen. Und dann hielt er sie weiter und ließ den Tränen freien Lauf, die er zurückgehalten hatte. Es war ein anderer Schmerz als damals, als er sie aus dem Fluss gezogen hatte. Jetzt lag kein Zorn darin, kein Hass, nur Liebe, eine Liebe, die ewig währen würde.

Doch der Schmerz war um so tiefer.

Er schaute auf das Rechteck aus Sonnenlicht, das nur einen oder zwei Schritte von ihm entfernt war. Elena war in dieses Licht gegangen. Sie hatte ihn hier allein zurückgelassen.

Nicht für lange, dachte er.

Sein Ring lag auf dem Boden. Er warf nicht einmal einen Blick darauf, als er aufstand, seine Augen auf den Sonnenstrahl gerichtet.

Eine Hand griff nach seinem Arm und zog ihn zurück.

Stefan schaute in das Gesicht seines Bruders.

Damons Augen waren dunkel wie die Nacht, und er hielt Stefans Ring. Während Stefan zusah, unfähig, sich zu bewegen, steckte er ihm den Ring an den Finger und ließ ihn los.

„Jetzt", sagte er und ließ sich mit schmerzverzerrtem Gesicht zurücksinken, „kannst du hingehen, wohin du willst." Er hob den Ring auf, den Stefan Elena gegeben hatte, und hielt ihn ihm ebenfalls hin. „Der gehört dir auch. Nimm ihn. Nimm ihn und geh." Er wandte das Gesicht ab.

Stefan starrte lange Zeit auf den kleinen, goldenen Kreis in seiner Handfläche.

Dann schlossen sich seine Finger darüber, und er schaute zurück zu Damon. Sein Bruder hatte die Augen geschlossen, sein Atem ging in abgehackten Zügen. Er wirkte erschöpft und schien große Schmerzen zu haben.

Und Stefan hatte Elena ein Versprechen gegeben.

„Komm", sagte er leise und steckte den Ring in die Tasche. „Gehen wir irgendwohin, wo du dich ausruhen kannst."

Er legte den Arm um seinen Bruder, um ihm aufzuhelfen.

Und dann, einen Moment lang, hielt er ihn einfach nur in seinen Armen.

16. KAPITEL

Montag, 16. Dezember,
Stefan hat mir dies gegeben. Er hat mir ohnehin das meiste aus seinem Zimmer hinterlassen. Erst habe ich gesagt, ich will die Sachen nicht, weil ich nicht wusste, was ich damit tun sollte. Aber jetzt habe ich eine Idee.
Die Menschen fangen schon an zu vergessen. Sie erzählen die Einzelheiten falsch und fügen Dinge aus ihrer Fantasie hinzu. Und vor allem erfinden sie tausend Erklärungen. Dass gar nichts Übernatürliches im Spiel war, und dass es für alles eine logische Erklärung gibt. Das ist einfach dumm, aber es gibt keinen Weg, sie davon abzuhalten, besonders die Erwachsenen.
Die sind die Schlimmsten. Sie behaupten, die Hunde seien einfach hysterisch geworden oder so etwas. Die Tierärzte haben einen neuen Namen erfunden für eine Art Tollwut, die von Fledermäusen übertragen wird. Meredith kann darüber lachen. Ich find's nur blöd.
Die Kids benehmen sich ein bisschen besser. Besonders die, die auf dem Ball waren. Auf einige können wir uns wirklich verlassen. Auf Sue Carson und Vickie, zum Beispiel. Vickie hat sich in den letzten zwei Tagen so sehr verändert, dass es fast an ein Wunder grenzt. Sie ist nicht mehr so wie in den letzten zweieinhalb Monaten, aber auch nicht so wie früher. Da war sie ein richtiges Dummchen und trieb sich mit zwielichtigen Typen herum. Aber jetzt ist sie okay.
Selbst Caroline ist inzwischen zu ertragen. Beim ersten Trauergottesdienst hatte sie sich nicht zu Wort gemeldet, aber bei diesem. Sie sagte, dass Elena eigentlich die Ehre der Winter-

ballkönigin gebührt hätte und nicht ihr. Damit hat sie im Grunde zwar nur Sue Carsons Rede wiederholt, aber das war wohl das Beste, was Caroline zustande bringen konnte. Es war eine nette Geste.
Elena sah so friedlich aus. Nicht wie eine Wachspuppe, sondern als würde sie schlafen. Ich weiß, das wird bei einer Beerdigung immer behauptet, doch diesmal ist es wirklich wahr.
Aber nachher sprachen die Menschen davon, dass sie wie durch ein Wunder vor dem Ertrinken gerettet worden sei und von solchen Sachen. Und behaupteten, sie sei an einer Embolie oder irgendeiner anderen Krankheit gestorben. Was absurd ist. Und da kam mir der Einfall.
Ich werde ihr anderes Tagebuch aus dem Schrank holen. Und ich werde Mrs. Grimesby bitten, beide Tagebücher in der Bibliothek auszustellen. Nicht in einem Glaskasten wie bei Honoria Fell, sondern so, dass jeder sie ausleihen und lesen kann. Weil die Wahrheit drinsteht. Die wahre Geschichte. Und ich möchte nicht, dass jemand sie vergisst.
Ich glaube, dass die Kids sich sowieso erinnern werden.
Ich sollte auch niederschreiben, was mit dem Rest der Menschen hier geschehen ist. Elena würde es wollen. Tante Judith geht es gut, obwohl sie eine der Erwachsenen ist, die nicht mit der Wahrheit fertig werden. Sie braucht eine logische Erklärung. Sie und Robert werden Weihnachten heiraten. Das wird gut für Margaret sein.
Margaret hat die richtige Einstellung.
Beim Gottesdienst hat sie mir erklärt, dass sie Elena und ihre Eltern eines Tages wiedersehen wird. Aber jetzt sei es zu früh dazu, weil sie noch viele Dinge hier zu erledigen hat. Ich

weiß nicht, woher sie das hat. Für eine Vierjährige ist sie sehr klug.

Meredith und Alaric geht es auch gut. Wie könnte es anders sein. Als sie sich an jenem schrecklichen Morgen wiedersahen, nachdem sich alles beruhigt hatte und wir mit dem Aufräumen begonnen hatten, sind sie sich praktisch in die Arme gefallen. Das wird der Beginn einer heißen Lovestory. Meredith behauptet allerdings, sie wird erst ernsthaft darüber nachdenken, wenn sie achtzehn ist und den Schulabschluss gemacht hat.

Typisch, absolut typisch. Alle anderen haben jemanden. Ich spiele ernsthaft mit dem Gedanken, eines der Rituale meiner Großmutter auszuprobieren, nur um zu sehen, ob ich überhaupt jemals heiraten werde. Dabei gibt's hier nicht mal einen, den ich überhaupt heiraten wollte.

Na ja, Matt vielleicht. Matt ist nett. Aber im Moment hat er nur ein Mädchen im Kopf. Ich weiß nicht, ob sich das jemals ändern wird.

Nach dem Gottesdienst heute hat er Tyler die Nase eingeschlagen, weil er etwas Abfälliges über sie gesagt hat. Tyler ist der einzige, der sich nie ändern wird, egal, was geschieht. Er wird immer der hinterlistige, verschlagene Blödmann bleiben, der er jetzt ist.

Stefan konnte Tyler nicht verprügeln, weil er nicht da war. Es gibt noch immer viele in der Stadt, die glauben, dass er Elena getötet hat. Er muss es gewesen sein, behaupten sie, denn sonst war niemand da.

Katherines Asche war überall verstreut, als das Rettungsteam in die Krypta eindrang. Stefan sagte, dass sie so leicht in Flammen aufgegangen ist, lag daran, dass sie so alt war. Au-

ßerdem meinte er, dass es ihnen schon beim ersten Mal hätte auffallen müssen. Ein junger Vampir verbrennt nicht so zu Asche. Er stirbt einfach, wie Elena.
Einige, wie Mr. Smallwood und seine Freunde, würden Damon gern anklagen, wenn sie ihn nur in die Finger kriegen könnten. Aber das gelingt ihnen nicht. Er war nicht da, als sie das Grab erreichten, weil Stefan ihm geholfen hatte zu fliehen. Stefan will nicht verraten, wohin. Ich vermute, irgendwo in den Wald.
Vampire müssen sehr schnell heilen, denn heute, als ich Stefan nach dem Gottesdienst traf, erzählte er mir, dass Damon Fell's Church verlassen hat. Er war darüber nicht glücklich. Ich glaube, Damon hatte ihm voher nichs davon gesagt. Jetzt ist die Frage: Was macht Damon? Beißt er weiter unschuldige Mädchen? Oder ist er bekehrt? Ich würde auf keins von beiden wetten. Damon ist ein komischer Typ.
Aber super! Absolut super!
Stefan will auch nicht sagen, wo er hin will. Ich habe aber einen Verdacht. Damon könnte eine Überraschung erleben, wenn er hinter sich blickt. Anscheinend hat Elena Stefan das Versprechen abgenommen, über ihn zu wachen oder so was. Und Stefan nimmt Versprechen sehr, sehr ernst.
Ich wünsche ihm viel Glück. Er wird Elenas letzten Wunsch erfüllen, und das wird ihn glücklich machen. So glücklich er ohne sie sein kann. Er trägt ihren Ring an einer Kette um den Hals.
Wenn ihr glaubt, dass einiges von dem so klingt, als würde ich mir nichts mehr aus Elena machen, dann zeigt das nur, wie sehr ihr euch irrt. Meredith und ich haben den gan-

zen Samstag und fast den ganzen Sonntag geweint. Und ich war so wütend, dass ich am liebsten um mich geschlagen hätte.
Ein Gedanke ging mir nicht aus dem Kopf: Warum Elena? Warum? Wo es doch so viele andere Menschen gab, die in dieser Nacht hätten sterben können. Von der ganzen Stadt war sie die einzige.
Natürlich hat sie es getan, um die Stadt zu retten. Aber warum musste sie ihr Leben geben? Es ist nicht fair.
Oh, jetzt fange ich wieder an zu weinen. Und ich kann nicht erklären, warum. Am liebsten würde ich auf Honoria Fells Grab hämmern und sie fragen, ob sie's erklären kann. Aber sie würde ja doch nicht mehr mit mir reden.
Ich habe Elena geliebt. Und ich vermisse sie entsetzlich. Die ganze Schule tut das. Wie ein Licht, das plötzlich erloschen ist. Robert sagte, das hatte ihr Name in Latein bedeutet: „Licht".
Jetzt wird es immer einen Teil von mir geben, in dem das Licht erloschen ist.
Ich wünschte, ich hätte mich von ihr verabschieden können. Doch Stefan sagt, dass sie mir ihre Liebe schickt. Ich werde versuchen, das als ein Licht anzusehen, das ich immer bei mir tragen werde.
Ich höre jetzt wohl besser auf zu schreiben. Stefan verlässt die Stadt. Matt, Meredith, Alaric und ich wollen ihn verabschieden. Ich wollte gar nicht so ausführlich werden, schließlich habe ich nie Tagebuch geführt. Aber ich möchte, dass die Menschen die Wahrheit über Elena erfahren. Sie war keine Heilige. Sie war nicht immer lieb, nett, ehrlich und verständnisvoll. Aber sie war stark, hat ihre Freunde geliebt und im-

mer zu ihnen gestanden. Und am Ende hat sie das Selbstloseste getan, was nur möglich ist.
Meredith sagt, es bedeutet, dass sie das Licht statt der Dunkelheit gewählt hat. Ich möchte, dass alle es wissen, damit sie sich immer daran erinnern.
So wie ich.
Bonnie McCullough

– ENDE DES DRITTEN TEILS –

L. J. SMITH

Das Erwachen

Vierhundert Jahre ist es her, dass die Brüder Stefan und Damon Salvatore aus Liebe zu der schönen Katherine zu erbitterten Feinden – und durch Katherines Fluch zu Vampiren wurden. Noch immer ist der Kampf der Brüder nicht entschieden, und als Stefan der schönen Elena begegnet, scheint sich die furchtbare Geschichte von damals zu wiederholen. Denn so wie Stefan verliebt auch Damon sich in Elena, die nichts von dem schrecklichen Drang ihres Geliebten ahnt, jede Nacht menschliches Blut trinken zu müssen ...

Band-Nr. 15001
4,95 €
ISBN 3-89941-028-9

Silhouette®

L. J. SMITH

Der Kampf

Ist Damon aus dem bereits Jahrhunderte währenden Kampf mit seinem Vampir-Bruder Stefan als Sieger hervorgegangen? Fast scheint es so, denn Stefan ist verschwunden. In dem eisigen Schneesturm, den Damon heraufbeschwört, macht Elena sich auf die verzweifelte Suche nach ihrer großen Liebe. Wenn Stefan noch lebt, gibt es nur eins, was seine Kräfte stärken kann – ihr Blut. Und sie ist bereit, es ihm zu geben, obwohl sie genau weiß, dass sie dann für immer in das Schattenreich der Vampire verbannt sein wird ...

Band-Nr. 15002
4,95 €
ISBN 3-89941-029-7

Band-Nr. 15004
4,95 €
ISBN 3-89941-031-9

L. J. SMITH

Die Rache

Auch nach Elenas Verdammnis ins Schattenreich kehrt das Grauen nach Fell's Church zurück: Als die Leiche eines jungen Mädchens gefunden wird, weiß die telepathisch begabte Bonnie sofort, dass von nun an Angst und Schrecken herrschen werden. Das Böse, das die Feindschaft von Stefan und Damon einst unbarmherzig schürte, um Rache für längst Vergessenes zu nehmen, kann nur bezwungen werden, wenn die Vampir-Brüder Seite an Seite kämpfen – mit der Hilfe von Elena, die verzweifelt darauf hofft, aus dem Schattenreich befreit zu werden ...

Silhouette